KB036374

문학의 성찰과 문화적 이해

독일 현대문학의 문화학적 소통

이 도서의 국립중앙도서관 출판예정도서목록(CIP)은 서지정보유통지원시스템 홈페이지
(http://seoji.nl.go.kr)와 국가자료공동목록시스템(http://www.nl.go.kr/kolisnet)에서
이용하실 수 있습니다. CIP제어번호: CIP2017022496(양장)

문학의
성찰과

Die literarische Reflexion
und das kulturelle Verständnis

문화적
이해

독일 현대문학의
문화학적 소통

서정일 지음

한울
아카데미

일러두기

1 되풀이해서 나오는 주요 인명과 문학작품, 학술용어는 필요하면 가장 먼저 나오는 곳에 원어를 같이 표기했다.

2 본문에 등장하는 도서, 신문 등의 표기에서 단행본 제목에는 『 』, 단편이나 논문 제목에는 「 」, 신문이나 잡지 제목에는 ≪ ≫을 사용했다.

3 맞춤법과 외래어 표기는 국립국어원 표준국어대사전과 외래어표기법을 따랐다.

4 인용 출처는 미주로 기입했다. 다만 문학 작품의 인용 부분이 많은 제4장의 경우, 해당 작품이 처음 인용되는 부분에 미주로 출처를 표기하고 이후부터는 본문에 약어로 출처를 밝혔다. 예를 들어 『색깔의 고백. 아프리카게 독일 여성 그 역사의 흔적 Farbe bekennen. Afro-deutsche Frauen auf den Spuren ihrer Geschichte』의 18쪽은 (FB, 18)로 표기했다.

서문

지금 대학의 인문학자들이 느끼는 곤혹스러움 가운데 인문학 본연의 의미가 퇴색되고 인정받지 못하는 현상 이외에 융·복합과 통섭에 대한 사회 저변의 인식과 전全사회적 요구 역시 그 하나가 아닐까 합니다. 즉, 인문학자들도 이제는 시대의 요구에 맞게 융·복합적 역량을 길러 대학교육 현장에 활용해야 하며, 그렇지 않은 인문학자는 고루하며 대학 공동체의 경쟁력을 선도할 역량이 부족한 사람으로 비춰질지 모른다는 자괴감을 갖게 만드는 것이 지금의 분위기라고 해도 과언이 아닙니다. 그러나 평생 자신이 전공하고 연구한 학문 분야를 타 학문(분야)와 접목시키는 방향성은 짧은 시간에 쉽게 찾기 힘들다는 생각이 듭니다. 그저 각자도생을 통해 인문학자로서, 교육자로서의 최소한의 정체성을 유지하는 방법이 최선일 것 같기도 합니다. 필자도 이러한 상황에 답답한 마음이 들었던 것이 솔직한 심정이었습니다.

돌이켜 보면, '과연 융·복합 학문의 실체는 무엇인지', '인문학 연구자가 융·복합에 눈을 돌려 응용하는 것이 쉬운 작업인지'라는 근본적인 물음 앞에서 필자는 우리 학문적 풍토의 가벼움에 또다시 한숨을 쉬게 됩니다. 그리고 (항상 그랬던 것처럼) 인문학자들이 자신의 분야에서 깊이 있게 천착하기 힘들게 만드는 흐름에 대한 안타까움과 더불어 우리 역사에서 인문학이 제대로 꽃피운 적은 있었는지, 문文·사史·철哲로 집약해 표현하지만 무수하고 다양하며 깊고 깊은 여러 인문학 분야의 연구자들이 역량을 발휘할 수 있는 토대가 조성된 적이 있었는지 성찰하게 합니다. 그리하여 전공 인문학 영역에 매몰되지 말고 다른 분야와 적당히 '융화'하라는, 융·복합에 대한 피상적인 이해야말로 씁쓸한 여운을 남기는 것은 필자의 생각만은 아닐 것입니다.

최근 융·복합은 다른 전공 학문과 뒤섞는 것이 아니라 연구자가 자신의 연구 결과를 토대로 대화하고 협업하는 것이며 오히려 곁눈질하지 말고 자신의 학문 분야에서 묵묵히 성과를 내는 것이야말로 융·복합의 첩경이라는 어느 선생님의 말씀에 필자는 적으나마 위로를 받았습니다. 이 연구서는 이 위로에 힘입어 서양문학 연구자인 필자가 지난 수년 전부터 학술지에 게재한 논문들을 새로 정리해 엮은 것입니다. 이 책은 특히 현대 독일문학의 주요 쟁점들을 크게 4장으로 나누어 기술했습니다.

제1장(독일문학과 상호문화성)에서는 그동안 독일문학에서 활발하게 논의가 진행된 상호문화성 및 다문화주의에 관한 쟁점을 분석하면서 문학의 "문화적 전환"을 중심으로 살피고 여러 학문 영역에서 핵심 키워드로 자리 잡은 상호문화성의 연대적 가치와 의미를 마이너리티 문화의 수용과 접목하여 분석했습니다. 제2장(더불어 사는 공동체를 위한 문학: 순혈주의의 극복을 위하여)에서는 20세기 이후 서구 국가 가운데 가장 확연한 이주 현상과 혼성의 경험을 가진 독일에서 뿌리를 내린 비非독일어권 출신 작가들의 문학, 즉 독일 '외국인 문학'에 대해 고찰했습니다. 우리 문학계에서도 비록 미미하지만 다문화 문학이 한 지류를 형성해가는 상황에서 우리 공동체의 구성원으로 더불어 사는 수많은 이방인들의 삶과 그들의 목소리를 담은 문학들이 점점 활성화될 것입니다. 이를 통해 우리에게 의미 있는 교훈과 시사점을 얻게 되기를 바랍니다.

　제3장(포스트콜로니얼과 독일 현대문학)에서는 영미 문학 및 문화학계의 포스트콜로니얼 문화 비평가들에 의해 새롭게 조명되고 있는 새로운 포스트콜로니얼 담론에 관한 독일문학계의 관심과 수용 양상 등을 살펴보고 독일문학 텍스트에 포착된 문화학의 "성찰적 전환"의 사례로서 68세대의 대표 작가 우베 팀 Uwe Timm의 대표작, 『모렝가Morenga』에 관해 고찰했습니다. 마지막 제4장("아

프로도이치" 문학의 이해)에서는 오래전 독일 땅에 뿌리내린 아프로도이치의 삶
과 역사를 다룬 문학들을 중심으로 살펴보았습니다. '아프로도이치'는 독일계
아프리카 출신 사람들을 일컫는 용어로서 그동안 백인 등 타자에 의해 비하 조
로 일컬었던 명칭을 거부하면서 이들 스스로의 자의식과 정체성을 나타낸 표
현입니다. 특히 서른여섯의 젊은 나이에 세상을 떠났으나 누구보다 열정적인
삶을 살았던 마이 아임May Ayim 은 아프로도이치 문학의 초석을 닦은 시인이자
여성 운동가였습니다. 그녀의 문학적 발자취를 통해 독자들께서는 마이너리티
문학의 정수를 경험하실 수 있을 것입니다.

베르톨트 브레히트Bertolt Brecht 는 문학이 "사회의 변혁을 직접 이끌 수는
없지만 변혁의 필요성은 느끼게 할 수 있다"고 말했습니다. 어느 시대건 완전
한 유토피아는 없는 법입니다. 그래서 필자는 '문학'이야말로 '변혁에 대한 열
망'과 동의어라고 생각합니다. 또한 "시대는 죽지만 문학은 남는다"는 고은
선생의 말처럼, 문학은 언제나 문학으로 남을 것입니다. 문학이야말로 "마땅
히 …… 해야 할 삶"의 모습에 대한 표상이니까 말입니다. 어느 선배 독문학
자가 지적한 바와 같이 문학은 공동체와 사람이 직접 대입해 먹을 수 있는 '음

식'이 아니라 '효모'와 같아야 하며, 그렇기 때문에 당위를 말하는지 모르겠습니다. 또한 시대의 흔적으로 남을 우리 문학도 타자의 문학과 소통하고 배워야 하리라 믿습니다. 우리 삶 역시 항상 타자의 삶을 통해 반추하기 마련이며, 인간과 공동체의 삶에 대한 온전한 형상적 기록이야말로 문학이기 때문입니다.

서정일 올림

차례

서문 5

제1장 독일문학과 상호문화성 / 13

1. 독일문학의 문화학적 개방성과 상호문화성 15

　　1.1 '세계문학' 구상과 문화접촉 공간으로의 문학 패러다임의 전환 15

　　1.2. 문화학적 개방성의 통로로서의 문학 19

　　1.3. 이해와 소통의 매개로서의 상호문화성 26

2. 독일 유대문학의 전통과 정체성 30

　　2.1. 독일 유대문학의 자기이해 30

　　2.2. 독일 문화사에서의 독일 유대문학 35

　　맺는 말 42

제2장 더불어 사는 공동체를 위한 문학: 순혈주의의 극복을 위하여 / 45

1. 20세기 이후 독일의 디아스포라 상황 46

2. 독일 외국인 문학 등장의 사회적·문화적 배경 52

3. "외국인 문학, 이주자 문학, 소수문학?⋯": 용어 및 개념을 둘러싼 논란 57

4. 독일 외국인 문학의 주요 담론 59

　　4.1. 익숙함으로부터의 벗어남, 낯선 곳으로의 정착, 그 사이의 '낯섦' 59

　　4.2. 적응과 통합을 위한 노력, 그 속에서 정체성을 둘러싼 갈등의 양상 65

　　4.3. 사회의 거울, 서로 다른 문화의 매개자로서의 문학 74

　　4.4. 그 밖의 이야기들 82

　　맺는 말 86

제3장 포스트콜로니얼과 독일 현대문학 / 89

1. 전통적 문학관에 대한 도전: 탈식민주의적 글쓰기 91

　　1.1. 포스트콜로니얼 상황에 관한 문학적 인식 91

　　1.2. 독일문학의 포스트콜로니얼 담론 93

　　2. 독일 식민제국주의 역사에 대한 "성찰적 전환": 우베 팀의 『모렝가』 98
　　　2.1. 독일문학과 아프리카 담론: 식민 역사에 대한 비판적 해석 98
　　　2.2. 성찰을 위한 "다시 쓰기": 역사 속으로의 여행 104
　　맺는 말 112

제4장 "아프로도이치" 문학의 이해 / 115
　　1. 마이 아임과 아프로도이치 문학 117
　　　1.1. "아프로도이치": 아프리카계 독일인의 정체성 117
　　　1.2. 마이 아임의 문학 세계 121
　　　1.3. 독일 역사와 사회 속의 아프로도이치 126
　　2. 인종과 민족 정체성에 관한 성찰
　　　: 하랄트 게륀데의 『우리 가운데 한 사람』 136
　　　2.1. 지워지고 거세된 존재로서의 "라인란트 사생아들"과 "점령군의 자식들" 136
　　　2.2. 금기와 부정의 대상으로서의 삶 142
　　3. 아프리카와 동독에 관한 기억 담론: 루시아 엔곰베의 『95번 아이』 147
　　　3.1. 기억의 방식으로서의 자전적 서사 147
　　　3.2. 유폐된 존재를 넘어 열린 디아스포라로 154
　　맺는 말 158

주 160
참고문헌 194
인명 찾아보기 206

Die literarische Reflexion
und das kulturelle Verständnis

제 1 장

독일문학과 상호문화성

오늘날에는 문학과 텍스트의 개념을 협소하게 파악하지 않고 문화 현상 자체를 텍스트성으로 간주하고 있으며, 그렇기에 문예학Literaturwissenschaft을 문화학Kulturwissenschaft의 범주로 폭넓게 받아들이고 있다. 이것은 단순히 매체 환경의 변화로 문자 텍스트만을 탐구 대상으로 했던 문학의 인식 전환 때문이 아니라, 과거에는 서로 단절되었던 타 문화권 사람들과 뒤섞이면서 생기는 갈등과 그것을 조정해야 하는 상황 때문이며, 더 나아가 글로벌적 이주 현상과 다문화주의, 사회통합 등 지역과 국가를 막론하고 나타난 사회적·문화적 환경 변화가 문학에 새로운 도전과 과제를 주고 있기 때문이다.

이러한 맥락에서 독일문학에서도 그동안 독일 내 이주자 문학 혹은 외국인 문학의 등장과 함께 '상호문화성' 및 '다문화주의'에 관한 논의가 활발하게 진행되어왔다. 특히 문화학적 담론의 수용, 즉 문학의 "문화적 전환kulturalische Wende"은 이 논의를 더욱 가속화하고 있다. 이에 주목해 이 장에서는 일찍이 다양한 문화권의 문학을 파악하고, 서로 비교하기 시작했던 독일문학의 역사적 흐름에 관해 개관하고자 한다. 이들 현상은 독일문학계에서 문학 패러다임이 문화의 접촉 공간으로 변화한 계기가 되었다. 이와 함께 문학이 "문화학적 개방성"의 통로 역할을 수행하기 시작한 과정도 살펴보고자 한다. 또한 여러 영역에서 핵심 키워드로 자리 잡은 상호문화성의 연대적 가치와 의미를 최근 마이너리티 문학 및 문화의 수용 과정 속에서 고찰할 것이다.

아울러 독일 문화사에서 마이너리티 문학과 상호문화적 문학의 뿌리인 독일 유대문학에 대해서도 개관하고자 한다. 독일 유대문학의 역사는 근대 이후 독일문학 전통에서 중요한 의미를 갖고 있으며 유대계 작가들 역시 독일 문화와 문학에 뿌리내리고 지대한 영향을 끼쳤다는 것은 잘 알려진 사실이다. 유대 지식인과 작가들은 유대문학을 독일문학과 별개로 이해하지 않았다. 이들은 독일 땅에서의 유대 문화와 역사를 이방인, 타자의 것이 아닌 독일 문화와 역사의 일부로 여겼으며, 그렇기에 자신들의 문학을 보편적 문화 현상의 큰 틀에서 보려했다. 그럼에도 불구하고 독일 유대문학의 정체성은 무엇이며, 독일적 상황에서 어떤 특성을 갖고 있고, 드넓은 광맥과 같은 독일 유대문학을 어떻게 조망할 수 있을까라는 문제들을 규명하기란 쉽지 않을 것이다. 그것은 독일 유대문학에 대한 명확한 개념이 확립되지 않았고, 역사적으로 유대 작가들이 자발적으로 또는 정치사회적 상황이나 주변 환경 때문에 유대인으로서의 정체성을 드러낸 경우가 많지 않았기 때문이다.

1. 독일문학의 문화학적 개방성과 상호문화성

1.1 '세계문학' 구상과 문화접촉 공간으로의 문학 패러다임의 전환

18세기 이후 '독일'과 '민족'은 독일 작가들의 머리에 계속 맴돌았던 테마였다. 지지부진한 정치적 통일은 독일인의 민족 감정에 각별한 정신적 의미를 부여했으며, 이로써 민족 공동의 언어와 문학에 토대를 둔 문화민족Kulturnation 개념이 형성되기 시작했다. 특히 독일어권 지역 상당수가 나폴레옹Napoleon 제국에 편입됨으로써 이 현상은 더 깊게 뿌리내렸으며, 독일문학사Literatur-geschichte 서술에서 민족을 우선적으로 강조하는 경향이 강하게 나타났다. 위르겐 포어만Jürgen Fohrmann은 『독일문학사 프로젝트Das Projekt der deutschen Literatur-geschichte』에서 "민족 정체성 확립을 위한 시학 역사 서술의 민족적 확정성"의 관점하에 민족 담론이 독일에서 오랫동안 문학사의 대상이 된 과정을 추적한 바 있다.[1] 이 흐름이 최근까지 문학사를 오로지 민족문학의 역사로 이해하고 문학을 개별 언어권을 중심으로 한 민족과 국가 단위로 구분함으로써 민족과 민족문학 개념을 배타적 의미로 받아들이게 된 계기가 되었다.

그런데 이것이 당대 독일문학계의 지배적인 인식이었느냐 하는 점에는 의구심이 든다. 예컨대 민족적·독일적인 것을 "보편적 휴머니즘의 의미에서의 미학적 범주"로 이해한 레싱Gotthold Ephraim Lessing이나 "타자의 문화적·문학적 독창성을 인정하고 존중"할 것을 역설한 헤르더Johann Gottfried von Herder는 물론 민족문학으로서의 독일문학이 보편적 휴머니즘에 기여할 것을 강조한 계몽주의와 고전주의 작가들의 문학관을 떠올리면 더욱 그러하다. 그뿐만 아니라 일찍이 독일의 문학이 여러 이질적인 요소들과 뒤섞이고 소통하면서 발전해왔음은 이미 잘 알려진 사실이다. 특히 18세기에 이르러 독일에서는 다양한 문화권의 문학을 이해하려는 인식이 확산되었다. 아우구스트 빌헬름 슐레겔August Wilhelm Schlegel을 비롯한 독일 낭만주의자들은 그때까지 독일에 알려지지 않은 타 문화권 문학에도 관심을 가졌다. 파리에서 산스크리트어와 동양어를 공부한 프리드리히 슐레겔Friedrich Schlegel도 1808년에 출간한 『인도의 언어와 지혜 Über die Sprache und Weisheit der Indier』에서 민족문학을 "위대한 전체성이자 보편성의 가치를 지향하는 문학"으로 규정한 바 있다.

이러한 맥락에서 괴테Johann Wolfgang von Goethe가 1827년, 요한 페터 에커만Johann Peter Eckermann과의 대화에서 밝힌 바 있는 저 유명한 "세계문학Welt-literatur"에 관한 소견은² 괴테 자신의 독창적인 생각이라기보다는 당대의 이러한 문학적 흐름을 대변한 것으로 보인다. 실제로 '세계문학'이라는 용어를 처음 쓴 사람은 괴테가 아니라 괴팅겐의 역사학자, 아우구스트 루트비히 슐뢰저 August Ludwig Schlözer였다.³ 이 사실을 밝힌 볼프강 샤모니Wolfgang Schamoni는 '세계문학'이 1773년 괴팅겐에서 처음 사용된 데 의미를 부여한다. 즉, 당시 괴팅겐이 영국과 긴밀하게 교류한 도시였으며, 독일에서 가장 자유로운 학문 풍토를 지닌 대학이 괴팅겐대학이었다는 점에 주목한 것이다. 이러한 개방적 풍토 덕분에 "보편적 호기심"을 갖게 된 역사학자 슐뢰저는 그 후 스웨덴(1755~1758)과 상트페테르부르크(1761~1769)에 체류하는 동안 문학에도 눈길을 돌렸을 것으로 샤모니는 추정한다. 실제로 슐뢰저는 러시아에 머물렀던 때 중세 러시아 문학에 관심을 나타낸 적이 있었다.⁴ 세계문학이 처음 언급된 슐뢰저의 『아이슬란드의 문학과 역사Isländische Litteratur und Geschichte』와 헤르더의 『오시안과 고대민족의 노래에 관한 서신교환 발췌Auszug aus dem Briefwechsel über Oßian und die Lieder alter Völker』가 같은 해에 발표되었다는 사실만으로 18세기 말 독일 지식인 계층과 문인들이 외국 혹은 타 민족의 문화 전통과 문학에 지대한 관심을 갖고 있었음을 충분히 알 수 있으며, 반세기 이후 등장한 괴테의 세계문학 구상도 이로부터 영향을 받았다고 볼 수 있다.

페터 고센스Peter Goßens는 "독일어권 세계문학"에 관한 논문에서 세계문학을 위한 독일문학계의 노력이 시작된 시점을 18세기 후반, 구체적으로는 1780년을 전후한 시점이라고 언급한 바 있다. 그것은 이즈음 "번역을 통한 외국문학과의 관계"가 실질적으로 달라졌으며 결과적으로 타 문화와의 근본적 관계 변화로 이어졌기 때문이라는 것이다.[5] 이는 외국 혹은 타 문화권의 문학에 관심을 갖기 시작한 18세기 말 독일 문화계의 흐름을 반영한 것이며, 그 통로가 번역이었음을 시사한다. 이 시기에는 상업적 번역가 직종Übersetzergewerbe의 수요가 크게 늘어나 이른바 번역공장Übersetzungsfabrik이 활발하게 운영되었다. 독일에서 번역 열풍은 19세기까지 수십 년 동안 이어져왔는데 그 열풍이 어찌나 심했는지 "상업적 번역꾼들"과 외국어 번역물이 범람하는 현상을 개탄하며 "번역유행병"의 확산을 경고하는 목소리가 높았을 정도였다.[6]

괴테 역시 세계의 다양한 문화권의 소통을 위해 번역의 중요성을 강조했듯이, 인적 교류가 확산되고 문화적 접촉을 가능케 하는 매체가 다양화되기 이전에는 번역이야말로 서로 다른 문화권을 연결하는 중요한 커뮤니케이션 수단이자 거의 유일한 방법이었다. 그렇기에 부정적이든 긍정적이든 번역을 통한 여러 문화권의 이질적인 요소의 유입은 당연하고 자연스러운 현상이었다. 아무튼 에커만과의 대화를 통해 밝힌 세계문학에 관한 괴테의 견해는 결과적으로 동시대인의 문학관과 문학 패러다임에 큰 전환점이 되었으며, 괴테의 세계문학 개념은 1780~1840년의 독일 문화계 지형에 변화를 가져온 과정을 시사한다.

이와 관련해 흥미로운 자료가 하나 있는데, 케사르 프라이슐렌Cäsar Flaischlen
이 작성한 "그래픽 문학 도표Graphische-Litteratur-Tafel"가 그것이다.[7] 여기서 프라
이슐렌은 역사적으로 진행되어온 독일문학의 발전 과정과 흐름을 그림지도 형
식의 도표를 통해 보여주었다. 이 도표에는 독일문학이라는 큰 강에 여러 지류
가 합류해 '순수하지 않은' 새로운 문학적 기술의 형식으로 이어지고 있음을 보
여준다. "문학의 영향성 연구"를 분석한 프라이슐렌의 도표는 상이한 문화권의
문학이 서로 뒤섞여왔으며, 이 뒤섞임 과정이 독일문학에도 큰 영향을 끼쳤음
을 보여주고 있다. 저명한 문학평론가, 프레드릭 제임슨Fredric Jameson은 2008
년 홀베르크 국제기념상 수상受賞 연설에서 괴테가 언급한 세계문학 개념과 그
의미를 "순수하게 문학적인 텍스트의 번역을 뛰어넘어 서로 다른 민족으로 구
성된 비평가들과 사상가들의 네트워크 혹은 관계"로 평가한 바 있다.[8] 서구(유
럽)문학이 규정한 정전Kanon 중심의 문학적 보편성 혹은 휴머니즘적 가치에 줄
기차게 비판적 물음을 제기한 제임슨의 이러한 관점은[9] 주류 독일문학의 규범
및 보편성의 상징인 괴테를 그의 세계문학 구상에 비춰 다시 읽고, 전복시켜
이해하게 하는 모티브를 제공한다.

독일문학은 전통적으로 걸작 혹은 정전의 기준을 "보편적으로 적용되는 미
학 규범"으로 삼았으며, 그 근간은 괴테의 휴머니즘적 전통이라 해도 과언이
아니다.[10] 서구문학은 자신들이 전유하고 있다고 여기는 '가치'를 자기 문화권
의 대작Meisterwerk 속에 표상하고, 그 전범典範을 정전화하면서 타 문화권 문학
과의 차별성을 강조해왔다. 독일문학에서 그 중심에 괴테가 있음은 물론이다.
그러나 프레드릭 제임슨과 비슷한 맥락에서 오히려 괴테의 세계문학 개념을
다양하고 폭넓게 해석하려는 견해도 많다.[11] 더욱이 1990년 이후부터 지금까지
서구 문학계에서는 포스트콜로니얼 이론을 비롯한 문화학적 관점의 다양한 담

론을 중심으로 유럽식 정전 기준의 보편성에 대한 비판이 제기되고 있다. 그것은 첫째, 유럽 이외의 문학과의 대면 및 새로운 관점에의 접근, 둘째, 식민주의 역사에 비춰 본 비판적 관점에서 서양(유럽)문학에 대한 이해, 세 번째는 유럽의 "세계문학 독점Monopol für Weltliteratur" 현상과의 결별을 요구받고 있기 때문이다.[12] 이러한 경향은 독일문학계에서도 예외적 현상이 아니며, 여러 측면에서 큰 흐름으로 이어지고 있다.

1.2. 문화학적 개방성의 통로로서의 문학

독일문학이 일찍이 이질적 요소들과 뒤섞이고 발전해왔음은 앞에서 언급했다. 그런데 20세기 들어 문화적 교류의 매개이자 문화의 통로로서의 문학의 역할을 축소시킨 여러 상황들로 인해 문학의 색채는 이후 단조롭게 되고 말았다. 예컨대 19세기에 이르러 그때까지 독일에서 유일한 소수문학이자 마이너리티 문화의 독보적 상징으로서 장구한 세월 동안 독일문학계에서 뿌리내리며 동화同化된 독일 유대문학Deutsch-jüdische Literatur을 비非독일적인 문학으로 간주하면서 이 문학의 광맥과 전통이 급속히 와해된 것이 그 사례이다. 그러다가 독일문학에 다른 문화권의 유입이 가시화된 것은 구서독 초창기의 "외국인 이주노동자 문학"의 등장일 것이다. 이후 "외국인 문학, 이민자 문학, 이주자 문학" 등 그 명칭만큼이나 다채로운 경향으로 표출된 이 문학의 발전 과정은 서구국가 가운데 비교적 일찍부터 직면한 독일 사회의 글로벌 이주 현상의 결과였다.

사회과학계에서는 그동안 이민이나 이주에 관한 테마와 연관된 수많은 연구 토대가 구축되었으나, 독일문학계에서는 문학을 이주 상황과 연계하여 이해하려는 노력은 빈약했다. 그럼에도 불구하고 빠른 기간 내에 수십 만 명에 달하는 외국인의 유입은 어떤 형태로든 영향을 끼칠 수밖에 없었다. 더욱이 '외국인', '이주민'뿐만 아니라 '여성 문학', '마이너리티 문학'(소수자 문학)의 특성을 갖는 이들의 글쓰기 작업은 근본적으로 "독일 현실과의 논쟁을 위한 매개"이며, 삶의 한 부분이 된 "독일의 현실에 영향을 끼치기 위한 것"의 의미를 갖고 있다.[13] 아울러 중심과 주변부를 둘러싼 글로벌적 담론을 통한 "외부문학 Außen-literatur, 내부문학 Innen-literatur, 변방문학 Rand-literatur, 가교문학 Brückenliteratur" 등 다양한 문학 경향으로 확산되기에 이르렀다.[14] 이러한 '비독일적인' 문학적 경향들은 점차 '외국인 노동자 문학에서 상호문화성의 문학'으로 진전하는 과정을 통해 다양화되었다.

카를 에셸보른Karl Esselborn은 상호문화성 담론에 주목하면서 외국인 문학을 비롯한 20세기 독일 내 소수자 문학이 갖는 역동적 함의를 인식했다. 그는 마이너리티의 사회경제적·문화적 다양성이 문학의 새로운 동향을 추동하며, 비독일인 작가들의 글쓰기 의도와 자기이해, 서술 입장도 달라졌다고 지적한다. 즉, 어느덧 독일문학계에 융화하기 시작한 이주민 2~3세대 젊은 작가들은 스스로를 타자나 이방인으로서 규정하거나 국적에 얽매이지 않고, 다문화 사회에서의 소수문학에 대한 이해를 갖게 되었다는 것이다.[15] 독일 내 소수자 문학에 주목한 비평가들은 이들의 글에는 "이곳에서의 삶"에 중심을 두려는 관점의 전환이 두드러지게 나타난다고 입을 모으고 있다.[16] 독일문학계에서 상호문화성과 문학의 사회적 맥락에 주목한 이탈리아 출신의 카르미네 키엘리노Carmine Chiellino는 이 흐름을 폭넓은 관점에서 설명한다. 즉, 이미 1980년대부터 상호문화적 독문학으로의 전환이 가시화되었고 독일 내 소수자 혹은 이주민의 사회통합에 기여하기 위해 문화정책적 지원도 모색되었으나, 1990년의 동·서독 통일로 제동이 걸렸다는 것이다.[17]

주지하다시피 1990년 동·서독 통일은 지속적인 이주(이민) 흐름으로 위협을 받던 독일의 "단일문화성Monokulturalität"을 복원할 수 있으리라는 민족주의적 전망이 고조된 계기가 되었다. 이로 인해 독일 내 마이너리티들의 입장에서는 백색 순혈사회로 회귀하려는 움직임에 대한 불안감이 높아질 수밖에 없었다. 통독統獨 이후 1990년대 만연된 외국인에 대한 적대적 정서는 독일 대학의 문학 연구기관으로 하여금 상호문화성 연구의 계기가 되었지만, 새롭게 부상한 극우 민족주의에 대한 성찰의 명분으로 작용했다. 바로 이즈음에 미국과 유럽의 인문학계의 화두로 "상호문화성" 개념이 부상했다.[18] 이는 그 시기 본격화된 글로벌적 이주 현상과 맞물려 탈냉전, 탈이념 그리고 다양한 포스트콜로니얼 쟁점이 활발하게 논의된 제반 현상과 무관치 않았다. 이로 인해 '나와 너, 우리와 상대방, 자아와 타자'의 이분법적 구별의 해체 담론으로 이어졌다. 특히 영미권의 문화연구Cultural Studies에서는[19] 문화를 "모든 담론과 사회적 행동 형식의 앙상블"로 규정하고, 사회적 관계와의 연관성 속에서 문화 현상과 문화적 행위들을 조망하려는 흐름으로 이어졌다.[20]

　이러한 맥락에서 문화는 더 이상 고착화되거나 동질적 구조를 갖는 단일성, 완결성이 아니라, 끊임없는 '과정', 항상 유동하는 '변종' 혹은 '혼종'이라는 역동적 개념으로 인식한다. 모든 문화는 근본적으로 상호문화의 성격을 갖고 있는데, 서로 영향을 주고받는 역동성을 기본 속성으로 하기 때문이다. 더욱이 유기적 공간과 내적 소통 공간이 과거와 비교할 수 없을 정도로 확장된 글로벌 시대에 타 문화와의 접촉은 타자성이 항상 교차·중첩되고 끊임없이 변하는 특성을 갖고 있다. 그렇기에 상호문화성은 필연적으로 "혼종성", "이질성"의 개념과 맞닿게 되며, 궁극적으로 "문화의 새로운 정의"는 "문화 집단 정체성의 새로운 정의"와도 무관치 않다.[21] 1990년대 이후 활발하게 나타난 문화연구 및 문화 현상 전반에 대한 독일어권 이외 학계의 관심과 선도적 노력들은 독어독문학계에도 영향을 끼침으로써 그동안 주목하지 않았던 상호문화성에 대한 관심을 유발하기에 이르렀다.

그러나 세부적으로 살펴보면 1980년대까지 외국 출신 이주자들의 문학을 소개했던 하랄트 바인리히Harald Weinrich 등 소수 학자들의 노력은 이후 큰 성과로 이어지지 못했고 다양한 마이너리티 문학에 관한 강좌가 독문학계에서 외면받는 추세는 여전했다. 주류 독문학계에서는 여전히 이주 외국인 출신을 비롯한 마이너리티 문학을 외면하다시피 했기 때문이다.[22] 그러나 문화에 대한 새로운 이해와 문화학적 접근을 통한 문학 개념의 확장으로 인해 문학을 전체 문화의 일부분으로 보는 문화학적 전환은 새로운 인식의 계기가 되었다. 비교문학 연구자, 콘스탄틴 폰 바를뢰벤Constantin von Barloewen은 문화의 프리즘을 통한 문학의 인식 변화에 대해 이렇게 설명하고 있다.[23]

과거의 문학에 나타난 단순한 문화 정체성에서는 특정한 문화 집단에 자신을 규정했던 제한적인 '우리'라는 감정이 주를 이루었습니다. 반면에 새로운 문학에서는 단순한 문화 정체성의 경계를 넘어서는 정체성이 전개됩니다. 새로운 문학의 시학적 지위의 특성이자 조건으로서의 상호문화성이야말로 사람들로 하여금 다른 문화 집단과의 관계에서 스스로를 새롭게 평가하는 데 도움을 주기 때문입니다.

문학 텍스트를 문화적 상호접촉의 관점에서 이해하고, 그 유기적 관계에 초점을 맞춰 다양한 문화적 글쓰기의 연결을 강조하는 흐름은[24] 독문학을 점차 문화학의 일부분으로 받아들이게 했다. 그리고 문학 자체를 문화들의 쌍방향적 흐름을 매개하고 표출하는 것으로 이해하게 되었다. 물론 문예학이나 문학비평이 문화학으로 대체될 수 없지만 이러한 "문화학적 개방성Kulturwissen-schaftliche Offnung", 즉 문화적 담론의 문학적 수용은 새로운 과제로 받아들여지고 있다. 미국에서 활동하는 독문학자이자 포스트콜로니얼 연구자인 파울 미카엘 뤼첼러Paul Michael Lützeler는 문화학적 관점에서의 독일어권 문학 연구의 단초를 제공한 것은 미국 독어독문학계였지만, 독일문학 비평사에서는 항상 문학을 역사적·사회적 맥락 속에 파악하려는 노력이 있었다고 설명하고 있다.[25] 여기서 그가 언급한 역사적·사회적 맥락이란 이질적이고 다양한 문화들의 네트워크 및 관계성도 포함된다.

문학을 상호문화성과 접목시켜 조명하려는 추세에서 중요한 것은 이 두 개념을 사변적·이론적 개념으로 이해하는 것이 아니라, 문학이라는 텍스트성을 상호문화성이라는 실천적 콘텍스트성과의 연관성 혹은 맥락 안에서 이해하려는 인식의 전환일 것이다. 문화의 보편성은 '접촉의 관점'을 통해 구체화되는데, 이것은 타자를 보는 관점에서의 자기중심적 시각의 교정을 함의하고 이러한 의미에서 중요한 요소와 특성은 "호혜성Reziprozität"이라고 본다.[26] 여기서 유념해야 할 것은 여러 문화를 결속·융화하는 과정에서 문화들의 모든 "차이들을 화해시키는 것Differenzen-Versöhnende"을 의미해서는 안 된다는 점인데, 그것은 여러 문화의 맥락과 관계성에서 "거짓된 전략"에 불과하기 때문이라는 것이다.[27] 그러므로 상호문화성은 어떤 형태로든 사회적 의미를 내포하고 있으며, 더 나아가 연대Solidarität의 가치를 통해 조명되는 개념이기도 하다. 이는 '상호문화성'이 서로 동등한 입장에서 다른 문화들이 공존하면서 상호작용하는 것을 인정하고 받아들임을 의미한다.

따라서 상호문화성을 타자와의 공존을 위한 교육의 매개로, 상호문화적 교육을 다양성과 평등, 문화적 다름의 인정, 인권 및 시민의식에 바탕을 둔 비판적 각성을 위한 중요한 근간으로 보는 시각도 있다.[28] 타자 이해 그리고 문화학적 개방성의 통로로서 문학의 역할 역시 이 의미와 무관할 수 없다. 사회 속 마이너리티를 바라보는 시각도 이에 관한 성찰이 필요하며, 외국인 출신 작가들의 문학적 성과에 대한 평가에도 적용된다. 실제로 이들은 독일 문화와 문학의 색채를 다양하게 만드는 데 공헌했으며, 스스로 "독일 작가는 아니지만, 독일어권 작가"라고 밝히고 있다.[29] 앞에서 언급했듯이 18세기 당시부터 독일에서는 타 민족의 문화 전통과 문학에 지대한 관심을 갖고 있었다. 특히 장구한 세월 동안 독일 문화계에 동화된 독일계 유대인 작가와 지식인들은 독일 유대 문학의 의미를 독일문학의 전통 속에서 찾으려 했다.

이러한 맥락에서 비슷하면서도 다른 이주 배경과 이주민의 사회화 과정을 밟은 독일과 네덜란드의 마이너리티 출신 작가와 문학을 비교해보면 시사점을 찾을 수 있을 것이다. 독일과 네덜란드, 두 나라의 이주노동 역사는 거의 동시에 이루어졌다.[30] 그런데 독일의 1세대 노동 이주민 출신 작가들의 문학과 달리 네덜란드 문화계에서는 이주 배경을 가진 작가들이 1990년대 중반에야 등장했다. 1980년대 이후 다양한 문화권 출신 작가들이 활동한 독일에 비하면 네덜란드는 다소 '황량'했다. 그러나 두 나라의 외국인 노동자 정책은 달랐다. 독일과 달리 네덜란드 정부는 인종적 소수자를 사회에 받아들이는 입장을 취했다. 1983년 네덜란드 의회는 소수인종 정책을 통과시켰는데, 이 법안은 외국인 노동자를 포함한 인종적 소수자들의 법적·사회적·경제적 지위를 증진시키고 관용적 다문화 정책을 발전시키는 내용을 골자로 하고 있다.

이러한 차이는 1980년대 두 나라의 문화적 풍토 형성에 결정적으로 영향을 끼쳤으며, 문학계에도 영향을 주었다.[31] 네덜란드의 다양한 마이너리티 집단들은 군이 주류 문화계에 들어갈 필요도 없었고, 어떠한 강요도 받지 않았다. 정부 정책이 소수문화를 장려하고 계발하는 방향을 취했기 때문이다. 외국인 문학을 포함해 독일의 마이너리티 문학이 갖는 의미도 단지 문화적 색채의 다양성을 가져왔다는 데 그치지 않고, 주류 독문학에서 외면하는 다양한 문화적 이슈와 담론들을 학적으로 분석하고 공론화하는 책무를 선점하고 있다는 데 있다.[32] 이를 통해 문화적 척박함을 극복하기 위해서는 혼성적인 문화의 뒤섞임을 인정하고 허용하는 것이 더 낫다는 단순한 깨달음을 다시 한 번 생각하게 한다.

어느 시대를 막론하고 문화적·경제적·정치적으로도 융성했던 나라는 타민족·다인종·다양한 종교가 공존하는 국가였다. 중세 스페인 제국이 황금시대를 구가한 것은 관용적 공동체로서 이슬람과 기독교 문화, 유대 문화가 조화를 이루었기 때문이었다. 유대인과 이슬람 문화의 혼성과 이로 인한 번영이 강력한 국력의 버팀목이 되었던 스페인이 이후 순수 가톨릭 국가를 표방하면서 종교적 광신과 유대인 학살을 자행하기 시작한 다음부터 급속히 쇠락한 역사, 스페인에서 추방당한 수만 명의 그 사람들이 종교적 관용을 베푼 네덜란드에 정착함으로써 소국小國 네덜란드가 17세기를 지배할 수 있었던 역사가 이를 증명한다. 그리하여 문제는 (타자, 마이너리티로서의) '우리'가 아니라, (주류사회 구성원인) '너희'라는 당당함이 오히려 더욱 주목을 끈다. 따라서 주류 독일문학에 대해 "다수와 소수 담론의 논리에 종속된 텍스트의 문화적·인종적 기준에 의한 이분법적인 해석의 극복"이 시급한 과제라는 주장이 설득력을 얻고 있다.[33]

1.3. 이해와 소통의 매개로서의 상호문화성

다양하고 이질적인 문화에 대해 유연한 입장을 취하며, 그 문화를 이해하고 수용하려는 다문화주의는 1970년대 이후 인문학과 사회과학 분야에서 화두의 중심에 섰다. 다문화주의 논의의 핵심이면서 다양한 문화들 간의 관계를 설명하는 철학적·문화학적 개념인 상호문화성 Interkulturalität은 '다문화성 Multikulturalität', '쌍방향적 문화성 Transkulturalität', '혼성적 정체성 hybride Identität'과 혼용·중첩되는 의미로 사용되고 있다. 더욱이 이 용어들이 서로 어떻게 다르며, 어떤 차이가 있는지 명확한 이론적 합의는 아직 도출되지 않았고 여러 학문 분야에서도 통일성 없이 사용되고 있다.[34] 이 가운데 의미와 관련해 가장 논란이 되는 용어는 다문화성을 의미하는 "Multikulturalität"이다.

예컨대 터키계 독일 작가, 자퍼 제노칵 Zafer Şenocak은 이 개념이 자칫 "아무 접촉이 없이 나란히 존재하는 문화 양식"으로 이해될 수 있음을 지적한다. 대신 그는 "다른 사람, 이방인들이 들어오고 나갈 수 있는 가교를 통해 이질적이고 다양한 성분으로 이루어진 정체성" 개념을 주창하면서 여러 관점들의 접촉을 강조한다.[35] 비슷한 맥락에서 라인홀드 괴를링겐 Reinhold Görlingen은 상호문화성 개념이 "개연성 있는 문화적 형태들 간의 사이 공간 Zwischenraum에 대해 묻고, 담론화시켜 새로운 내적인 단위들을 찾는 개념"이라고 말한다.[36] 이러한 관점에서 보면 '상호문화성'은 단순히 여러 문화를 병존시키고 낯선 문화적 요소들을 수동적으로 받아들이는 방식이 아니라, 문화 간의 경계를 넘어 문화 단위들을 네트워크화하며 자유롭게 분산, 소통하도록 하는 것이다.[37]

상호문화성 담론이 확장된 것은 현대 문화가 내적인 복합성을 갖기 때문이지만, 과거와 비교가 안 될 정도로 빠르고 동시적으로 영향을 주면서 관통하는 특성을 갖기 때문이다. 생활 형태는 물론 가치관도 더 이상 민족문화(혹은 단일문화)의 경계에 머물지 않고, 자유자재로 넘어선다. 새로운 형태의 이 연결망은 혁명적인 커뮤니케이션 시스템, 사회적·문화적·정치적·경제적으로 다양하게 활성화된 네트워크 때문이다. 이러한 여러 현상 중에서 특히 상호문화적 문예학이 관심을 갖는 대상은 "사회문화적 낯섦과 스테레오타입의 상像들, 문화적 정체성"의 문제로 집약된다.[38] 상호문화성 개념은 1990년대 이후 페미니즘, 마이너리티, 포스트콜로니얼(탈식민주의) 연구에서 등장했는데 이러한 흐름은 특히 유럽(서구) 중심의 단문화적 인식에 대한 도전으로 해석된다. 어느덧 인문사회 분야의 키워드로 정착된 이 개념은 학계의 관심을 불러왔다.

이러한 관심은 특히 미국과 같이 다문화 사회의 성격이 강한 문화적 풍토에서 기인한다. 1990년대 초·중반부터 미국 대학에서는 페미니즘 및 마이너리티 문화 관련 강좌가 봇물처럼 개설되었는데 본질적으로는 글로벌적 탈식민화 과정 때문으로 보는 시각이 지배적이다. 문학이나 문화학에서 이 탈식민화 과정은 그동안 백인과 서구 중심적인 정전의 '몰락'에 직접적으로 기여했으며, 서구 정전의 기존 독해讀解 방식을 "제국주의의 도구"로 보는 시각으로까지 이어졌다.[39] 따라서 이 담론은 유럽 중심적인 헤게모니에 비판적 물음을 제기하면서 그것을 해체하려는 시도의 의미를 갖게 되었다. 이렇듯 '상호문화성'이 활발한 논의와 대상으로 부각되면서 독문학계도 받아들이기 시작했지만, 이 흐름은 정작 독일 내 독문학계보다는 외국의 독문학계에서 먼저 감지되었다.

이것은 비非독일어권에서 독문학 연구의 초점과 방향성이 다양화·다변화된 기류와 무관치 않았다. 특히 미국 독문학계는 특히 지난 20여 년 전부터 '문화연구'를 통해 독문학 연구에서의 새로운 전환을 모색하기 시작했다.[40] 이 무렵부터 문학 텍스트나 정전 중심의 기존 독어독문학 Germanistik 연구 방향이 독일학 연구Germann Studies와 상호문화적 독어독문학Interkulturelle Germanistik으로 옮겨진 것이다.[41] 이렇게 문화학적 관점에서 상호문화성의 경향을 보인 것은 한편으로 "소수자와 문화적 다양성" 문제에 관심을 가짐으로써 독어독문학 전공자가 줄어드는 추세에 대처하려는 현실적 고려 때문이기도 했다.[42] 어쨌든 이미 1980년대부터 미국 독어독문학계는 페미니즘과 유대문학, 동독문학 및 문화 전반에 관한 연구에 관심을 두기 시작했는데, 이러한 테마들에 대한 연구 성과는 독일의 독문학계에 비해 결코 뒤지지 않았다. 반면에 독일에서는 여전히 백인 남성 작가의 정전 중심 연구, 기존 장르 전통에의 집착과 "교양 시민계급의 가부장적 담론"을 고수했다. 미국에서 문화적 다양성에 입각한 문화학 이론과 실천적 응용에 천착한 데 비해 독일에서는 이토록 변화의 조짐이 느렸던 것이다. 그것은 독일 독문학계 자체가 변화에 둔감하고, 무엇보다 "예술의 자율성과 정치사회적 현상과 무관한 순수문학"에 대한 집착이 강했기 때문인데, 심지어 독일에서는 미국 독문학계의 문화학적 관련 연구를 "천박한 교양"으로 폄훼하는 시각이 지배적이었다.[43]

그러다 주류 독문학 주변부에서부터 서서히 변화가 나타난 것은 1990년대 무렵부터였다. 이 흐름을 추동한 이들은 문화학 이론 세례를 받은 학적인 풍토에서 공부한 소장 독문학자들이었다. 이들은 제3세계 출신으로 영미권의 3대 포스트콜로니얼 문학(문화)이론가인 에드워드 사이드E. W. Said, 가야트리 스피박G. C. Spivak, 호미 바바Homi Bhabha를 비롯해, 게이츠H. L. Gates 같은 소수문학 및 포스트콜로니얼 비평가들로부터 자극을 받았으며, 들뢰즈G. Deleuze, 가타리 F. Guattari, 기어츠C. Geertz와 클리포드J. Clifford를 통해 철학적·정치적·미학적 토대를 구축했다.[44] 그리하여 철학, 사회학, 인류학 등 인접 학문의 관심사가 문예학의 주요 담론이 되었으며, 인종학, 민족주의, 식민주의, 젠더 연구 등이

전면에 부상했다. 따라서 텍스트가 성·계급·인종·국가와 같은 구조에서 형성된 권력체계에 뿌리를 두고 있다고 보고, 유럽 중심적·가부장적 사유에 근간을 둔 지식체계를 새롭게 해체하려 한다.

1990년대 이후, 상호문화적 독문학으로의 전환을 촉구하고, 독문학의 문화학적 확장을 주창하면서 활발한 연구 활동을 펼친 대표적인 독일 학자로는 알로이스 비어라허Alois Wierlacher와 도리스 바흐만 메딕Doris Bachmann-Medick을 들 수 있다. 비어라허는 독문학을 "비교가능한 문화인류학vergleichende Kulturanthropologie"으로까지 확장해야 한다고 역설하기도 했다.[45] 메딕 역시 상호문화적 독문학으로의 전환을 통해 기존의 독일적인 문화 정체성에 대한 근본적인 문제 제기가 이루어져야 한다고 주장한다. 그녀는 "문화적 단위들의 글로벌적 다양성globale Vielfalt kultureller Einheiten"에 주목해 상호문화적 연구와 대화를 통한 생산적 표현이 독문학의 지향점이 되어야 한다고 단언했다.[46]

문학에서의 상호문화성은 문학 텍스트에 나타난 "낯선 것과 고유한 것 간의 긴장관계"와 밀접하게 관련된다. 이와 관련해 아글라이아 빌리오우미Aglaia Blioumi는 "상호문화성에 관한 문예학적 모델"을 네 가지로 요약한 바 있다. 첫째는 고급 및 엘리트 문화가 아닌 현실의 모든 요소를 포괄하는 "역동적 문화 개념", 두 번째는 자문화의 맹종과 절대화에 대한 비판적 거리 두기로서의 "자기비판", 세 번째는 "혼종성" 그리고 마지막으로 다양한 관점에서의 고유한 것과 낯선 것을 관찰하려는 "이중적 관점"이 그것이다.[47] 독일문학에서 상호문화성 및 다문화주의 개념이 부각된 것은 독일 내 이주자 문학 혹은 외국인 문학의 등장과 맥락을 같이 한다. 물론 수많은 마이너리티 예술가들이 문화계 전면에 포진한 미국과 독일의 상황은 비교하기 힘들 것이다. 미국에서는 수많은 소수민족 출신 학자들이 유명 대학에 포진했고, 1993년 '노벨문학상'을 받은 흑인 여성 작가, 토니 모리슨Toni Morrison을 포함해 소수민족 출신 작가들이 출판계에서 명성을 얻은 반면, 독일은 마이너리티 출신 지식인, 예술가, 작가들이 크게 두각을 나타내지 못한 상황이 한동안 지속되었다.

그럼에도 불구하고 '아델베르트 폰 샤미소Adelbert von Chamisso 상'이 제정되어 1985년부터 수상작을 내기 시작하는 등 일련의 노력을 통해 다양한 국적 출신의 작가들이 독일 문단에 이름을 올리고 있다. 독일 문화학 연구에서 주류 문화의 대척점으로서의 마이너리티 문화의 아이콘은 독일계 유대 문화 및 집시 문화 정도였다. 하지만 그동안 관심을 갖지 않았던 다양한 마이너리티의 삶의 양식과 비주류 문화에 점차 눈길을 돌리기 시작했다. 이 결과, 독일 문화학의 시선은 점차 타자성 담론과 성찰적 글쓰기, 상호문화 이해 가능성과 정체성 개념에 대한 재조명, 글로벌 자본주의와 포스트콜로니얼 같은 담론들로 향했다. 이 흐름에서 민족 개념과 국적, 여권이 결정적 기준으로 작용하는 기존의 문학 개념에서 벗어나야 한다고 강조하는 견해도 있다.[48] 상호문화적 인식을 근간으로 독문학의 문화학적 확장을 주창해온 학자들이 독문학의 개방성을 강조한 것은 문화적 관점뿐만이 아니라, 다양한 문화 사이의 문학 텍스트의 역할에 주목했기 때문이었다.

2. 독일 유대문학의 전통과 정체성

2.1. 독일 유대문학의 자기이해

유대문학은 약 3000년이라는 장구한 세월 동안 문학의 전 장르에 걸쳐 형성된, 이스라엘 민족의 역사와 문학인 히브리 성서에 뿌리를 두고 있다. 그렇기에 유대문학은 "유대 사상Judentum"[49]의 형성과 맥락을 같이 한다. 역사적으로 유대 사상은 이스라엘의 비극적 역사인 기원전 6세기 무렵의 바빌론 포로기에 비로소 시작되었다.[50] 유대교에서 히브리 성서, 구체적으로 토라Tora(모세 오경)를 통한 전통의 보존은 특히 중요하다. 이는 역사와 기억이 특별한 권위를 갖고 있음을 의미한다. 그렇지만 예루살렘 성전이 파괴된 이후, 제도나 기념물보다는 글이나 활자, 즉 토라를 통해 유대 사상의 정체성을 보존해왔다. 따라서 유대교와 유대인에게 텍스트(토라)는 항상 해석을 필요로 하는데, 여기서 해석이란 그때그때의 현실 속에서 토라의 의미를 적용하는 것을 의미한다. 그렇기에 유대 사상(혹은 유대교)에서는 종교적 체계보다는 "숨겨진 의미를 펼쳐 보이는 것으로서의 해석"이 더 의미를 갖는다.[51]

그러나 유대교나 유대 사상의 틀에 가두기에 유대문학은 너무 깊고 방대하다. 그 때문에 유대문학을 단적으로 규정하기가 쉽지 않으며 때로는 많은 오해와 논란이 일기도 했다. 유대인 작가들이 쓴 작품을 모두 유대문학이라고 부를수 없는 것은 이들 스스로 유대인임을, 그리고 자기 작품을 '유대적인' 문학이라고 밝히지 않았기 때문이다. 유대문학이 수백 년 동안 유럽의 문학과 정신사속에 깊이 뿌리를 내렸기 때문에 유대 '민족문학'으로 볼 수 있느냐 하는 문제도 논란이 되고 있다. 19세기까지 확고한 것으로 받아들여지면서 모든 민족이고유한 문학적 정서를 갖고 있다고 본 헤르더의 민족문학 개념 이후, 괴테의세계문학 개념이 대두되면서 여러 문학들 간의 상호작용 및 교류에 대한 시각이 열리기 시작했다. 괴테의 세계문학 담론은 19세기 자유주의 성향의 유대 지식인에게도 의미 있는 영향을 주었으며, 유대문학 개념의 근간이 되었다.

유대 문예학을 확립한 레오폴트 춘쯔Leopold Zunz와 구스타프 크로얀커Gustav

Krojanker 그리고 개혁 성향의 저명한 유대 학자였던 아브라함 가이거Abrahm Geiger의 아들, 루트비히 가이거Ludwig Geiger의 유대문학 개념에는 이러한 보편적 세계문학 개념이 담겨 있었다.[52] 유대문학 개념은 처음에는 '랍비문학'을 의미했지만 이들을 통해 보편적 의미로 확대되었다. 레오폴트 춘쯔는 그의 논문, 『유대문학Die jüdischen Literaur』(1845)에서 "여러 민족과 문화, 언어들 간의 문학, 토착적 요소와 낯선 요소, 부분과 전체가 변증법적으로 교차하고 연결되는 공간"으로 유대문학을 정의했다. 독일 유대문학의 기초를 닦은 루트비히 가이거도 유대문학을 유대 민족문학이라기보다는 문화적·민족적 경계를 넘는 문학으로 이해했다.[53]

그렇다면 유대 지식인, 작가, 문학가들은 독일 유대문학을 어떻게 규정하고 이해했을까? 춘쯔와 크로얀커, 가이거의 유대 문학관은 역설적으로 유대문학의 독자성과 정체성을 보존하고 수호하려는 노력의 일환이었다. 독일문학사에서 독일 유대문학 전반은 물론이고, 유대 작가의 작품마저 체계적으로 정리되어 있지 않았다.[54] 그러나 이것은 유대문학을 의도적으로 변방문학, 소수문학으로 배제·축소했기 때문이기보다는 독일 유대문학의 고유한 자기이해 때문이라 볼 수 있을 것이다. 유대 학자들은 이 문학에 관한 이해에서 '독일'과 '유대'를 떼어놓고 생각하지 않았으며,[55] 유대문학을 독일문학과 분리하려는 의도의 이면에 문학을 게토화하려는 문화정책적 의도가 있을지 모른다는 의구심을 품었다. 물론 유대문학의 정체성과 의미를 찾지 않은 것은 아니었다. 그 단초는 1819년의 '유대 문화와 학문협회'의 창립인데, 이를 통해 비로소 학문적 대상으로서의 유대 사상이 확립되었다고 보기 때문이다.[56] '유대 문화와 학문협회'는 얼마 안 가 해체되고 말았지만[57] 이를 통해 독일 유대인 스스로 유대 학문에 대한 자의식을 높이고, 독일 사회 속에서 유대인의 문화적 정체성을 성찰하며, 종교교육과 세속교육 사이의 간극을 좁히는 계기가 되었다.

이 과정에서 주목해야 할 인물이 루트비히 필립슨Ludwig Philippson이다. 1837 년, 필립슨이 창간한 ≪유대교 일반신문Allgemeine Zeitung des Judentums≫은 이후 100여 년 가까운 기간 동안 유대문학을 비롯한 독일 사회 내 유대문화 전반에 큰 영향을 끼쳤다. 필립슨은 이 신문이 "독일 유대문학과 문학비평의 기준을 정하는 매체"가 되길 기대했다. 당대 가장 중요한 문학비평가 가운데 한 사람 이었던 그의 문학관은 당시 청년독일파 문학 이념의 영향을 받았다. 필립슨은 작가의 교육적 책무를 강조했으며, 이를 위해 특히 "과거에 대한 유대인의 자 긍심과 미래에 대한 희망"을 담보할 수 있는 역사문학을 선호했다.[58] 필립슨에 게 문학은 유대인이 사회에 뿌리내리는 과정에서 매우 중요했다. 즉, 사회적으 로 인정받기 위한 투쟁에서 문학이 선도 역할을 해야 한다는 것이었다. 필립슨 의 목적은 이 신문을 통해 유대교의 개혁 논의와 유대 해방운동의 토대를 마련 하는 것이었다.[59] 그는 편견을 갖고 있는 독일 시민들에게 유대 사상을 공평하 게 소개하고, 동시에 유대인을 종교적·정치적 자유주의로 인도하길 희망했으 며 문학이 이를 위해 중요한 역할을 해야 한다고 생각했다.

사회적·문화적 공존을 위한 애절한 구애와도 같이 독일 유대문학은 항상 독 일 문화에서 의미와 가치를 찾으려 했다. 독일 유대 지식인들에게 '유대인 문 제'는 곧 '독일 문제'였고, 독일 문화는 자신들의 문화였다. 또한 이들은 자신의 언어를 '이디시어Jiddisch'나 '유대 독일어Judendeutsch'가 아니라 '도이치Taitsch', 즉 정신적 의미의 독일어라고 받아들였다. 사실 '독일어권Deutscher Sprachraum' 은 18세기 이후 유대인 작가들에게 폴란드, 헝가리, 루마니아, 체코 등 동유럽 은 물론 러시아 일부에 이르기까지 광범위한 영역을 포괄했다.[60] 이렇듯 독일 어는 일종의 공통 언어lingua franca의 위상을 갖고 있기 때문이지만 유대인에게 특별한 의미가 있었는데, 예컨대 하스칼라Haskala, 즉 유대 계몽운동에서 독일어는 히브리어와 동등한 문화 언어였다.

독일 유대문학의 발전 그리고 독일문학과의 접점에서 중요한 전기는 낭만주의의 유명한 작곡가, 펠릭스 멘델스존Felix Mendelssohn의 할아버지인 모제스 멘델스존Moses Mendelssohn의 성서 번역이었다. 성서 번역과 주석을 통해 그는 유대인들이 독일어를 가까이 접하고 계몽주의 정신에 따라 성서를 이해하도록 노력을 기울였다. 그렇기에 독일에서만큼은 유대 언어보다 독일어야말로 진정한 유대문학의 모태였다. 따라서 독일 유대문학은 "독일어 속의 유대문학"이라고 해야 의미가 명료하다는 주장도 제기되고 있다.[61] 이것은 유대 정체성이 독일 문화와 상반되는 것이 아니라 화해할 수 있다는 믿음이 있었기 때문이었다. 더 나아가 유대 문화보다는 독일 문화와 더 친근성을 갖고 있다고 생각한 사람들이 많았다. 그럼에도 불구하고 이들의 고민은 독일의 문화 발전에 기여한 유대인의 역할이 제대로 평가받지 못하고 있으며, 유대문학이 어떻게 독일문학의 일부분으로 자리매김할 수 있느냐 하는 문제였다.

이러한 고민과 과제를 안고 유대 지식인들은 독일 사회가 공평과 관용의 길로 나아갈 것이라는 희망을 품고 유대문학의 방향을 모색했다. 이는 18세기 계몽주의와 프랑스혁명, 나폴레옹의 유대인 해방으로 이어진 시대 흐름과도 무관치 않았다. 독일 유대문학 연구자 중의 한 사람인 안드레아스 B. 킬허Andreas B. Kilcher는 바이마르 시대까지 이렇게 진행되어온 독일 유대문학이 세 지류로 분화되며 형성되었다고 분석한다. 첫째, 독일문학에 통합되어 동화하려는 문학, 두 번째는 민족문학으로서의 새로운 히브리문학을 주창한 문화시오니즘 문학, 세 번째는 다양한 문화 흐름을 수용하려는 아방가르드 문학으로서의 유대문학 경향이라는 것이다.[62] 그러나 그는 유대문학의 이 다양한 경향이 나치

즘의 권력 장악과 더불어 종식되었으며, 작가들이 망명을 떠남으로써 독일문
학이 더욱 다채로울 수 있는 기회를 상실한 데 아쉬움을 나타내고 있다.

2.2. 독일 문화사에서의 독일 유대문학

언급했듯이 독일 유대문학 전통은 계몽주의와 더불어 그리고 멘델스존과
함께 시작되었다. 멘델스존은 유대인들이 독일어를 가까이 접하고, 성서를 계
몽주의 정신에 따라 이해하도록 하는 데 전력을 기울였다. 레싱과의 교류, 문
학비평, 토라와 문학작품의 독일어 번역을 통한 그의 노력은 독일 문화에 대한
유대인의 개방적 태도가 처음 나타난 것이기에 큰 의미가 있다.[63] 아울러 이
시기 많은 독일문학 작품이 히브리어로 번역되었으며 하스칼라, 즉 유대 계몽
운동도 크게 부흥했다. 그러나 유대 계몽운동은 공동체 안팎의 오해와 맞서 싸
워야 했다. 물론 멘델스존은 유대 사상과 독일적 교양이 서로 조화롭게 접목된
다면 유대인의 정치적·인간적 해방은 곧 이루어질 것이라고 생각했다.[64] 이 과
정에서 여러 유대 학자들이 독일문학 연구의 토대를 닦았다. 루트비히 가이거
는 ≪괴테 연보Goethe Jahrbuch≫를 창간했을 뿐만 아니라 30년 동안 편집위원으
로 활동했으며, 독일 괴테협회 초대 회장을 지내면서 기초를 다진 인물도 다름
아닌 유대 학자, 에두아르트 폰 시몬Eduard von Simon이었다.

특히 루트비히 가이거는 멘델스존의 노력을 계승한 인물이었다. 그에게 문
학과 언어는 사해동포적인 문화 접촉의 장이었다. 그는 독일 유대문학을 독일
과 유대의 문화가 역사적으로 함께 발전해온 공존의 매개이자 민중사적 의미
에서의 상호 공론의 장으로 이해했다. 독일 유대문학을 문화 현상으로 본 가이
거의 관점에서 중요한 것은 유대 작가들을 재평가하는 일뿐만 아니라, 상호 관

계성을 밝히는 것, 독일문학이 어떻게 유대 작가들에게서 영향을 받았으며 유대적인 소재가 어떻게 독일 작가들에게 정신적인 영향을 주었는지에 관한 문제였다.[65] 그가 헤르더와 괴테 연구에 심혈을 기울인 것도 이 때문이었다.

그러나 이렇듯 유대 문학가들이 독일 문화계에 적극적으로 참여한 것이 유대 사상 및 정체성을 포기한 것으로 보기는 힘들다. 이들은 독일과 유대, 두 민족은 "선택받은 민족"이라는 본질적인 유사성이 있다는 믿음을 갖고 있었으며, 괴테의 파우스트와 구약성서에 나오는 고난의 상징적 인물, 욥을 통해 "이 땅에서 하느님 나라의 도래와 최후 승리"라는 일맥상통하는 의미가 있다고 보았다.[66] 괴테와 실러F. Schiller의 고전주의 문학과 함께 헤겔 G. W. F. Hegel의 관념철학도 유대인에게 큰 영향을 주었다. 헤겔 철학의 정교한 변증법 체계는 유대인 해방의 이론적 토대로 받아들여졌다. 하지만 레싱과 헤르더와 달리 괴테와 실러는 당대 유대인에 별로 관심이 없었다. 이들의 작품에서 유대인은 그리 주목받는 인물들이 아니었다. 유대인에 대한 괴테의 기억이나 이미지는 기껏해야 어렸을 때 고향 프랑크푸르트의 게토 거리에서 본 유대인의 겉모습 정도였다.[67] 실러 역시 유대인과 진정한 대화와 소통을 하려 했던 레싱과 달리 유대인에 대해서는 그다지 특별한 관심을 갖지 않았다.

그럼에도 불구하고 고전주의의 이 두 거장과 이들의 작품은 유대인에게 깊은 인상을 남겼다. 독일문학에서 괴테 연구의 시작은 유대인의 노력이 없었더라면 생각할 수 없으며, 특히 실러에 대한 유대인들의 관심은 대단했다. 19세기에 이르러 동유럽 유대 작가 가운데 많은 이들이 실러의 작품을 히브리어 혹은 이디시어로 번역해 소개했다. 유대인과 특별한 관련성이 없어 보이는 이 두 사람에 대한 유대인의 관심은 대체 무엇 때문이었을까? 마르가레테 주스만M. Susman은 루터Martin Luther의 성서 번역과 모제스 멘델스존의 문화적 개방성, 괴테와 실러를 비롯한 유대인의 고전주의 문학 수용과 이해, 카프카Franz Kafka 문학을 독일 정신과 유대 정체성의 상호 관련성의 문학적 증표라고 보았다.[68] 특히 실러와 유대인, 실러와 유대 사상과의 관계성을 이해할 필요가 있는데, 근대 자유주의 및 계몽주의 성향의 유대인들에게 실러는 각별한 의미를 지닌 작가였기 때문이다. 여기서 핵심은 실러에 대한 유대인들의 이해와 해석, 즉 '유대인이 받아들인 실러와 실러에게서 찾고자 하는 것'이었다. 이들에게 실러는 "휴머니즘적 근대의 전형"[69]이자 "자유주의 해방운동의 대변자"[70]였다. 유대인들은 실러를 통해 새로운 근대로의 이행기에서의 이상적인 모습을 보았다고 생각했다. 아니 보았다고 믿었거나 보고 싶어 했다는 편이 더 정확할 것이다. 이렇게 '이상화된' 실러는 유대인의 옹호자가 아닌 "자유와 형제애, 교양과 인권의 옹호자"의 모습이었다. 다시 말해 독일 유대인들은 실러를 통해 '박해받고 무거운 짐을 진 사람들의 친구'를 보고 싶었던 것이다.

그렇기에 실러는 이들에게 해방의 아이콘이었다. 1859년, ≪유대교 일반신문≫은 실러 탄생 100주년 기념 기사를 실었다. 이 신문에서 자유주의 성향의 유대교 랍비이자 역사학자, 마이어 카이저링Mayer Keysering은 실러를 "독일의 고전주의자만이 아닌 유대의 고전주의자"로, 루트비히 필립슨도 "실러처럼 유대 특성과 유대 사상의 내적인 모티브에 근접한 작가, 근대적인 독일 유대인의 문화 형성에 그토록 중요하게 영향을 끼친 작가는 없었다"고 평가했다.[71] 특히 실러의 「환희An die Freude」는 강렬한 인상과 벅찬 느낌을 주기에 충분했으며, 그의 문학에서 문화적 통합과 정치적 해방의 단초를 찾으려 했다. "모든 인간은 형제일지니"라는 노랫말이 담긴 「환희」는 히브리어 최초로 그리고 가장 많이 번역된 실러의 텍스트였다.[72] 지난 수백 년 동안 끊임없이 독일 사회에 인정받기를 간절히 원했던 독일 유대인들에게 실러처럼 자유와 해방, 인간애의 메시지를 가장 구체적이고 명료하게 표명한 작가는 없었으리라 느끼기에 충분했다.

그러나 실러에 대한 사랑, 그를 통한 자유의 노래와 해방의 갈망은 주목할 만한 반향이나 결실을 얻지 못했다. 즉, 유대인 해방, 독일과 유대 문화의 공존, 진정한 의미의 동화도 실패함에 따라 "교양적 낙관주의"는 자기 환상일 뿐이라는 느낌을 갖게 했다. 아울러 정통 유대교 랍비들에게 독일 작가의 작품은 금지 대상이었다. 유대 전통이 일상을 지배했던 곳에서 실러의 문학은 몰래 읽어야 했던 텍스트였다.[73] 모제스 멘델스존, 하이네Heinrich Heine, 뵈르네Ludwig Börne, "유대인 친구"인 레싱에 대한 비난의 강도는 상당했다. 하이네와 뵈르네는 물론 레싱의 책들마저 프로이센에서는 금서 목록에 포함되었다. 그리하여 1800년대 후반 독일 유대 작가들에게 정체성 문제는 더욱 새롭고 절실하게 다가왔다. 이들 작품에서는 사회에서 인정받으려는 노력과 좌절의 갈림길에서의 선택, 전통과의 갈등, 적대적으로 변해가는 환경 속에서 삶의 자리를 찾으려는 내용이 주를 이루고 있다.[74] 그 후부터 독일 문화로의 유대인의 동화와 통합 흐름은 더욱 가속화되었다. '유대 문화와 학문협회'가 해체된 직후부터 헤겔의 유대인 제자 및 유대 학자들이 세례를 받고 프로이센에 충성을 서약하기에 이르렀다. 프랑크푸르트 게토 출신의 뵈르네도 하이네와 마찬가지로 유대 전통과 단절했다.

그러나 유대인의 동화는 결과적으로 질적·양적으로 독일문학 발전의 자양분이 되었다.[75] 하이네는 유대인으로서보다는 독일의 시인이자 '로렐라이의 작가'로 더 각인되었다. 그러나 그 때문에 "독일인의 혀를 가진 유대 시인"(막스 브로트Max Brod), 하이네는 독일문학에 "진정 위대한 사회적 의미"를 부여한 최초의 독일 작가로 인정받았으며,[76] 독일문학의 경향을 바꾸어 놓았다. 뵈르네 역시 독일문학에 처음으로 저널리즘의 색채를 입힌 작가였다. 이렇게 독일 유대문학은 멘델스존부터 하이네를 거치면서 유대인 해방을 넘어 휴머니즘 문학과 자유 운동의 큰 흐름을 이끌었다. 아울러 많은 유대 작가의 작품 속에 유대 전통은 창작의 영감과 정신적 자극으로 뚜렷한 흔적을 남겼다.

카프카의 작품에 유대적인 주제가 명시적으로 드러나지는 않지만 다양하고 모순적인 카프카의 해석 가능성으로 인해 그를 유대 작가로 보아야 한다는 견해도 있다.[77] 사실 유대 작가 가운데 하이네와 카프카, 이 두 사람만큼 조명의 대상이 된 작가도 없을 것이다. 카프카의 삶과 문학은 독일 유대문학의 상황을 집약적으로 보여주고 있다. 카프카는 프라하에 살았지만 체코인에 속한다고 느끼지 않았으며, 그렇다고 독일인이라고 여긴 것도 아니었다. 하지만 그는 스스로 독일 작가이자 유럽 작가라고 생각했고 근대 유럽 작가들과 자신을 비교했다. 독일어로 글을 썼던 그에게 독일문학은 언어로만 규정된 문학이었다. 프라하를 떠나고 싶었던 카프카의 간절한 소망은 바로 언어 때문이기도 했다.[78] 유대 작가들은 유대 정체성에 대한 새로운 인식, 사회에서의 위상에 대한 고민 등 그들 나름의 방식대로 '모던 프로젝트'에 열정적으로 참여했다. 하지만 유대문학의 이러한 노력은 독일 주류 문화와의 관계성 속에서 많은 부침浮沈을 겪어야 했다.

1871년 빌헬름제국 설립 이후, 독일 유대문학은 국수주의 성향의 파시즘 독문학자들의 공격 대상이 되었다. 반유대주의 독문학자들에게 독일 유대문학은 "비독일적인 문학"일 뿐이었다. 독일 반유대주의 문학은 1881년, 오이겐 뒤링 Eugen Dühring의 『인종, 관습과 문화의 문제로서의 유대인 문제Die Judenfrage als Racen, Sitten-und Culturfrage』의 출간 이후 독버섯처럼 나타났다. 이 책에서 뒤링은 유대 종족의 "더러운 속성"으로부터 독일문학을 깨끗하게 하고 아리안족의 문학으로 만들 것을 주장했다.[79] 뒤링은 『현대문학의 위대함Die Größen der modernen Literatur』(1893)이라는 문학비평집을 직접 내면서 인종주의, 반유대주의 논조를 노골적으로 드러냈다. 20세기 들어 인종주의 파시즘 독문학은 아우구스트 자우어A. Sauer와 아돌프 바르텔스A. Bartels, 요세프 나들러J. Nadler로 계보를 잇는다.[80] 특히 네 권으로 이루어진 나들러의 『독일 민중문학사Literaturgeschichte des deutschen Volkes』(1912~1941)는 나치 독문학의 전체 기획을 주도한 책이다. 이 책은 이른바 독일문학에 있는 "유대 요소" 때문에 발생한 '낯설고, 해악적이며 파괴적인 영향'을 부각시키고 있다. 이것은 "유대적 모더니즘, 퇴폐적 모더니즘이 독일 민중예술과 향토예술을 타락시키고 있다"는 아돌프 바르텔스의 주장과 맥을 같이한다. 빌헬름 슈타펠Wilhelm Stapel도 『독일 유대인의 문학 지배 1918~1933Die literarische Vorherrschaft der Juden in Deutschland 1918~1933』(1937)에서 독일문학에서의 유대인의 영향을 결정짓는 기준이 언어에 있다고 주장했다. 즉, 유대인들이 독일문학 속에 잠입하려는 음모로 독일어를 교묘히 왜곡·변조했다는 것이다.

이 상황에 직면해 유대 문학인들은 두 그룹으로 나뉘었다. 첫째는 동화적 입장을 옹호하며 독일 유대문학을 독일 문화에 대한 유대인의 기여와 상호 공존의 증표로 삼고자 한 부류로, 앞서 언급한 춘쯔와 가이거 같은 학자들이었다. 이들은 인종주의, 반유대주의 문예학에 적극 대응했다. 이들이 생각한 독일 유대문학 개념은 반유대주의 문화정책에 대한 비판임과 동시에 두 번째 그룹인 "문화적 시오니즘" 문학과도 거리를 두고 있다. 특히 가이거는 시오니즘 문학이 유대 정체성을 배타적 개념으로 이해하면서 유대인의 자의식을 편협하게 자극하고 있다고 비판했다.[81] 반면에 문화적 시오니즘 문학관은 적대적인 주변 세계로의 유대인의 동화와 통합을 성급한 복종이자 유대 정체성을 부정하는 것으로 간주했다. 이들은 유대인의 문화적 정체성에 대한 확신은 강렬했지만 독일문학과 유대문학의 공존에 대해서는 비판적·회의적 태도를 취했다.

문화적 시오니즘 독일 유대문학은 또한 두 가지 입장으로 다시 나뉘는데, 하나는 언어적 관점에서 히브리 민족문학을 고수하려 했으며, 다른 하나는 이보다 개방적인 입장으로 언어를 고집해선 안 된다는 온건한 관점을 보였다. 즉, 전자는 유대문학의 정체성이 오로지 유대 언어를 통해 담보될 수 있다는 입장을 고수했다. 마르틴 부버Martin Buber와 모리츠 골드슈타인Moritz Goldstein이 대표적 인물로서, 특히 모리츠 골드슈타인은 오직 히브리어를 통해서만 유대문학의 정체성을 찾을 수 있으며, "예술을 위한 시오니즘"은 히브리 언어와 시학에 생명을 불어넣어야만 가능하다고 주장했다.[82] 그렇지만 모리츠 라차루스Moritz Lazarus와 구스타프 카르펠레스Gustav Karpeles 등 후자의 입장을 취한 학자들은 유대문학의 본질을 구성하는 것은 언어만이 아니라고 강조했다.

1894년, 모리츠 라차루스는 베를린의 '유대 역사와 문학협회'에서 "유대 역사와 문학의 명칭은 무엇이며 연구 범위는 어디까지인가?"라는 제목으로 강연한 바 있다. 여기서 라차루스는 유대 언어(히브리어, 이디시어)로 쓰인 텍스트만이 아니라 유대인의 삶을 주제로 한 것이라면, 다른 언어로 쓰인 작품들도 유대문학에 포함될 수 있으며 유대문학은 유대 정신에 의해 규정된다고 주장했다.[83] 물론 이 두 관점은 모두 나름의 한계와 문제점을 갖고 있었다. 동화적 입장에서 유대문학을 규정한 관점은 유대 정체성을 모호하게 하고, 독일과 유대의 문화적 공존을 전제로 한 근본적인 한계가 있었다. 또한 문화 시오니즘 관점에 선 유대문학 개념은 다양한 특성을 가진 문화의 총체總體로서 유대문학의 다양한 스펙트럼을 배제했을뿐더러 유대 전통에 대한 완고한 집착으로 파시즘 문예학의 빌미를 제공했다는 비판에서 자유롭지 못했다. 아무튼 독일 유대문학의 이 좌표들을 올바로 뿌리내리지 못하게 만든 1933년의 상황은 계몽주의의 보편적 가치를 구현하지 못한 아쉬움만이 아니라, 독일어가 문화언어로서의 위상을 더욱 다질 수 있었던 가능성을 스스로 제약했다는 아쉬움도 적지 않을 것이다. 더불어 1945년 이후의 독일 유대문학을 종결된 것으로 보아야 하는지, 아니면 그전과 다른 전망과 방향성을 갖고 독일 문화와 문학에 의미를 줄 것인지 관심의 대상이 되고 있다.

맺는 말

이미 18세기부터 독일문학은 타 민족의 문화 전통과 문학에 관심을 갖고 있었으며 이후 등장한 괴테의 세계문학 구상도 이로부터 영향을 받았다. '세계문학'이라는 용어를 처음 쓴 것으로 밝혀진 아우구스트 루트비히 슐뢰저는 일찍이 타 문화권 문학에 대해 개방적인 태도를 보인 학자였다. 문학은 순혈·단일 공동체만의 정신적 생산물이 아니라, 생산자나 수용자 모두 여러 문화의 자양분이 축적된 다양한 구성원이다. 그렇기에 문학은 필연적으로 여러 문화가 중첩되고 교차되면서 뿌리내린 텃밭이 낳은 열매이며, 모든 문화는 근본적으로 상호문화의 성격을 갖고 있으며 서로 영향을 주고받는 역동성이 있다. 또한 독일 근대문학의 틀을 다진 마르틴 오피츠Martin Opitz의 문학도 프랑스 시인들과 고대 고전시와의 관련성을 배제하고서는 존립할 수 없으며 안드레아스 그리피우스Andreas Gryphius 역시 외국 문학의 영향이 깊이 배어 있다.

1933년의 나치 집권은 수많은 유대 작가들을 고난과 망명 그리고 디아스포라의 운명으로 밀어 넣었다. 아울러 1945년 이후 독일 유대문학의 전통은 종결되었다고까지 보는 견해도 있다.[84] 그러나 동·서독을 막론하고 유대 작가들이 전후 문학계에서도 활발하게 활동한 것을 보면 이런 견해가 쉽게 설득력을 갖기는 힘들 것 같다. 유대 작가들은 반파시즘 문학의 전통을 계승했을 뿐만 아니라 새로운 세대의 작가들도 속속 문단에 등장했기 때문이다. 그렇기에 독일 유대문학은 나치즘과 홀로코스트에 의해서도 결코 회복할 수 없는 종말을 맞은 것이 아니라는 시각이 지배적이다. 그렇지만 독일 유대문학을 새롭게 정립하기 위해서는 면면히 이어져온 유대문학의 전통을 먼저 복원해야 할 것이다.[85]

홀로코스트 이후 독일 유대문학의 방향에 대한 많은 논의가 있었지만 이 논의들은 다원주의 사회에서 미래의 삶을 위한 유대문학의 책임과 역할에 관한 이해에 초점이 맞춰졌다. 이를 위해 가장 중요한 것은 유대문학의 목적이 단지 "유대적인 특성을 부각시키는 것이 아니라 휴머니즘적인 사회를 위해 기여하는 데 있다"는 데 초점이 모아진다.[86] 문학을 다양한 문화 현상과 그 관계성 속에서 보려는 오늘의 상황에서 독일 유대문학은 오늘날 상호문화적 문학의 원류原流이다. 종교적 성향과 혁명적 전통, 유토피아이즘, 동유럽과 서유럽의 문화적 특성 등 그 어떤 것과도 비교할 수 없는 혼성적인 토양에서 배양된 독일 유대문학이야말로 소중한 문학적 유산임이 분명하다.

최근에 이르러 문학 텍스트에 대한 이해와 연구는 문화적 상호접촉 및 관계성에 초점을 맞추고 있으며 다양한 문화적 글쓰기의 맥락에 초점을 두고 있다. 이것은 문학을 여러 문화들의 쌍방향적 흐름을 매개하는 것으로 받아들이고, 정전 중심의 텍스트 이해에서 상호문화성을 근간으로 하는 접근 통로로서의 문학의 패러다임 전환을 의미한다. 독일문학에서도 이러한 상호문화성에 대한 문학적 관심과 이해를 넓혀가고 있는 바, 그 계기가 된 것은 1990년대 이후 특히 영미 독어독문학계에서 촉발된 상호문화적 문학에 대한 연구였다. 이러한 논의는 유럽과 독일문학계에 다시 영향을 미쳐 포스트모더니즘 및 탈식민주의와 관련한 '우리와 타자', '다름'에 관한 화두로 새롭게 조명되고 있다.

제 **2** 장

더불어 사는 공동체를 위한 문학

순혈주의의 극복을 위하여

20세기 독일만큼 이주 현상과 그로 인한 혼성의 경험을 가진 나라도 없을 것이다. 주지하다시피 제2차 세계대전 후 패전의 멍에를 딛고 곧장 고속 경제성장 시대를 맞은 독일은 외국 출신의 이주노동자Gastarbeiter를 통해 부족한 노동력을 보충함으로써 경제성장의 발판을 마련했다. 이후 독일 사회에 뿌리내리기 시작한 이들 가운데 몇몇 사람들이 1970년대부터 창작 활동을 통해 이주자들의 실상을 알리려는 노력을 시작했다. 독자적인 문학그룹 결성과 문학지 창간, 문집 발간으로 시작된 이들의 노력은 점차 독일문학계에 뿌리를 내리게 되었다. 이들의 문학은 처음부터 관찰자의 관점에서 본 독일의 일상이었다. 아울러 개개인의 정체성 상실, 가족 구성원 사이의 갈등, 낯선 이방인의 처지와 상황을 헤아리지 않는 내국인의 인식 등 다문화권 사회에서 나타나는 '관계의 낯섦'도 드러내고 있다. 그리하여 초기 외국인 '노동자' 문학의 한계를 극복하고 낯선 문화의 중개자, 상호접근과 이해의 연결자로서의 역할을 다져갔으며, 민족과 인종, 국적의 차이를 뛰어넘는 보편적 가치와 연대하는 문학적 소명에 부응하고 있다.

이 장에서는 비록 소수자, 아웃사이더, 관찰자의 시선일지라도 독일 내 외국인 작가들의 문학이 어떤 문제에 주목하면서 발전해왔는지 조명하고자 한다. 이 문학의 다양한 양상과 경향을 모두 분석할 수는 없지만, 여기서는 1980년대 이후 비非독일어권 출신 작가들의 문학을 "독일 외국인 문학Ausländerliteratur"으로 표현하고자 한다. 이것은 초기 "이주민을 상대로 독일어로 쓰인 문학", "이주민과 그들 고향의 대중을 상대로 고국의 언어로 쓰인 문학"으로 한정되었던[1] 역할과 의미가 달라진 상황을 반영해야 했기 때문이다. 다양한 유형의 이주자 집단이 대한민국에 유입된 지도 어느덧 20여 년이 흘렀다. 그동안 우리 문화계에서 이들의 삶과 정서를 대변하는 공간은 매우 협소했지만, 2000년대 중반부터 우리 작가들도 이에 관심을 기울이기 시작해 이주노동자 등 국내에서 외국인 문제를 다룬 문학작품이 꾸준히 출간되고 있다. 이로써 아직은 미미하지만 '다문화 문학'은 우리 문학의 한 지류를 이루고 있다.[2] 더 나아가 사회의 당당한 구성원으로 살아갈 외국인 이주자들의 삶과 그와 관련한 문제의식을 담는 문학이 머지않아 태동할 것으로 전망되는데, 그 속에 담긴 진솔한 이야기에 귀를 기울여야 할 것이다. 그것은 그들을 이해하기 위한 것만이 아니라, 그들의 눈으로 바라본 우리 자신의 모습이기 때문이다.

1. 20세기 이후 독일의 디아스포라 상황

최근 문화학의 주요 개념 가운데 하나인 "디아스포라Diaspora"는 여러 학문 분야에서 사용되고 있다. 망명이나 이주와 비슷한 의미로 이해되지만 디아스포라는 고유한 역사적인 의미를 갖고 있다. 망명이 정치적인 맥락에서, 이주는 사회학적인 의미로 이해되고 있는 반면에 디아스포라는 종교적인 의미에서 유래한 개념이다. 즉, 디아스포라는 '흩어짐과 분산'을 의미하는 종교적인 용어로, 그 유래는 기원전 3세기경 그리스어로 성서 번역이 이루어지면서부터였다. 원래 의미는 자기 의지와 달리 낯선 환경에서 망명자 혹은 추방인 신분으로 살아가는 집단, 특히 "타종교 집단이 지배하는 지역에 거주하는 유대-기독교 전통을 수호하는 신앙공동체"를 일컫는 말이었다.[3] 이러한 맥락에서 디아스포라는 2000년 동안 고향 팔레스타인을 잃고 전 세계로 흩어져야 했던 유대인의 방랑과 동일한 의미로 받아들여졌다.

이후 이 용어는 1960년대부터 아프리카학 Afrikanistik에서 "아프리카 디아스포라" 혹은 "흑인 디아스포라"라는 용어가 사용되면서 주목받기 시작했다. 1980~1990년대 이후 디아스포라는 사회학에서도 핵심 개념으로 응용되었는데, 20세기 후반 과거 피식민 지역에서의 대량 이주와 이동, 내전 지역에서의 난민 물결, 경제적인 이유에서의 이주 흐름을 포괄적으로 서술하는 의미로 전환되었다.[4] 모든 이주 상황은 당사자에게 삶의 터전의 상실과 낯선 환경에의 적응을 강요한다. 국경을 통한 경계 짓기와 거주지를 기준으로 한 인간의 '정체성 규정'은 20세기 서구 사회의 가장 두드러진 특징이었다. 20세기 초기 이주 현상의 주요 원인이 두 차례에 걸친 세계대전으로 인한 대규모 이동 및 망명, 식민주의 종결과 식민지 해방에 따른 귀환이었고, 20세기 중반 이후에는 전후戰後 세계경제의 성장으로 인한 산업선진국의 노동력 수요 때문에 개발도상국으로부터의 인력 유입이었다면, 이른바 '불법 이주' 현상이 부각된 것은 소비에트 연방이 무너지고 냉전체제가 해체된 1990년 무렵부터였다.

이때부터 지금까지 한편으로 자본과 사람의 이동을 자유롭게 한 글로벌 체제의 등장, 다른 한편으로는 내전과 기근, 추방, 테러 등 아프리카 및 중동 지역의 정세 불안으로 이주 문제는 지속적으로 주요 현안이 되고 있다. 사회주의 붕괴 이후, 동유럽 이민자들이 여러 나라로 이주하면서 소소한 갈등이 있었음에도 불구하고, 얼마 전까지만 하더라도 독일을 비롯한 유럽 사회는 이주자 집단과 비교적 원만하게 공존을 이루었고 사회통합을 위한 노력에서 많은 성과도 거두었다. 그러나 최근 수년 전부터 런던을 비롯한 유럽 각국에서 자행된 국제테러 조직, 알카에다와 IS의 무차별적 테러 그리고 2015년부터 이라크, 시리아에서 대규모 난민이 유럽으로 몰려듦으로써 이주민, 난민 문제는 뜨거운 논란의 대상이 됨과 동시에 새로운 난관에 직면해 있다. 더욱이 미국 대통령, 도널드 트럼프Donald Trump는 2016년 대선 경쟁 과정에서 이민자와 난민 유입의 증가 때문에 사회가 위협받고 있다고 주장하면서 멕시코와 맞닿은 국경에 장벽을 설치해 불법 이민을 봉쇄하겠다고 공언했다. 그리고 대통령 취임 후 그는 실제로 7개국 무슬림 국가 시민들을 대상으로 반反이민 행정명령을 발동하는 조치를 단행함으로써 큰 논란을 불러일으킨 바 있다.

물론 20세기 이전에는 독일에서도 동유럽 출신 이주민들을 "해를 끼치는 분자들의 위험한 유입, 낯선 사람들과의 위협적인 뒤섞임"[5]으로 간주한 적이 있었다. 예컨대 1890년대 프로이센 의회의 "추방 비준안" 가결은 사람들의 유입을 막기 위한 조치였으며, 독일 제국의회에서도 이와 비슷한 조치를 명시한 적이 있다.[6] 그렇지만 독일은 '이주' 문제에 관한 한 피해자이자 가해자였다. 특히 두 차례 세계대전으로 독일인들은 이주 경험을 일상으로 받아들였다. 주지하다시피 나치 정권은 유대인을 비롯한 비非아리안족과 유대인에 대한 추방과 학살을 자행했으며, 나치를 피해 수많은 사람이 유럽 내 타국이나 미국으로 망명을 떠났다. 전쟁 기간에 유대인이나 비유대인, 독일인이나 비독일인을 막론하고 거의 모든 유럽인에게 망명은 일상이었다. 망명 시절, "신발보다 더 자주 나라를 바꾸었다"고 표현한 반파시즘 작가, 베르톨트 브레히트Bertolt Brecht의 시 구절은 당시 상황을 압축적으로 말한 것이다.

작가들에게 이렇듯 국경선과 여권, 망명 등은 남다른 기억으로 표상된다. 1942년 발표한 회고록, 『어제의 세계Die Welt von Gestern』에서 오스트리아 출신의 작가, 슈테판 츠바이크Stefan Zweig는 "그리니치 자오선처럼 무심하게 넘나들던 선이 함부로 범접할 수 없는 경계선"으로 정해지고, 여권이 인간 존재의 정체성을 획일적으로 대표하는 현상에 대한 소회를 밝힌 바 있다.[7] 스페인에서 태어나 프랑스에서 세상을 떠난 삶의 여정이 보여주듯 스스로 "고향 잃은 유목민"이라 일컬었던 유대 작가, 요셉 로트Joseph Roth도 츠바이크와 마찬가지로 '신분증이 갖는 억압적 기능'을 묘사했다. 그에게 폐쇄적인 국경은 "뒤섞임과 정체성 상실의 위험한 유입으로부터 보호하는 댐"이지만 감옥과 다르지 않았다. 로트의 텍스트에서 감옥의 상징과 함께 여권 위조자, 밀수꾼, 피난민, 도망자 등이 반복적으로 등장하는 것도 작가의 이러한 인식 때문이었다.

이렇듯 유럽의 현대사는 이주의 역사였으며 거주지의 옮김, 망명, 피난은 굴곡 많은 이 역사의 산물이었다. 특히 독일은 20세기 초까지만 하더라도 가장 많은 수의 자국민이 떠난 나라였다. 19세기 초부터 1930년대까지 700만 명이 넘는 사람들이 정치적·경제적 이유로 고향을 등졌는데, 제2차 세계대전이 끝난 후에도 이주와 망명, 추방의 역사는 그치지 않았다. 전승국 소련은 러시아와 동유럽 지역에 정착해 살던 수백 만 명의 독일계 주민을 추방했으며, 그 가운데 200만 명이 넘는 사람들이 목숨을 잃어야 했다. 이들을 포함해 종전 직후부터 동·서독이 각각 건국되기 전까지 불과 5년 만에 강제노역 노동자, 전쟁포로 및 수용소 수감자 신분으로 독일로 온 이들은 무려 1500만 명에 달했다.[8]

독일뿐만 아니라 제2차 세계대전 종전 후부터 1950년대까지 폐허가 된 당시 유럽의 경제 재건을 위해 난민과 강제 이주자, 식민지에서 돌아온 사람들은 대단히 유용한 노동 인력이었다. 아울러 이 시기는 식민주의 시대가 종결된 때였다. 옛 식민 지역에 살던 백인 거주민과 관료들의 귀향이 이어졌고, 유럽 국가들은 과거 식민지 피지배 지역 주민에게도 시민권을 주거나 비슷한 지위를 부여했다.

고도의 경제성장 시대가 끝난 1980년 후반기와 냉전이 종식된 1990년 무렵부터 유럽은 불법 이민이라는 달갑지 않은 상황에 직면했다. 1992년 한 해에만 피난처를 찾아 떠난 난민이 70만 명이었으며, 이 사람들을 가장 많이 수용한 나라 역시 독일이었다. 이들의 출신 국가는 주로 구소비에트 연방과 동유럽 국가들이었다. 이 무렵 독일-체코 국경의 경우가 특히 심했는데 1992년, 이 지역에서 체포된 불법 이민자는 1만 2000명에 달했다.[9] 이 무렵부터 이주 유형은 달라졌다. 예컨대 유럽 국가 간 자유로운 이동과 국경 철폐를 명시한 셴겐 조약의 발효로 이탈리아처럼 과거 자국민이 외국으로 떠난 국가들도 이주민들을 받아들여야 하는 상황이 된 것이다. 1970년대까지만 하더라도 노동인력 이외에도 아르헨티나, 칠레, 우루과이 등 남미 독재정권 치하에서 피난처를 찾은 고학력 지식인층과 예술가도 많았으나, 1980년대 중반부터는 아프리카 등 최빈국 출신 이주자가 급격히 증가했다. 베를린 장벽 붕괴와 구동구권 국가의 여행제한 철폐 및 자유화 과정에서 정착을 목적으로 온 유입 인구도 급격히 증가했다. 이 현상에 직접적이고 가장 큰 영향을 받은 나라도 독일이었다.

이렇듯 제2차 세계대전 이후부터 독일은 유럽에서 가장 많은 이주민이 유입된 국가가 되었다. 그때부터 최근까지 전쟁 피난민과 동유럽에서 추방당한 난민과 이주노동자 및 그 가족이 망명자로 들어옴으로써 독일은 21세기 "동서 이주의 회전판"이 되었다.[10] 이렇게 지금까지 국적과 지역을 망라해 다양한 이유로 독일에 온 사람들을 이제는 외국인 혹은 이주민이라는 용어 대신 총칭하여 "이주 배경을 가진 사람들"이라 부르고 있다. 20세기 이주의 특성은 대부분 자발적이고 자의에 의한 것이 아니라 강요받는 상황이 많았지만, 다른 한편으로는 당사자 입장에서 이주하고 싶은 간절한 처지가 있음에도 불구하고 정작 그럴 수 없는 경우가 더 많았다.

이러한 상황에서 '국경, 비자, 여권…'으로 상징되는 이동과 거주의 제약에 대해 작가들이 느끼는 거북함은 최근에도 마찬가지이다. 특히 어떤 상황이든 고향을 떠나야 했던 경험을 한 작가들은 더욱 그럴 수밖에 없었다. 예를 들면 루마니아에서 태어나 독일로 망명한 헤르타 뮐러Herta Müller의 "나의 삶에서 어머니보다 비자를 더 필요로 했던 시절이 있었다"라는 자전적 시구는 짙은 애잔함을 남기고 있다.[11] 그녀는 차우세스쿠Ceausescu 독재 정권을 피해 독일로 망명한 1987년 이전에 발표한 『여권Passport』에서 고향을 떠날 수밖에 없는 사람의 절실한 심정을, 망명 직후인 1989년 발표한 『외발여행자Reisende auf einem Bein』에서는 고향을 떠나 낯선 곳에 사는 이방인의 삶을 묘사하고 있다.[12] 2009년, 헤르타 뮐러의 '노벨문학상' 수상은 세계문학계가 이주문학(혹은 이주자 문학)의 의미를 새롭게 조명하고, 민족문학 색채가 강했던 독일문학계에서도 문화적 다양성과 문학적 다원성을 인정하고 수용하게 된 계기가 되었다.

2016년, 트럼프가 공언한 강력한 이민봉쇄 정책과 잉글랜드의 EU 탈퇴안(브렉시트) 가결로 예상되는 자국 중심주의와 신고립주의, 빈번하게 자행되는 테러 등은 유럽 사회만이 아니라 전 세계적으로 반反이민, 반反난민, 반反무슬림 정서를 더욱 증폭시킬 우려를 낳고 있다. 그럼에도 불구하고 많은 사람들은 외국 출신 이주민과 이민자, 망명자, 무슬림에 대한 증오·차단·배척이 불행을 막는 첨경이 아니라는 데 인식을 같이 하고 있다. 폐쇄주의·고립주의 정책은 보호막이 되기는커녕 갈등과 대립의 악순환으로 이끌 뿐이다. 중요한 것은 이미 다양한 문화권 사람들이 서로 교류하고 접촉할 수밖에 없게 된 글로벌 상황에서 종교·문화·인종의 차이를 조화롭게 융화하며 더불어 사는 지혜를 찾는 문제일 것이다.

2. 독일 외국인 문학 등장의 사회적·문화적 배경

제2차 세계대전 이후부터, 본격적으로는 1950년대부터 시작된 경제성장기에 구서독은 수많은 외국인을 받아들였다. 일자리를 얻기 위해 구서독으로 온 사람들의 출신 국적은 다양했지만 주로 터키, 이탈리아, 그리스 등 남부 유럽 출신이 많았으며, 그중에서 터키인의 비중이 가장 높았다. 당시 서독은 이들과 그 가족에게 삶의 희망과 비전을 주는 나라로 비쳤다. 이렇듯 외국인 이주노동자들에게 독일은 가난과 궁핍에서 벗어나게 해줄 꿈의 나라였지만, 이들이 독일에 대해 올바로 알고 온 경우는 거의 없었다. 즉, 자의건 타의건 정착을 위한 교육이나 예비 정보 없이 낯선 삶의 자리로 들어온 것이다.

그럼에도 불구하고 이들이 악착같이 일하면서 온갖 고생한 것은 오로지 돈을 벌어 고국으로 돌아가려는 일념 때문이었다. 당시만하더라도 이들의 고국은 대부분 농업국가였고, 엄격한 가부장제 문화가 지배하고 있었다. 외국인 이주자들을 1960년대에는 "이주노동자", 1970년대 이후에는 "외국인 근로자Ausländische Arbeitnehmer", 1980년대 이후부터는 총칭하여 "외국인"이라 불렀다. 하지만 이 용어는 "외국인 문제"라는 슬로건이 난무하면서 부정적 의미로 인식되었다. 그 외에도 이주민 혹은 이민자를 의미하는 "Einwanderen, Migranten"라는 호칭으로도 불렸으나, 독일(서독) 정부는 공식적으로 이민국가가 아니라고 밝혀왔기 때문에 이것은 정치적·법적으로는 부정확한 호칭이었다.[13] 호칭이 무엇이든 그동안 일하기 위해 독일에 온 사람들은 이방인 취급을 받았다. 더욱이 언젠가는 고국으로 돌아갈 것이라는 생각과 함께 이주자들의 '출신'으로 인해 이질적인 존재라고 여겨왔다.

더 큰 문제는 당국이 이주자들을 "일시적이고 과도기적 노동력"으로 여기고 독일이 이민국가가 아니라는 입장을 계속 취함으로써, 이들은 이민국이 아닌 곳에서의 이주 상황이라는 모순적 상태에서 살아왔다는 점이다. 이와 관련해 터키 출신의 2세대 작가, 자퍼 제노착은 서독 정부가 외국인 노동자들을 "실컷 빨아먹고 언젠가는 창밖으로 던져버릴 뼈다귀 취급"을 하고 있다고 노골적으로 표현한 바 있다.[14] 당시 터키와 같은 농업국가에서 온 외국인들에게 독일 생활은 신세계의 체험이자 낯선 환경과의 대면이었는데, 말 그대로 "문화적 충격"이었다.[15] 그러나 당국은 이들의 문화적 특수성을 고려해 점진적으로 사회에 편입시키려는 노력을 소홀히 했다. 이들을 다시 모국이나 고향으로 돌아갈 존재로 보았기 때문이다. 그러면서도 내심 통합 내지는 동화되기를 요구하는 이중적 입장을 취한 것도 사실이었다.

세월이 흘러 어느덧 독일은 이들에게 '손님의 나라'가 아닌 제2의 고국이 되었음에도, 이들의 생활과 문화에 대해 주류 사회는 아무런 관심도 없었다. 이주 외국인들에게 그것은 "단절의 경험"이자 "문화적 침묵 국면"이었다.[16] 전후 경제성장기 동안 독일은 이렇게 이중적인 외국인 유입정책을 펼쳤는데, '(지금은) 필요한 존재이지만 언젠가는 돌아갈 이방인' 취급을 하며 타자화한 것이다. 이들에 대한 본격적인 타자화가 시작된 것은 오일 쇼크로 인한 경기 침체로 경제 성장세가 주춤함에 따라 노동 이주를 억제하기 시작한 1970년대 중반 이후부터였다. 이는 새로 들어온 '불법 이주자'는 물론 10년 이상 독일에 살고 있는 외국인도 예외가 아니었다. 이주 동기와 이유는 이주자마다 각각 다르겠지만 일반적인 경향은 1980년대 이전과 그 이후 크게 다르게 나타난다. 즉, 1980년대 이전에는 주로 고달픈 고국 생활을 청산하려는 경제적인 이유가 주를 이루었지만 1980년대 이후에는 주로 정치적인 이유로 온 사람들이 많았다.[17]

독일 내 외국 출신 이주자, 특히 이주노동자들이 삶에 관한 이야기를 이들 스스로 문학 형식으로 묘사하려는 노력이 결실을 맺기 시작한 것은 1980년대부터였다.[18] 외국인(노동자) 가운데 낯선 세계에서의 체험과 삶을 문학 형식으로 표현하려는 사람들이 문학 동아리를 결성한 것이다. 그 결실이 1980년, 이탈리아 출신의 프랑코 비온디Franco Biondi와 지노 키엘리노Gino Chiellino가 창립한 '다국가 문화 및 예술협회PoLiKunst'였다. 이를 통해 국적을 불문한 외국인들의 창작물이 ≪남쪽 바람-이주노동자 독일어Südwind gastarbeiterdeutsch≫로 첫 출간되었다. 그러나 이 기획은 1983년 ≪남쪽바람-문학Südwind Literatur≫로 이름이 바뀌고, 1987년 '다국가 문화 및 예술협회'마저 해체되었다.[19] 전업 작가가 아닌 노동자들의, 그것도 서툰 언어와 낯선 환경 속에서 태동한 이른바 이주노동자 문학Gastarbeiterliteratur은 처음에는 이방인으로서의 고달픈 삶을 풀어내는 습작 수준이었다. 즉, 독일 독자들의 반향을 기대한 것이기보다는 단편 형식의 글과 짧은 시 형식을 빌려 가정과 직장에서 겪는 문제, 외로움과 향수를 표현하는 수준에 그쳤다.

1960~1970년대 독일에 온 이주자, 외국인 노동자들의 작품에는 "고향과 낯섦"이 깊게 배어 있었으며, 낯섦으로 표상되는 "Fremd"는 "과거를 잃어버린 미래 없음"으로 상징화된다.[20] 물론 1980년대 이후 이 이분법적 인식은 다소 희

미해졌지만 당시 낯섦의 테마에는 "분리, 궁핍, 향수, 소속감 결여"의 의미가 강했던 것만큼은 분명했다.[21] 이때부터 여러 국적 출신의 이주자들이 다양한 창작 모임을 통해 글을 발표하기 시작했다. 이들의 글은 주로 독일 내 외국인 노동자들의 삶의 실상과 정체성 문제가 주를 이루었는데, 구체적으로는 생활 형편 때문에 어쩔 수 없이 고향을 떠났거나 정치적 이유로 추방당해야 했던 처지, 새롭고 낯선 환경에서 느끼는 고립감과 외로움, 고향에 대한 그리움 등이다. 이렇게 처음에는 낯선 땅에서 이방인으로서의 삶의 이야기를 공유하며 위로를 받으려 한 것이었으나, 차츰 주류 사회와 독일 대중을 상대로 상호문화적 교류와 이해의 폭을 넓히려는 시도로 발전하기에 이르렀다.

이주자 가운데 탁월한 문학적 역량을 펼친 작가로는 독일 문단에서 이미 인정을 받고 있는 아라스 외렌Aras Oren, 자퍼 제노칵, 라픽 샤미Rafik Schami, 프랑코 비온디 등을 꼽을 수 있다.[22] 처음부터 다국적·다문화적 특성을 가진 독일 내 외국인 이주문학의 첫 번째 과제는 "자신과 독일인 사이에 형성된 강요된 분리에 맞선 투쟁"이었다.[23] 따라서 이들의 창작 활동의 핵심은 오랫동안 독일 사회에 함께 살고 있으나 융화되지 못하고 고립된 이주노동자의 문화를 알리는 데 일조하는 것이었다.

사실 이주 외국인 작가들 대다수는 전문 작가들이 아니었다. 그렇다고 모두 노동자였던 것도 아니었다. 유학생, 지식인, 망명자들이 자국 출신 노동자들의 현실에 공감하고 생활상을 알리기 위해 펜을 든 경우가 많았던 것이다. 더욱이 주로 시와 산문 형식으로 표현된 이들의 글은 독일 작가들과 다르게 토속적이고 전통적인 정서가 담긴 민중문학적인 구전 서술 기법에 바탕을 둔 서사구조였기에 독일문학계에 신선한 자극을 주기에 충분했다. 이들의 텍스트는 이제 "이주(자) 문학", 혹은 "독일 내 외국인 문학"으로 인정받고 독일 소수문학의 계보를 잇고 있다. 여기에는 독일로 오게 된 무수한 각각의 이유와 사연들이 담겨 있다. 이를 통해 독일로 오기 전의 삶을 이해함으로써 타자성의 시선을 교정하게 한다.

독일 외국인 문학의 출발점이 된 초기 '이주노동자 문학'은 분명 실험적인 문학이었지만[24] 또 다른 과제는 독일 독자와 문학계의 평가였다. 1984년, ≪문예학과 언어학 논총Zeitschrift für Literaurwissenschaft und Linguistik≫이 특별호를 통해 처음으로 독일 내 외국인 문학에 관해 다룸으로써, 독일문학계와 대중이 새로운 문학에 주목하기 시작했다.[25] 무엇보다 이 문학의 발전에 디딤돌 역할을 한 것은 이름가르트 아커만Irmgard Ackermann이 편찬한 세 권의 단행본을 출간한 뮌헨대학의 DaF(외국어로서의 독일어) 연구소였다.[26] 이 연구소의 아커만과 하랄트 바인리히는 외국인 문학을 공론의 장으로 끌어올린 장본인이다. 1980년대 중반부터는 도이처 타센부흐Deutscher Taschenbuch, 피셔Fischer, 로볼트 Rowohlt 등 독일 내 주요 출판사들도 이 문학의 보급에 적극 참여했고 학술지들도 관심을 기울이기 시작했다. 이방인의 삶을 주요 모티브로 다룬 이 문학에 주목한 또 다른 이유는 독일 사회에 대한 관찰자의 시선을 갖고 있다는 점이었다. 디트리히 크루셰Dietrich Krusche는 이에 대해 독일 독자들에게 이렇게 말했다.

이 텍스트들이 말하고 있는 것이 전부 진실은 아닐 것입니다. 다만 우리와 함께 한 경험들을 외국인으로서의 그들 시각에서 전하는 것뿐입니다. …… 다른 사람의 눈을 통해 굴절된 우리 자신을 바라보게 하는 이 문학에서 우리가 얻을 수 있는 것은 우리와 함께 사는 외국인들과의 관계와 우리가 서로를 대하는 데 도움을 주는 것입니다.[27]

독일 외국인 문학이 질적·양적으로 성장할 수 있었던 또 다른 계기는 독일에 처음 온 외국인들의 자식 세대, 즉 2세대 작가들이 등장했기 때문이다. 윗세대와 달리 이들은 두 문화권 교육을 모두 받았으며 "중간자 존재로서의 정서"를 갖고 있기에 쌍방향적인 문화 정체성을 탐색하려는 경향을 보인 것이다.[28] "당사자들에게는 연대감을, 독일 독자에게는 이들을 이해하는 통로 역할"을 한 독일 외국인 문학은 낯섦의 체험을 전하는 것만이 아니라 그들 인생의 한 부분이 된 독일 현실에 영향을 끼치기 위한 것이기도 하다.[29]

어느덧 독일에서는 현재 외국인 이주자 출신 작가들뿐만 아니라 다양한 마이너리티 그룹의 음악가, 미술가들이 자신의 문화적·예술적 역량을 인정받고 있으며, 주류 사회도 타 문화권 출신 작가와 예술가의 역량을 독일 문화계의 자산으로 수용하기에 이르렀다. 또한 이주자 출신 2~3세대 작가들의 자기이해, 서술 입장도 달라졌다. 이들은 어렸을 때부터 독일에서 성장하고 독일 문화계에 융화하기 시작했으며, 특히 혈연 중심의 민족, 국가 범주에 얽매이지 않고 그것을 넘어 다문화 사회에서 소수문학이 갖는 의미와 정체성에 대한 인식을 확고하게 갖게 되었다.[30]

3. "외국인 문학, 이주자 문학, 소수문학?…": 용어 및 개념을 둘러싼 논란

언급한 바와 같이 독일 외국인 문학의 출발은 "Gastarbeiterliteratur"라 불린 '이주노동자 문학'이었다. 그러나 이 문학과 관련된 개념은 합의를 이루지 못하고, 여전히 다양하게 사용되고 있다.[31] 독일 외국인 문학을 일컫는 일치된 용어가 없었기에 "Gastarbeiterliteratur"라는 표현은 1980년대 이후 많은 논란을 불러왔다. 그 이유는 외국인 작가들이 전부 노동자들이 아니며, 용어에 담긴 함의, 즉 '손님Gast과 노동자Arbeiter'의 결합어인 이 표현이 항구적 타자성과 배타성을 드러내기 때문이라는 것이다.

외국인 작가들 역시 'Gast'에 담긴 일시적·제한적 의미의 문제점을 지적했다. 많은 외국인이 독일인과 결혼해 가정을 이루었고 독일에서 태어난 2세들이 당당한 사회 구성원으로 살고 있음에도 'Gastarbeiter'라 부르는 것은 "초기 산업화 시대에 하층 노동자에게 드리워진 프롤레타리아라는 용어에 찍힌 낙인과 다를 바 없다"는 것이다.[32] 초기 이주노동자 문학은 생소한 표현 형식과 실험적인 양식, '노동자' 문학이 갖는 정치적·사회비판적 성격 때문에 문학계에 뿌리내리기 쉽지 않았다. 외국인 노동자들의 법적 불안정과 차별, 노동 조건과 같은 문제를 주로 다루었기 때문에 예술성이 부족하다는 비판에 직면하기도 했다. 더욱이 이주노동자들이 처한 척박한 현실에 대한 환멸감, 고용주와 독일인 동료 노동자와의 불편한 관계를 묘사함으로써 독자들이 접하기에 거북한 내용들도 있다.

그러나 시간이 흐르면서 독일 외국인 문학의 소재와 주제, 문학적 관심의 폭은 넓어졌다. 따라서 이주노동자 문학 대신, 인종적 소수자의 문화와 다문화 발전을 위해 외국인 문학Ausländerliteratur이나 이주자 문학Migrantenliteratur을 대안으로 제시하기도 했다.[33] 이렇듯 이 문학을 표현하는 데 따르는 어려움은 이미 반세기가 지난 이 문학의 역사성과 변화 과정을 모두 표현하지 못한다는 데 있다. 소수문학의 저변도 넓지 못해 외국인 작가의 문학을 소수문학(마이너리티 문학)으로 일컫는 것 역시 만족스럽지 못하다. 독일 유대문학, 여성문학도 소수문학으로 분류할 수 있으며, 설령 소수문학 범주에 넣는다 해도, "터키계,

이탈리아계… 문학"이나 "아프로도이치Afrodeutsch 문학(독일계 아프리카 출신들의 문학)"으로 다시 세분될 수 있기 때문이다. 또한 독일 내 외국인 여성문학에는 '외국인'과 '이주 여성'이라는 이중적 마이너리티의 체험, "스스로 말할 수 없고 타자의 언어에 의해 규정되는 서발턴Subaltern"의 목소리가 담겨 있다.[34]

특히 1990년대 이후부터는 미국을 비롯한 외국 독문학계에서 포스트콜로니얼 이론과 소수자 담론을 독문학 영역 내에서 받아들였는데, 독문학이 점차 독일학 연구German Studies와 상호문화적 독문학Interkuturelle Literatur으로 확장되면서 독일 이주자 문학을 새롭게 보려는 인식의 변화가 감지되었다. 이후 국제독어독문학자 회의를 통해 이 문학은 재조명되었다.[35] 이러한 인식을 바탕으로 독일 사회를 다문화·다인종 사회로 간주하고, "동질적이며 확연하게 경계 지어진 독일문학 및 문화 개념과 본질적인 독일적 정체성" 관념을 수정하려는 노력이 수반되었다.[36] 물론 외국인 노동자문학에서 상호문화성의 문학으로의 과정에는 이런 외부적인 요인만이 아니라 독일 내 마이너리티 스스로의 달라진 문화적 자의식과 개성, 외국인 작가들의 자기이해나 서술 관점의 변화도 한몫했다.

4. 독일 외국인 문학의 주요 담론

4.1. 익숙함으로부터의 벗어남, 낯선 곳으로의 정착, 그 사이의 '낯섦'

오늘날의 문화는 불가피하게 혼종(혹은 뒤섞임, 혼화)의 특성을 갖는다. 각각의 문화는 또 다른 문화를 추동하며 과거에는 이국적인 것으로 여겨졌던 것이

친숙한 것으로 여겨지곤 한다. 이 상호소통적인 문화성은 사회의 거대 영역뿐만 아니라 개개인의 미세한 영역까지 스며든다. 글로벌화·세계화는 '문화적 혼혈인'을 낳지만 이 과정에서 사람과 공동체 간의 접촉 기회가 증대될 뿐만 아니라 (문화적 혼종 및 이주 물결 등으로 인해) '낯섦'과의 접촉 기회도 많아질 것이다. 이는 "낯섦과 타자성이 점차 일반화되는 과정"으로 이어질 수 있음을 의미한다.[37] 심리학에서는 낯섦의 일반화 과정에서 작동하는 낯선 대상 혹은 타자에 대한 증오의 근저에는 "반사된 자기증오"가 잠복되어 있다고 설명한다. 즉, 자기 안에 있는 그 무엇(예를 들면, 내면적으로 억눌려 있는 그 무엇)에 대한 거부 심리가 낯선 대상을 받아들이지 않음으로써 반응한다는 것이다. 그렇기에 일반화될 여지가 있는 낯섦과 타자성의 현상과 체험을 '문화적 교환 과정'으로 순치시키는 것이 중요하며, 이 문화적 교환 과정은 다양한 문화들이 서로 관통하고 소통함으로써 이루어진다. 자기 안에 있는 그 무엇에 대한 거부 심리가 낯선 타자에 대한 배척으로 표출된 것이라면, 그 반대로 외부의 낯선 존재를 받아들임은 자기 내면을 인정한다는 전제가 형성되기 때문이다.

일반적으로 한 인간이 사회에 편입되는 과정을 사회화Sozialisation라 하고, 낯선 사회로 융화되는 것을 통합Integration 혹은 동화Assimilation라고 한다. 하지만 통합의 사회문화적·심리적 메커니즘에서 간과할 수 없는 것이 타자로서의 경험과 낯섦의 경험에 관한 이해이다.[38] 일반적으로 낯설다는 느낌은 정서적으로 가깝고 멀리 있음, 이 양자 관계의 산물이다. 즉, 낯섦이란 어떤 대상이 갖는 고유한 특성이나 심리적 느낌이 아니라 관계 자체의 고유한 속성이라는 것이다. 이러한 맥락에서 게오르크 지멜Georg Simmel의 견해는 시사하는 바가 크다. 그는 가까이 있음과 떨어져 있음이 동시에 작동하는 관계성을 두 차원에서 말하고 있다. 하나는 공간적·시간적 차원이며, 다른 하나는 함께하지 않는다는 사회문화적 의미 영역이다. 낯선 존재, 타자로서의 경험은 개인 관계뿐만 아니라 사회문화적 차원에서도 확연하게 나타난다. 즉, 사회적 의미에서 낯선 존재됨은 "속하지 않는 것Nichtzugehörigkeit"으로, 문화적 의미에서는 "친숙하지 않은 것Unvertrautheit"으로 나타난다. 다시 말해 사회적 낯섦은 겉보기에는 함께 속하는 것 같지만 집단에 결코 '속하지 않음'의 상태이며, 문화적 의미에서 낯섦의 기준은 사유, 의미, 세계관, 존재 양식의 독자성에 대한 이해에 달려 있다.

지멜은 낯섦 혹은 타자성 자체를 "집단 자체의 요소"라 말하며, 낯섦이 어느 공동체이건 집단 자체의 본원적 요소라고 규정했다.[39] 아울러 내적 요소로서의 공동체 내 낯선 존재, 타자의 위상은 "공간적으로 가까이 있지만 상징적으로 밖에 있는 뒤섞임과 경계의 자리에 선 존재"로 규정된다. 그렇기에 타자로서의 경험의 근저에는 배제 관계의 경험이 깔려 있다. 사회문화적 낯섦과 타자성은 특정 개인과 집단을 배제 혹은 배척의 대상으로 삼는 특성을 보이는데, 이 메커니즘에는 내부와 외부를 가르는 상상의 경계선이 놓여 있다. 사회적 낯섦의 유형은 다시 두 가지로 구분된다. 하나는 "고전적 낯선 타자"(예를 들면 국내에 있는 외국인의 상황)이며, 두 번째는 같은 구성원임에도 "우리 집단Wir-Gruppe"의 범주, 즉 동일한 '패거리'에 속하지 않고 그 안정을 위협하는 존재에 대한 시선이다.[40] 집단 전체 콤플렉스의 일종인 '낙인Stigma'도 사회문화적 낯섦과 타자성의 근간을 이루는데, 낙인을 찍는다는 것은 개인이건 집단이건 특정 대상에게 가장 심한 차별과 배제의 집단 문화이다. 타자는 "역사 없는 인간Menschen ohne Geschichte"으로 인식되며, 타자의 이 '역사 없음'은 사회적 낙인으로 고착화된다.[41]

이러한 맥락에서 볼 때, 외국인 노동자들의 이주와 독일 정착 과정에서 중요한 과제는 문화와 관습, 생활 방식의 이해를 전제로 한 통합과 적응이다. 물론 그 전제는 이주해 온 외국인들과 이들을 받아들인 독일 사회, 두 주체가 이주에 대한 인식을 공유하는 것이다. 이주노동자 문학이건 이주문학이건 초기 이 문학에 대한 논의가 문예학적 관심보다는 사회교육적 관점에서 이루어진 것도 이 때문이었다. 언급한 바와 같이 1960~1970년대 개발도상국 출신 산업 노동자들과 마찬가지로 이주노동자들에게도 독일은 가난과 궁핍에서 벗어나게 해 줄 "작은 아메리카"였다.[42] 그러나 이들이 독일에 대해 올바로 알고 온 경우는 거의 없었다. 보낸 나라(고국)나 받아들인 나라(독일) 모두 정착을 위한 교육이나 예비 정보 없이 낯선 삶의 자리로 몰아넣은 셈이다. 1964년 독일에 온 헝가리 출신의 장 아파리데Jean Apatride는 그 심리를 이렇게 묘사하고 있다.

우리는 생각했어,
우리가 초대받았다고.
우리는 생각했지,
우리가 손님이었다고.
그러나 오랜 시간이 걸렸지,
우리가 이해하기까지는.
손님으로 여기 왔건만,
우리를 보살펴줄
초청한 사람은 없다는 것을.[43]

1957년 터키에서 태어나 1972년 독일에 온 지 10년 만인 스물다섯의 젊은 나이에 자살로 생을 마감한 시인 세르마 에르탄Serma Ertan은 이렇게 '분석'한다.

그러나 잘못은,

독일인에게도,

터키인에게도 있는 게 아니야.

터키는 외화가,

독일은 노동력이 필요했던 거야.

터키는 우리를 유럽으로 보냈지

마치 사생아처럼,

불필요한 인간처럼.

하지만 외화가 필요했고,

안정도 필요했던 거야.

내 나라가 나를 외국으로 보냈지,

내 이름은 '외국인'일 뿐.[44]

　　외국인 이주노동자라 하더라도 이주 동기와 이유가 모두 같은 것이 아니었
다. 특히 여성 이주자들은 대부분 가부장적·남성 중심적 사회에서 온 사람들
이었다. 즉, 독일 이주 여성들의 경우 고향에서는 철저히 낯선 존재로서 '속하
지 않고 친숙하지 않음의 관계성'에 속한 사람들이었다. 따라서 이들에게 이주
는 일종의 탈출구이자 해방이었다. 이들 대다수가 교육 혜택을 많이 받지 못했
고, 가사와 생업의 짐을 떠맡으며 고국의 가족을 위해 송금해야 하는 처지였
다. 하지만 이들은 남성에 비해 떠나온 고향에 대한 미련이 덜 하고, 새 거주지
에서 강한 정착 의지를 보였다. 예컨대 자의식이 강한 한 여성이 터키 사회의
끔찍한 가부장적 문화를 견디지 못하고 독일로 온 이야기를 그린 멜레크 바클
란Melek Baklan의 「도주Die Flucht」에는 부모까지 억압을 가하며, 약혼자의 폭행

에 의해 결혼을 강요당한 어느 여성의 이야기가 그려진다.[45] 글쓰기를 좋아해 기자가 되려는 그녀에게 이웃은 물론 부모와 가족, 심지어 이혼 신청을 위해 만난 변호사 등 주위 모든 사람과 환경은 도저히 견딜 수 없었다. 그렇기에 그녀에게 독일 이주는 남자들과는 전혀 다른 의미였다.[46]

독일 외국인 문학은 '소속되어 있지만 소속되지 않은' 사회적 낯섦에 뿌리를 두고 있지만 이러한 낯섦에만 머무르지 않는다. 이방인으로서의 현실 인식, 낯섦과 타자성을 보편성 속에 용해하려는 노력, 배제와 속하지 않음에서 벗어나려는 적극성 등 여러 양상을 보여주고 있다. 이를 통해 이 문학이 제기하는 다양한 화두는 사회학적 통합 모델에 많은 점을 시사하고 있으며, 내국인과 외국인이 함께 노력해야 할 방향을 제시하고 있다는 평가를 받기도 한다. 초기 이주문학에 담긴 내용들은 (타국의) 현실에 적응하기 위한 몸부림과 적극적으로 융화하려는 애처로운 노력, 반면에 악착같이 돈을 벌어 고국에 돌아간 후의 다른 삶을 꿈꾸는 희망이 주를 이루고 있다.

다른 한편으로는 이러한 삶의 방식으로 인해 나타나는 다양한 양상, 예컨대 부모와 자식, 아내와 남편 간의 갈등도 표출된다. 이들이 현실에서 마주하는 배제와 배척의 경험, 속하지 않음의 정서는 그리 만만치 않다. 특히 독일인들과의 관계에서는 범접할 수 없는 경계선이 그어져 있음을 뼈저리게 느낀다. 프랑크 비온디의 단편소설, 「오늘처럼 이렇게 좋은 날So ein Tag, so wunderschön wie heute」에서 1인칭 화자인 이탈리아계 노동자는 독일인 동료 노동자들과 원만한 관계를 맺고 있으며 종종 술자리를 함께하면서 우의를 다진다. 그는 다정했던 술자리의 느낌을 이렇게 말한다.[47]

이제 그들이 내게 다가왔다, 직접적으로 난 그들과 친구로 남고 싶다. …… 우리는 서로 얼싸안고 다정한 이웃처럼 팔짱을 끼고 함께 노래를 불렀다. '오늘처럼 이렇게 좋은 날'이라는 노래를. 정말 멋있었다.

그런데 바로 다음 날 휴일, 라인 강변의 산책로에서 주인공은 전날 같이 있었던 두 명의 독일인 '친구'를 만났다. 이야기는 뜻밖의 반전과 당혹감으로 연결된다.

나는 라인 강변에서 그 친구들과 마주쳤다. 두 사람은 가족과 함께 산책을 하고 있었다. 내가 한 친구에게 웃으며 인사를 건네자, 그는 표정 하나 변하지 않고 강 가로 몸을 돌렸다. 내가 스쳐 지나가자 그의 아내가 그에게 이렇게 물었다. "저 사람이 방금 인사했잖아, 그런데 누군데?" "어, 좀 아는 사람인데, 남유럽 어딘가에서 온 사람인가 봐."

이 같은 관계에서 '낯섦'은 명확한 배척 관계의 경험을 그 본질로 한다.[48] 즉, 자신은 독일인 동료 그룹에 속해 있다고 생각하지만 실제로 독일인들은 전혀 그렇게 생각하지 않는다는 것이다. 이는 겉보기에는 함께하고 인정하는 것 같지만 결코 '그들 집단에 속할 수 없음'의 상태, 즉 사회적 낯섦의 본질이다. 이 상황에서 인정받고 적응하기 위한 이들의 노력은 눈물겹기 그지없다.

4.2. 적응과 통합을 위한 노력, 그 속에서 정체성을 둘러싼 갈등의 양상

외국인들이 독일에 온 이후로도 오랫동안 체류 및 노동 허가, 교육과 정치적 권리 등 정치적·법적인 문제에서 진정한 의미의 통합 개념이 확립되지 않았다. 이 상황에서 외국인 작가의 텍스트들은 모호하고 추상적인 통합의 유형과 양상들을 구체화했다. 이것은 통합의 화두가 현안이 된 독일 사회에서 외국인 문학이 감당해야 할 몫이었다. 통합이란 사회 구성원과 각 주체들 간의 관계를 새롭게 정립하는 사회적 과정이다. 아커만이 소수문학으로서 이 문학이 사회 학적 의미에서 "특이한 유형의 통합 기록"이며, 인식의 괴리와 관점의 차이를 보완하는 "통합 경험의 거울"이라 말한 것도 그 함의를 담고 있다.[49] 하지만 현실적으로는 사회에 적응하려는 노력의 이면에 자기 소외의 감정, 스스로를 숨기려는 왜소화 내지는 위축 심리, 자존감 약화 같은 다양한 심리적 요인을 보게 된다. 이러한 감정은 동포를 만나는 상황에서도 마찬가지이다. 시리아 출신의 슐레만 타우피끄Suleman Taufiq는 짧은 시 「이유warum」에서 이렇게 묘사하고 있다.

> 말 대신, 우리는 서로 눈빛을 교환하네.
> 언어는 우리를 노출시키기 때문이지.
> 우리는 새로운 언어, 우리 머릿속에 꽁꽁 숨어 있을,
> 우리를 숨겨줄 말을 찾고 있네.
> ……
> 나를 보는 그 사람의 눈에 이슬이 맺혀 있네.
> 대답을 구하듯, 그 사람을 보는 나는,
> 서글픈 시선을 숨기네.
> 물음을 구하듯,
> 우리는 그렇게 눈빛으로 대화를 나누네.[50]

스스로의 정체성을 감추고 숨기려는 심리와 자기 도피의 모습에는 낯선 존재, 타자, 이방인으로 살아가는 사람들이 적응하려 애쓰지만 정체성을 상실하지 않을까 하는 긴장, 불안 사이의 내적 갈등이 배어 있다. 그러나 사실 이들이 느끼는 이런 정서의 근원은 불투명하고 막연한 미래의 삶에 대한 불안이기도 하다. 특히 이들의 삶에서 가장 중요한 변수가 되는 것이 자녀들인데, 자신들의 고생은 모두 자식의 미래를 위한 것으로 받아들인다. 그러나 바로 그 때문에 자식들과 갈등을 빚기도 한다. 자식들 입장에서도 민감한 사춘기 때의 학교 적응의 어려움, 기대가 큰 부모에 대한 반항으로 이어진다.

이주민 자녀들에게 부모와의 갈등은 세대 문제의 차원을 넘는다. 즉, 원하건 원치 않건 이들이 사는 독일이라는 공간은 이미 다문화 사회인데, 부모 세대는 그 속에서 살아가는 생활 방식을 가르치거나 준비시키지 않았을뿐더러 돌아갈 고국의 정체성을 강요하는 경우가 많았기 때문이다. 그러나 어렸을 적부터 독일에서 태어나 독일 생활에 익숙한 자녀들에게 고국은 부모의 고향일 뿐, 독일 사회와 문화가 오히려 더 친근하다. 즉, 자녀 세대는 독일에서 태어난 사람들로서 피부색과 외모만 다를 뿐 독일 사람과 똑같은 가치관과 문화를 가진 것이다. 사회학자 알리오스 한Alios Hahn은 속하지 않고 친숙하지 않은 경험들만이 아니라 "소신껏 행동할 수 없는 경험"도 낯섦에 포함된다고 말한 바 있는데 이러한 독특한 유형의 낯섦은 부모와의 관계에서도 나타난다.[51]

"결국 네 미래를 생각해서 그런 거야. 네가 성공하기를 바란다. 그런데 뭐가 잘못이니?"

"엄마는 내가 그걸 할 수 있는지 생각하지 않고 내게 기대를 하잖아요." …… (엄마가 다 잘못한 거야. 엄마는 날 짓누르고 있어. 내가 강한 사람인지 약한 사람인

지 모르겠어.)[52]

그동안 독일문학계에서는 외국인들이 쓴 글을 "개인적 경험이 걸러지지 않은 어설픈 문학"[53], 문학 형식의 르포 내지는 기록물로 본 시각이 지배적이었다. 그러나 많은 외국인 작가는 사회에 대한 비판만이 아니라, 소수자들이 처한 문제를 비롯한 사회의 제반 문제를 독자들이 올바로 보고, 서로 이해하기를 바라고 있었다. 특히 이 문제를 드러낸 이들은 노동자 출신보다는 학업을 위해 독일에 왔거나 비교적 안정적 직업을 갖고 사회활동을 하는 이들과 번역가, 전업 작가들이 중심으로 이루고 있다. 통합 문제를 형상화한 작품의 주요 내용으로는 첫째, 사회 적응을 위해 과거 삶의 양식과 문화를 포기함으로써 발생하는 정체성의 혼란이며 둘째, 사람들 간의 특히 가족 구성원 간의 갈등, 셋째, 다시 돌아간 고향(고국)에서의 재적응과 재통합 문제, 마지막 네 번째는 소수자로서 외국인의 사회 통합과 적응에 대한 독일 사람들과의 인식 차이 등이다.[54]

이를 다시 구체적으로 분석하면 다음과 같다. 첫 번째 유형은 어떻게 하든 독일 사회에 적응해서 살아남으려는 처연하고 절박한 사연이 주요 내용이다. 예컨대 외국인처럼 보이지 않으려고 독일 사람의 생활 방식과 태도, 습관을 관찰하고 그대로 모방하지만, 깨달은 것이라곤 "과거와 같은 가족의 모습은 더 이상 아니"라는 사실뿐이다.[55] 가족과 함께 온 어느 할아버지도 자신이 독일에 온 것은 "손자들 때문이건만 아이들은 독일어로만 말하며 서서히 대화도 통하지 않는 낯선 존재"가 되어간다.[56] 이 유형에는 특히 적극적이고 자발적인 동화에의 욕망이면서도 '정체성 상실의 기호'인 이름을 독일식으로 바꾸는 경우도 종종 찾아볼 수 있다.[57] 1세대 외국인 이주자들이 낯선 땅에서의 적응이 중요한 문제였다면 자녀 세대에게는 한편으로는 사회 내에서의 융화가, 다른 한편으로는 부모 세대와의 문화적 갈등이 주요 현안이었다. 독일 사회에 적응하려는 이들의 치열한 의지는 이주자들의 글 곳곳에 스며 있다.

> 우리가 독일에 왔을 때 우리는 독일 사람들과 똑같은 모습으로 생활해야 했다. 그래서 독일 사람들의 삶의 형식이나 태도 행태를 꼼꼼히 관찰하고 어느 곳에서건 그대로 따라 했다. 될 수 있으면 거의 모든 생활 영역에서. 히잡을 벗자, 히잡을 던져버리자! …… 아버지께서는 처음에는 심하게 반대하셨는데 그것은 주변에 있는 우리나라 사람들한테 비난과 욕을 받을까 봐 그러신 것뿐이었다.[58]

이 단편 속에 등장하는 여동생은 남자 친구와 동거하겠다고 부모님과 싸운다. 그러나 이슬람 전통을 중시하는 부모가 허락할 리 없다. 결국 그녀는 부모의 반대를 무릅쓰고 집을 나간다. 독일에서 태어난 남동생은 어째서 자기 이름이 외국인 이름인지 가족에게 묻는다. 그는 이미 스스로 독일인이라 생각한 것이다. 그렇기에 이름으로 상징되는 낯섦의 표식과 정체성 사이에 혼란을 느낀다. 이들 가족은 이미 전통적 터키 가족이 아닌 상황이 되어버렸다. 그러나 이러한 세대 간 갈등 양상의 주요 원인은 주류 사회가 이들을 동등한 구성원으로 인정하려 하지 않는 데에서 비롯된 것이기도 하다.

지금도 이주민은 주변부에 머물러 있고, 젊은 층의 경우 독일 젊은이들보다 사회의 출발선에서부터 불리한 조건에 있기 때문에 사회적으로 지위 상승의 기회를 얻기 힘든 상황이 지속되고 있다. 그리고 이주자 집단의 문화가 또 다른 문화적 정체성으로 인정받지 못한 상황에서는 여전히 이주자들이 겉돌게 되고, 따라서 새로운 세대의 젊은이들 역시 이러한 환경에 미묘한 반응을 보이기 때문이다. 그래서 이들이 취하는 선택지는 부모 세대의 문화와 자신이 속한 사회의 문화 사이를 오가는 삶의 양식인데 이들은 부모 세대와는 다른 방식으로 현실을 마주한다. 즉, 어쩔 수 없는 태생적인 '다름'을 인정하면서도 두 문화 모두를 자신의 정체성 속에 용해하려는 적극적 태도를 보이는 것이다. 사실 여러 혼성적 문화 속에서는 혈연에 기초한 '민족적 정체성'이란 다양한 문화적 특성 중의 하나일 뿐이다.[59] 이 같은 맥락에서 또 한 명의 터키 청소년은 "저는 고향 같은 것은 없어요! 고향이란 것은 자기가 살고 결속을 느끼는 곳입니다!"라고 당당히 말한다.[60] 이들에게 '고향'은 윗세대와 같은 개념이나 이미지가 아니라 '결속'의 의미를 중요시하는 '제3의 공간'과 다르지 않다.

두 번째 유형의 일반적 현상은 "세대와 부부 등 가족 구성원 내의 갈등"으로 가정불화, 부부 싸움 등으로 나타난다. 이를테면 주인공은 억척같이 돈을 벌어 빨리 고향으로 돌아가 생활 밑천을 마련하겠다는 꿈과 계획을 품고 있다. 그렇기에 사회에 적응하려는 노력도, 독일인 친구를 사귀려는 마음도 애초에 없었다. 그러나 정작 아내나 자식들은 미래를 기약할 수 없는 고국으로 돌아갈 마음이 없다. 가족 간에 미래의 구상과 계획이 서로 다른 것이다. 대표적 텍스트가 프랑코 비온디의 단편 「이별Die Trennung」이다. 여기서는 이탈리아 출신 부부가 일인칭 화자로 각자의 입장을 이야기한다. 그러나 이 글을 읽어보면 완전히 상반된 두 사람의 사정을 모두 이해하게 되는데, 어느 한쪽의 잘못이 아니라 두 사람이 각각 처한 사정과 갈등, 애환의 이유와 실상에 공감하게 된다.

탁월한 형식미를 갖춘 이 텍스트는 부부간의 의사소통의 부재에서 비롯된 것 같지만, 갈등의 근본적 원인은 생활의 적응 방식과 삶 자체에 대한 이해, 자녀 교육관의 차이에 있음을 설득력 있게 드러내고 있다.[61] 아울러 이 부부의 갈등은 독일에서의 생활 방식, 방향성, 미래의 전망 등에 대한 인식 차이에서 비롯된다. 특히 독일에 온 이주 외국인들의 고국은 대체로 가부장적인 문화가 뿌리 깊은 지역이기에 같은 이주민 출신이지만 남편과 아내의 계획, 미래에 대한 생각은 너무도 달랐다. 즉, 이곳에서의 현실은 힘들지만 고국에 비해 여권女權이 훨씬 보장된 독일 사회에 살던 여성들이 다시 (이슬람권과 같은) 지독한 남성 중심의 고향으로 돌아가고 싶지 않은 것은 당연한 이치였다. 「이별」에서 이탈리아 출신 이민자 부부(남편 로렌쪼와 부인 프랑카)는 각각 일인칭 화자로 이야기하며 서로의 입장을 이야기한다.

(로렌쪼 ─ 옮긴이): 작년 크리스마스 때부터 더 이상 나는 이 세상을 이해할 수 없게 되었다. 당시 나는 아내와 이탈리아에 갔다. 우리는 고향 마을에 집 한 채를 지었다. 내 계획대로 되었기 때문에 무척 행복했다. 우리는 끔찍한 이 처지에서 벗어났고 예쁜 집을 만들었으며 자그마한 밭도 두 곳 장만한 것이다. 그리고 페스카라에 작은 가게도 하나 열 생각이다. ⋯⋯ 집과 밭을 사는 데 치룰 돈을 우리는 충분히 모아 두었다. 페스카라에 가게를 개업할 돈도 넉넉히 저축해 두었고 곧 모든 게 다 마무리되어 필요한 돈은 거의 모두 마련할 수 있을 것이다.

(프랑카 ─ 옮긴이): 최근 함께 했던 휴가에서 돌아온 후 그이는 점점 더 심해졌다. 그이는 변한 것 같다. 그것에 관해, 즉 귀향이라는 끔찍한 비현실적인 소망에 대해 입에 올리지 않은 날이 단 하루도 없었다. ⋯⋯ 귀향은 해결책이 아니다. 나는 여기 남고 싶다. 그이에게 분명하게 내 뜻을 밝혔다, 내게 귀향은 결코 해결책이 될 수 없다고. ⋯⋯ 게다가 그이는 항상 자기 생각만 한다. (고향에 있는 ─ 옮긴이) 우리가 살 곳에서 내가 할 일은 아무것도 없다. 정말이지 청소나 하는 일 따위는 하고 싶지 않다. 하루 종일 집에 처박혀 남편이 올 때까지 기다리고 싶진 않다. 그러면 미쳐버릴 것 같다. 여기선 내 일과 살 집이 있고 내가 만들어갈 수 있

는 그 어떤 것이 있다. 그리고 여기엔 나를 이해해주는 친구와 동료들도 있고 훨씬 자유롭다. 그런데 왜 돌아가야 한다는 말인가? 하지만 그 사람은 도통 내 말에 귀를 기울이려 하지 않는다. 그저 자기 계획만 옳다고 고집을 부린다. 마르코(두 사람의 아들 — 옮긴이) 생각을 좀 해보라고, 그 아이가 제대로 교육받을 수 있게끔 우리는 무슨 일이든 할 수 있다는 말도 해보았다.

이처럼 로렌쪼와 프랑카 부부에게는 미래의 계획부터가 완전히 다르다. 로렌쪼는 독일에서 돈을 번 후 고향으로 돌아가 새 삶을 시작하려 한다. 그 때문에 독일 생활은 항상 팍팍하고 악착같은 삶의 연속이다. 하지만 바로 그로 인해 남편의 삶의 방식을 이해할 수 없고 독일에서 미래의 삶을 꿈꾸고 싶은 아내, 프랑카와 접점을 찾지 못하며 평행선을 달린다. 결국 부부간의 갈등은 돌이킬 수 없는 균열과 가족 해체의 위기로 치닫는다.

(로렌쪼 — 옮긴이): 나는 여기 독일에서 어떤 사람하고도, 심지어 우리나라 사람들과도 인간관계를 맺지 않았다. 어차피 돌아갈 거라고 생각하니 그럴 필요가 없었던 것이다. …… 이젠 참을 만큼 참았다. 밤 12시인데도 아내는 여전히 레스토랑에 있었다. 참을 수 없었다. …… 12시가 넘어 그녀가 돌아왔다. 그런데 혼자 온 게 아니었다. 아무 말 없이 아내는 짐을 꾸리더니 집을 나갔다. 어디로 가냐고 물어도 아무 말도 하지 않았다. 나도 말하지 않았다. 온 몸이 마비된 것 같은 느낌이다. 모든 게 꿈, 악몽을 꾸는 것만 같다.

(프랑카 — 옮긴이): 로렌쪼는 그저 집 장만을 위해서 사는 사람이다. 오랫동안 그의 말은 오로지 집 얘기뿐이다. 그저 집, 집. 나는 그게 싫다. 저녁에 집에 와서도

그저 불평뿐이다. 참을 수 없다는 불평불만이 전부다. 남편은 독일에서 사는 건 사는 게 아니라고 불평한다. 그이는 항상 아끼고 또 아낀다. 잔돈 한 푼까지. 항상 싸구려 식사만 하고 싸구려 물만 마시며 커피 같은 건 절대 입에 대지도 않는다. 옷 한 벌 산 적이 없다. 그저 돈 모으기 위해 마치 개처럼 살려고 한다.

세 번째는 위 유형들과 다르게 독일에서 완벽하게 통합을 이루고 적응한 사람들이 고향에 돌아간 후 재적응에 어려움을 겪는 사례를 보여주고 있다. 귀향자들은 외국인 취급을 당하고 여전히 전통적 관습이 강하게 지배하는 고향에서 배척당하기까지 한다. 오랜 독일 생활로 인한 사고방식 및 생활 문화의 차이로 고국에서 적응하지 못하고 독일로 되돌아가기도 한다.[62] "이중적 이방인"의 주제는 출신 국적을 막론하고 여러 텍스트에서 찾을 수 있다. 헝가리에서 온 튈른 에미르칸Tülin Emircan(1961년생)은 "자기 나라에서 이방인이 되느니 차라리 낯선 곳에서 이방인이 되는 게 더 낫다"고 탄식하기도 한다.[63] 이런 이유 때문에 오로지 철저히 통합되고 완전히 적응하라는 요구가 과연 온당한 것인지, 그로 인해 정작 고향에서 또 다른 소외와 낯섦으로 이어진다면 과연 낯선 곳에서의 통합 문제를 어떻게 바라보아야 하는지에 관한 화두를 던진다.

마지막으로 적응과 통합에 대해 독일 사람들은 당사자가 아니라는 전제하에, 외국인들이 알아서 해야 하는 문제로 여기는 관점을 지적한다. 하지만 이에 대한 비판만이 아니라 다른 한편으로 객관적인 현실 인식이 특히 새로운 세대의 독일인과 외국인에게 미치는 영향에 관한 내용도 있다. 일반적으로 내국인 혹은 토착민들은 낯선 사람들에 대해 자기 사회 속에 융화·통합되지 않으려 한다고 비난하면서도, 정작 이들이 편입되면 거부감을 나타내는 이중적 태도를 취하는 경우가 종종 있다. 타자를 이해하는 관점에서 중요한 것은 현존재로서의 그보다는 그가 살아온 과정, 과거의 삶에 대한 진심 어린 이해이다. 삶의 자취와 정체성을 부정하며 이룬 통합은 이방인 당사자나 그를 받아들인 사회 발전에도 도움이 되지 않을 것이다.

4.3. 사회의 거울, 서로 다른 문화의 매개자로서의 문학

고향을 떠나 이방인의 신분으로 사는 사람들이 타국에서 겪는 외로움과 설움은 보편적 현상이겠지만, 하위계층 노동자인 경우 차별과 소외의 감정은 더욱 차갑게 와 닿을 것이다. 이러한 복합적 정서를 대변하는 독일 이주자들의 글은 주로 집약적 형식인 시를 통해 드러난다. 케말 쿠르트Kemal Kurt의 시에는 이들이 겪는 냉엄한 현실, 즉 지극히 평범한 일상과 당연한 삶의 권리가 '용서를 구해야 하는 일'임을 풍자적으로 묘사하고 있다.

제발 용서해 주세요,
저희가 이곳에 온 것을.
제발 이해해주세요,
저희가 여기서 일하는 것을,
제발 용서해주세요.
우리나라 여자들이 자녀를 낳는 것을,
제발 너그럽게 보아 주세요.
우리 아이들이 학교에 다니는 것을,
당신들의 너그러운 마음에 호소합니다,
두 눈을 질근 감아주세요.[64]

역시 터키 출신인 하산 듀란Hasan Dewran의 「예약Reserviert」에서도 일상 속에서 부딪히는 격리와 배제, 배척의 경험으로 인한 좌절감, 어느 곳에서도 자리 잡을 수 없는 처지에 대한 '악몽'이 냉혹하게 그려져 있다.

내가 기차를 타고 빈자리를 찾아 앉자
승무원이 와서 말한다,
"이 자리는 예약되어 있습니다!"
내가 식당에 가서 빈 식탁을 찾아 앉자
종업원이 와서 말한다,
"이 식탁은 예약되어 있습니다!"
여러 차례 나는 이런 상상을 한다.
어느 날 꿈에서 깨어나면
누군가 내 앞에서 이렇게 말하는 소리를,
"계속 잠이나 자! 현실은 예약되어 있어!"[65]

외국인 작가의 글들은 독일인의 입장에서는 미처 보지 못하는 일상의 모습을 드러내기도 한다. 이들의 눈에 비친 독일 사회는 안정된 국가 시스템과 여론의 자유가 있지만, 다른 사람에 대한 관심은 부족한 사회였다.[66] 그렇기에 처음 왔을 때 느낀 '완벽한 메커니즘'의 실체를 서서히 체감한다.[67] 예컨대 독일의 첫 인상은 "온통 문서로 가득한 서류의 나라"로 각인된다. 그러나 "허가 서류, 금지 서류, 계산서…"가 넘치는 이곳은 "현실을 위한 포장의 서류"로 이미지화된다.[68] 아울러 이주 외국인을 대하는 독일인의 시선, 이들을 '노동력'으로만 보려는 저변의 인식에 대한 고발도 있다. '기능이나 유용성이 없는 존재라면 독일에 있는 것 자체가 부당하다'는 식의 사고방식을 포르투갈 출신, 엘리자베스 곤살베스Elisabeth Gonçalves는 비유적으로 묘사했고[69] 헝가리 출신의 시인 유스프 나오움Jusuf Naoum은 애완견과 외국인을 대비시켜 적나라하게 표현했다.

이미 오래 서베를린에 살고 있는 개라면,

난 벌써 시민권을 얻었고,

해마다 거주권을 구걸할 필요가 없었을 텐데.

이미 오래 서베를린에 살고 있는 개라면,

난 이미 독일 사람들의 권리를 얻고

누구도 날 추방하려 하지 않았을 텐데.

그래, 내가 개라면,

이미 오래 서베를린에 살고 있는 개라면,

난 목에 어여쁜 띠를 둘렀을 텐데.[70]

이들이 본 독일 사람의 의식은 이외에도 목적의식과 성공, 효율을 중시하는 경향 등으로 요약된다. 무엇보다 외국인 작가들이 주목한 것은 일상에 내재한 백인 중심주의와 제3세계에 대한 몰이해 등이었다. 1953년 카메룬 출신으로 스물네 살에 독일로 유학을 와 문학 활동을 한 노베르트 은동Nobert Ndong에게도 독일은 "질서와 훈육, 물질적 안락함에 대한 집착"과 함께 "성과 원칙"이 지배하는 곳이다.[71] 그리스 출신, 파니 아테라스Fanny Atheras(1959년생)에게도 독일은 이렇게 비친다.

독일, 참 모순이 많은 나라.

제3세계에는 개발원조금을 보내면서

자기 나라에 있는,

제3세계는 외면하는 나라.[72]

　사회의 일상을 관찰하면서 외국인 작가들은 타자의 관점이 아니라 사회 문
제를 체화하기 시작하는데, 주관적 경험에서 비롯된 것이지만 역사 인식에 관
한 화두를 던지기도 한다. 이 과정에서 젊은 세대 작가들은 다문화 사회에서의
소수문학에 대한 이해를 바탕으로 "아웃사이더 자리에서 사회를 관찰하는 존
재"로 자리하고 있다.[73] 터키 출신 레벤트 아토프락Levent Aktoprak의 시에는 일
상의 또 다른 모순의 단면이 이렇게 그려진다.

두 손으로 독일 말 ABC를 배운다.

입술로는 독일 역사를 공부한다.

그리고 오늘 집 벽에 휘갈겨진 낙서를 읽는다.

"터키 놈들 꺼져라"

아비투어(고등학교 졸업 및 대학입시 자격시험 — 옮긴이)에는 이런 문제가 나

왔다,

"독일 파시즘의 원인은 무엇인가?"[74]

　크리스티안 샤퍼니히트Christian Schaffernicht는 『낯선 사람들 속의 고향Zu
Hause in der Fremde』의 서문에서 레베트와 같은 외국인들의 겪는 독일의 '모순'을
직설적으로 비판한다.

독일에 온 대부분의 외국인들은 경제적·사회적으로 저개발국 농촌이나 시골 출신 사람들로서 선진국에서 자신을 재발견한다는 것은 거의 수십 년을 건너뛰는 경험을 의미합니다. 그들의 기존 가치관은 효력을 상실했고, 전도順倒된 듯한 느낌일 것입니다. …… 그래서 우리는 그들의 과거 삶의 조건들을 이해하는 마음을 가져야 합니다. …… 이들은 우리의 필요에 의해 이 땅에 온 사람들로, 우리나라의 경제성장을 지속시키는 데 기여한 사람들입니다. 그런데 이제 와서 "외국인 꺼져라"는 구호가 난무하고 있습니다. 대체 어디로 가라는 말입니까? 이들이 옛날의 가난한 상태로 돌아가야 한다는 말인가요? …… 오랫동안 그들의 자녀들은 이곳에서 자랐고 이곳에서 태어났으며 모국어보다 독일어를 더 잘하는 경우가 많은데도 말입니다.[75]

마이너리티의 연대의식을 강화하는 문화 운동의 단계를 넘어 또 다른 문화의 주체로서 인종 및 민족 중심주의적 경향을 허물어야 하는 새로운 과제와 직면한 것이다.[76] 이러한 맥락에서 레벤트의 시에서 언급한 '독일 파시즘의 원인'에 관한 물음은 다른 나라의 역사가 아니라 자신이 사는 사회의 문제였다. 더 나아가 다양한 국적을 가진 작가들에 의해 쓰인 문학은 개성이 각각 다름에도 불구하고 독일문학의 일부분으로 받아들여지길 바라며, 외국인 작가들은 자신들이 독일의 작가로 인정받기를 원하고 있다.

그렇지만 독일 사회와 일상의 단면을 담은 이들의 목소리가 어떤 반향을 끼치느냐 하는 것은 별개의 문제였다. 관건은 독일 사회와 독일인의 반응인데, 문학계와 작가의 호응(적어도 반응)은 과연 어떠했을까? 페터 슈나이더Peter Schneider는 이에 대해 독일 작가들의 자성을 촉구하고 있다. 슈나이더는 외국인에 의해 쓰인 "생동감 있는 문학에 대해 독일 작가들이 어떤 반응도 보이지 않는" 현상을 이렇게 진단한다.

여기에는 설명할 수 없는 일종의 분업이 지배하고 있는 것 같다. 즉, 과거 동독 작
가들은 오로지 독일 분단에 관한 것만을 주제로 삼아야 한다는 생각처럼 외국인
작가들은 오직 외국인 문제만을 다루어야 하며 독일 출신 작가들만이 독일에 관
해 써야 한다고 여긴다. 여기에는 비독일인들은 독일을 결코 이해할 수 없기 때문
이라는 선입견이 작용하는 것 같다.[77]

독일 내 이주민 외국인 문학은 독일 사회 내 통합의 여러 문제들에 대한 여
러 담론을 함의하지만 낯선 독일에서의 생활에 대한 어려움과 고충을 담아내
는 차원에서 벗어나 점차 보편적 문제에 관심을 기울이기 시작한다. 구체적으
로는 세계화 물결 속에서 파생하는 제반 현안들, 선진국과 개발도상국 간의 문
제 등에 시선을 두고 있다. 특히 청소년을 대상으로 한 청소년문학 장르를 통
해 독일인들이 미처 알지 못하는 제3세계가 겪는 여러 문제점을 주지시킨다.[78]
아프리카 출신 이주민들에게 세계화의 부작용과 제3세계 주민들이 당하는 굶
주림과 궁핍의 고통 그리고 이 문제들과 유럽 선진국과의 관계에 대한 인식은
각별하다. 아래 글에서 독일 김나지움 학생들은 가나 출신 친구들을 통해 아프
리카의 실상을 전해 듣는다.

크바메와 앤드류스가 우리에게 말하길, 가나에서 대부분의 사람들은 농업, 예컨
대 카카오나 바나나 농장에서 일하며 산다고 한다. …… 유럽 사람들은 가나 농민
들에게 수확물을 헐값에 팔아넘길 것을 강요한다. 이들이 거부하면 자신들의 수
확물들은 모두 가나에서 보관해야 하는데, 열악한 그 나라에서는 산업도, 재가공

도 불가능하다. 다른 한편으로 유럽 사람들은 가나에서 수입하는 완제품의 가격을 마음대로 정한다. 카카오 농장에서 필요로 하는 기계가 너무 비싸서 가나 사람들은 그 대금을 전혀 낼 수 없다고 한다.[79]

많은 독일인이 이주민들의 고향인 제3세계가 겪는 문제들에 관심을 기울이기를 바라지만 그럼에도 불구하고 특히 피부색이 다른 사람들에 대한 편견에 대한 비판과 아쉬움을 나타내는 것 역시 잊지 않는다.

특히 이들은 독일에서 '고립감'을 가장 고통스럽게 느끼고 있다. 놀랍게도 이 두 사람은 흑인 난민에 대한 독일인들의 공격에 매우 놀라워한다. "피부색은 그 사람의 개성과 아무 상관없다." 그런데도 독일인들은 여전히 자신(흑인)들이 야생에서 생활하고 나무에 기어오르는 식인종이라는 편견을 갖고 있다고 생각한다.[80]

제2차 세계대전 이후 가장 오랜 이주 역사를 갖고 있으며 다원주의 문화의 근간을 형성하면서 선진 시민사회라 인정받고 있는 독일 역시 여전히 외국인에 대한 차별과 몰이해는 계속 극복해야 할 과제로 여겨지고 있다. 독일에서 활발하게 문학 활동을 하고 있는 제노칵의 시에는 "이주 경험과 혼종의 실존적 상황을 나타내는 두 가지 의미의 이주문학" 정서의 핵심이 담겨 있다.[81] 그의 시 「변화Übergang」(2005)가 대표적이다.

지도를 보고 그곳에서 인생을 마무리할 만한
안온한 집을 찾아보라.
그대는 너무 늦게 깨달았노라,

그대의 집을 지을 수 있는 대지가 없음을.

그대가 갖고 있는 토지 대장은 의심스러운 것일지니,

그대들의 아버지들은 알고 있었으리라,

당신네들의 묘석은 여러 나라의 언어로 쓰일 것임을.

특히 제노칵은 다원주의 사회에서 전통적인 독일의 '동질적' 민족 및 문화 개념에 근본적 비판을 가한다. 그는 통독 이후 전혀 예상치 못하게 "순수성과 동질성"이라는 슬로건이 독일 사회를 뒤덮었던 현상을 목도한 후, 독일 통일과 격변의 사건이 하나로 향하는 유럽의 여정에서 전통적인 민족상과 결별해야 하는 숙제를 남겼음을 직시했다.[82] 이와 함께 그는 문화적 소수자들의 체념적 태도를 비판하면서 적극적 참여와 역할을 옹호한다.

1980년대 독일문학계의 변방에 등장한 독일의 외국인 이주문학은 21세기 들어 어느덧 상호문화적 문학으로 받아들여지고 있다. 이것은 다문화 사회의 특성을 인정한 독일 사회와 문화계의 인식 전환도 한몫을 했지만, 언급한 바와 같이 독일 주류 문학계에 진입한 외국인 작가들의 문학적 성과도 큰 역할을 했다. 많은 외국인 작가들은 이미 자신을 독일 작가라고 이해한다.[83] 그런 생각을 가진 이들 가운데 한 사람인 제노칵은 독일 문화를 더욱 다양한 색채로 풍성하게 만드는 것이 독일 작가로서 자신이 해야 할 역할이라고 말한다. 그렇기에 이들의 문화적 노력은 각각의 고향 문화와 독일 문화가 어우러진 앙상블을 빚기 위함이기도 하다. 이러한 소망을 그는 이렇게 표현한다.

엠레와 베세트 네카기틸의 시를 원어로 읽을 수 있다는 것이 저는 아주 기쁩니다. 그리고 이 시인들의 시를 독일어로 번역했습니다. 이 번역을 통해 저는 그들과 아주 가까워졌다고 느낍니다. 그럼에도 이 번역 작업이 저한테는 결코 귀향을 의미하는 것은 아닙니다. 독일 속에 있는 터키 문화를 제가 되돌아가야 할 섬과 같은 것이라고 여기지도 않습니다. 제 안에 있는 터키적 요소는, 독일과 독일의 언어 안에 지은 집의 창문일 뿐입니다.[84]

그런데 이러한 문화적 노력은 단지 마이너리티로서 주류 문화에 편입되는 것을 의미하지 않는다. 오히려 마이너리티들이 사회적 담론장이라는 연극에 "배우로 참여하고 모든 영역에서 문제를 제기해야 한다"고 말함으로써 주체로서의 자각적 인식을 독려한다.[85] 따라서 제노칵의 이러한 관점을 확장하면, 인종 및 민족 그리고 유럽 중심주의적인 세계관을 희석시키는 역할뿐만 아니라 주류 사회의 구성원의 시각에서 보지 못하는 다양한 마이너리티의 처지를 이해하게 하고 알리는 문화적 공간이 될 수 있을 것이다. 아무튼 독일 사회와 문화계에서의 이주 외국인들의 문학은 이방인들의 자의식과 정체성을 올곧게 인식하게 하고 상호이해의 폭을 넓히며, 인종별·국적별로 다양한 문화권 사람들의 뒤섞임 속에서 보편적 담론을 풍성하게 하는 데 기여했으며, 앞으로도 그러하리라 여겨지고 있다.

4.4. 그 밖의 이야기들

독일 외국인 문학의 발전 과정에서 주목할 것은 여러 소수문학 가운데 가장 보편적 가치를 고민하고 있다는 점이다. 고국의 문화와 정치사회 상황에 대한 관심을 불러일으키려는 노력 그리고 두 문화권만이 아니라, 제3세계의 당면 현안에의 천착으로 선진국과 후진국의 역사적·정치적 관계를 성찰케 하면서 유럽 중심적인 관점을 비판하기도 한다. 떠나온 고국의 상황에 대한 관심은 망명객으로서 어쩔 수 없이 고향을 떠나야 했던 작가들에게 당연한 것이었다. 특히 이란과 중남미 독재정권 치하에서 많은 이들이 망명을 떠났는데, 이 중 상당수가 독일을 망명지로 선택했다. 이들 가운데 작가로서 대표적 인물이 팔레비 절대 왕조와 이슬람 근본주의 체제하에서 두 차례나 망명을 해야 했던 이란 출신의 시인, 사이드(1947년생)이다. 그가 '사이드SAID'라는 가명을 쓴 것도 이란 정보기관의 암살 리스트에 자신이 포함되었으리라 여겼기 때문이다.[86] 팔레비 체제의 이란 상황과 고국을 떠날 당시를 그는 이렇게 회고한다.

> 시를 쓸 때 써서는 안 되는 단어 목록이 일간신문에 공표되었다.
> 장미, 친구, 감옥, 동지, 피, 밤, 부엉이, 판사, 형리, 관리, 경찰관, 감시, 아네모네,
> 울타리, 아침노을, 혁명, 변증법적 유물론, 자유…
> ……
> 자유라는 말을 할 때면 아직도,
> 내 목소리는 속삭이는 말투가 된다.[87]

> 유럽, 그대는 기억하는가, 우리가 처음 만났던 때를?
> 독재에 대한 어설픈 분노를 품고
> 떠났네, 자유를 찾아
> ……
> 프랑스혁명의 팡파르 소리가
> 귀에 쟁쟁했지,
> 자유, 평등, 박애![88]

극단적 이슬람 혁명의 열기가 확산되면서 다른 생각, 다른 신앙을 가진 사람, 여성에 대한 무자비한 폭력, 예술가들의 연이은 "강제 참회선언"은 사이드로 하여금 자신의 자리가 없어졌다는 인식을 갖게 했다. "자유에 대해 쓴 고국 작가들의 책이 금지"된 엄혹한 상황에서 사이드와 같은 작가는 어쩔 수 없이 "유럽 작가들의 책"을 찾을 수밖에 없었다.[89] 독일에서 사이드의 텍스트는 한편으로는 독일 내 소수자들과의 문화적 대화이며, 헤르타 밀러의 표현대로 "독일 독자를 위해 독일어로 전하는 포기할 수 없는 고국에 관한 이야기"이다.[90] 이것은 이란의 정치 상황에 대한 관심을 일깨우고 망명 작가들과의 연대의식을 요청하기 위함이었다. 그리하여 독일어는 그에게 낯섦의 언어이지만, 자신을 열어주는 "새로운 피부"이다.[91] 그는 이렇게 말한다.

"망명 작가는 어쩔 수 없이 자신이 의탁한 나라의 독자에게 말을 걸 수밖에 없습니다."[92]

다른 한편으로는 제3세계 사람들과 그들이 처한 상황에 독자들이 시선을 돌리도록 노력한 작가들도 있다. 활발한 문학 활동을 하며 주목받는 작가 가운데 한 사람이 나스린 지게Nasrin Siege이다.[93] 1998년에 발표한 그녀의 대표작, 『주마. 탄자니아의 거리의 아이들 Juma. Ein Straßenkind aus Tansania』은 가난 혹은 가정 폭력 때문에 구걸로 연명하며 거리에서 생활하는 탄자니아 소년들의 삶을 생생하게 묘사하고 있다.[94] 작가 자신의 탄자니아에서의 생활 체험을 바탕으로 쓰인 이 소설은 이 아이들의 따스한 심성과 아픔을 인간적으로 묘사하고 있다.

소설의 주인공 주마는 엄마의 갑작스러운 죽음, 계모의 학대로 거리를 떠도는 불쌍한 처지지만 꿈과 희망을 잃지 않는다. 어머니에 대한 그리움, 동생의 갑작스러운 죽음을 겪어야 했던 소년의 가슴 아픈 사연도 절절히 전해진다. 나스린은 창작에 머무르지 않고 이들과 부딪히며 대화하고, 구체적인 도움을 위해 NGO에서 활동하기도 했다.[95] 지치고 고달픈 소년, 주마에게 도움의 손길을 내민 것 역시 이 단체였다. 작가는 소설의 후기에서 이렇게 말한다.

나는 아이들에게 할아버지, 할머니나 부모님에게 들은 동화를 알고 있는지 물었습니다. 아이들은 어렸을 적의 동화를 기억하고 있었고 자신들이 겪은 이야기를 전해주었습니다. 그들에게 무슨 일이 있었는지, 거리에서 떠돌게 된 이유에 대해. 아이들이 서술자였고 나는 청중이었습니다. 그날부터 내 삶과 생각, 감정 그리고 무엇보다 내 가치관이 완전히 바뀌었습니다. …… 아이들 모두 사연이 있고, 거리에서 생활하게 된 나름의 이유가 있었습니다. 이들은 거의 모두 주마와 그의 친구들과 비슷한 경험을 가진 아이들입니다. 주마의 이야기를 통해 나는 독자들이 자신들의 경험세계 밖으로 나와 아이들을 거리로 내모는 상황에 맞서서 함께 싸우도록 이끌고 싶습니다.[96]

나스린은 이미 『좀보. 강가의 소녀Sombo. Das Mädchen vom Fluss』를 통해 잠비아의 작은 마을에 사는 맑고 순수한 소녀, 좀보의 일상을 통해 아프리카 사람들의 소박한 삶과 문화를 전한 바 있다.[97] 도시에서 공부를 계속하고 싶은 좀보, 그녀를 격려해주는 선생님, 토속적인 전통이 깊게 배어 있는 마을 사람들의 토착 문화와 새로운 생활 방식의 혼재, 어찌 보면 미신으로 치부될 법한 아프리카 일상의 문화가 아프리카 사람들을 품어주는 고유한 삶의 방식임을 이 소설은 보여주고 있다. 자신들은 못 배웠지만 공부하려는 딸을 이해하는 좀보의 부모, 따뜻한 정과 끈끈한 연대를 보여준 친구와 마을 사람들의 다감한 이야기가 감동적으로 펼쳐진다.[98] 경험의 색깔은 서로 다르다 할지라도 이들의 작품은 독일 이외의 땅에 살았고 살고 있는 사람들의 삶의 모습을 온전히 드러내며, 보편적 가치가 무엇인지를 독자들에게 일깨우고 있다.

맺는 말

냉전 체제가 해체된 1990년대 이후에도 수많은 동유럽 출신 이주자들이 독일로 왔고, 다양한 문화권의 이주자들이 계속 유입되는 상황에서 독일 내 외국인 문학의 향후 동향은 독일 사회의 문화적 다원성을 가늠하는 시금석이 될 것이다. 중요한 과제는 외국인 문학이 마이너리티 문학의 일부분이 될 것인지, 아니면 '외국인'이라는 타이틀을 떼어내고 진정한 독일문학의 일부분이 될 것이냐 하는 것이다. 많은 외국인 작가들은 자신의 출신지나 국적을 작품과 연계시키는 것을 거부하고 독일 작가로 받아들여지기를 원하고 있다. 실제로 작가의 생물학적 환경, 즉 외국인이라는 것을 의식하지 않으면 외국인이 쓴 작품임을 알 수 없는 경우도 많다.[99] 물론 마이너리티의 문화, 소수문학으로서의 독일 외국인 문학이 갖는 의미도 작지 않겠지만, 변방의 작은 메아리에 그치는 것이 아니라 다양한 견해를 결집해 지배적 견해에 의문을 제기하는 것도 중요하기 때문이다.

또 하나의 과제는 다원화되는 상황에서의 독일문학의 자기 인식으로, 관건은 "독일 사회가 독일 문화와 문학을 어떻게 이해하고 있으며 마이너리티들과의 접촉에서 자신의 문화관을 어떻게 응용하느냐 하는 것"이다.[100] 따라서 "현재 독일문학에서 이러한 문화적 접촉이 올바로 반영되어 있는가?"라는 페터 슈나이더의 물음은 여전히 숙제로 남아 있다.[101] 이는 독일 독문학계의 인식 전환과 함께 문학의 영역을 확장하는 또 다른 의미를 갖고 있다. 독일에서보다는 외국, 특히 영미 독문학계에서 먼저 주목하기 시작했지만, 최근 이 문학의 성과를 평가하면서 "게토문학에서 아방가르드 문학"의 국면을 지나 "메인스트림 (주류) 문화로 진입하고 있다"는 분석도 있다.[102]

경제학자 및 사회학자들은 지난 반세기 동안 이어진 독일로의 이주 추세가 장기적으로 지속될 것으로 전망하고 있다. 세계화의 여러 결과와 함께 정치적·사회적 안정과 지리적 상황 때문에 독일은 매력적인 이주 국가로 인식되고 있다. 이 과정에서 독일 외국인 문학이 어떤 역할을 하고, 어떤 위상을 확보할 수 있을 것인지 자못 흥미롭다. 우리가 독일 외국인 문학에 주목하는 것은 그것이 더 인간적인 사회를 위한 가교가 되고, 진정한 문화적 혼종을 풍성히 하는 데 기여하리라 기대하기 때문이다. 이전처럼 자국에 거주하는 외국인들에 대해 가졌던 관점, 즉 이들이 오로지 물질적인 이익 때문에 와 있다는 매몰찬 인식의 문제점을 꿰뚫고 보편적 인간애를 각인시키는 문학 본연의 모성적 목소리가 더욱 절실할 것이다.

어느덧 취학 연령을 넘어 청소년 세대에 접어든 우리 사회의 외국인 이주자 2세대들을 공동체에 어떻게 원만하게 융화시켜야 하는가 하는 사회통합 문제는 조만간 주요 과제가 될 것으로 전망한다. 그러므로 우리보다 앞서 이주자 유입의 역사와 경험을 가진 독일 이주자 문학 속에 담긴 목소리들은 우리 공동체가 직면할 문제와 해결해야 할 과제를 함께 관찰하는 데 유익한 참고자료가 되리라 생각한다. 다음과 같은 호프만Miachel Hofmann의 지적은, 동남아 출신 노동이주자, 결혼이주여성, 조선족, 새터민 등 이미 여러 계층의 수많은 외국인, 이방인과 뒤섞여 살기 시작한 지 오래되었지만 여전히 이들을 '역사 없는 존재'

로 취급했던 우리에게도 시사하는 바가 크다.

우리들이 폐쇄적인 공간 안에서 중심 문화(주류 문화)만을 집착하는 것이 결코 도움이 되지 않는다는 사실을, 우리 사회의 풍토에서 문화적 척박함을 극복하기 위해서는 이른바 다양한 혼성적인 문화의 뒤섞임을 인정하고 허용하는 것이 더 낫다는 사실을 배웠다면, 우리 문학과 문화계에서 (외국인들에게) 더 많은 공간을 열어주어야 한다.[103]

제 3 장

포스트콜로니얼과 독일 현대문학

1990년대부터 인문학계의 키워드로 부상한 '다문화주의와 문화적 다양성' 개념은 페미니즘과 소수 문화, 포스트콜로리얼 연구 등과 관련된 것으로, 유럽 중심적인 사유에 대한 비판적 의미를 담고 있다. 20세기 후반부터 집중적으로 관심의 대상이 된 포스트콜로니얼, 즉 탈식민주의는 다소 고루하고 식상한 듯 보이지만, 문학과 문화학 분야에서는 영미 포스트콜로니얼 문화 및 문학비평가들에 의해 새롭게 조명되고 있다. 이러한 맥락에서 이 장에서는 포스트콜로니얼 상황에 관한 독일문학의 관심과 수용 양상 등에 관해 살펴보고자 한다. 독일문학계에서는 2000년대 들어 독자적인 문화 공간으로서의 아프리카에 대한 새로운 이해를 바탕으로 아프리카의 역사와 문화 그리고 그 대륙과 관련된 독일의 과거사 등을 주제로 한 작품들이 속속 발표되었다. 그 단초가 된 작품이 68세대의 대표 작가, 우베 팀Uwe Timm의 『모렝가Morenga』이다.[1]

  독일은 다른 열강보다 식민지 쟁탈전에 뒤늦게 가담했지만 이에 적극 참여했을 뿐만 아니라, 서구 제국의 식민침탈 역사와 유럽 식민주의 시대에 가장 불행했던 민중 학살을 자행했다. 홀로코스트, 즉 600만 명에 달하는 유럽 내 유대인 학살이 워낙 끔찍한 범죄행위였기 때문에 상대적으로 그 이전 시기인 빌헬름제국 시대에 자행된 독일제국의 아프리카 부족 학살 사건이 주목받지 못했지만 이 과거사 역시 독일이 짊어져야 할 역사의 무게임이 분명하다는 점을 상기하면, 『모렝가』가 갖는 문학사적 의의 역시 적지 않다.

『모렝가』에서 정면으로 다루는 이 사건은 1904~1907년, 지금의 서아프리카 지역 나미비아에 살고 있던 나마Nama 부족과 헤레로Herero 부족이 일으킨 봉기를 독일 제국군이 무자비하게 진압해 부족민을 대량 학살한 비극으로, 독일 역사의 어두운 장은 이미 이 사건에서 시작되었다. 이 글에서는 집단적 망각 속에 파묻혔던 이 역사를 환기시키고 "독일 식민지배 역사와 비판적으로 논쟁한 최초의 소설",[2] 『모렝가』를 중심으로 독일문학 텍스트에 포착된 "성찰적 전환"의 동향을 기존의 서구 중심적인 관점과 제국주의 사유에 대한 "다시 쓰기" 관점에서 살펴보고자 한다.[3] 『모렝가』는 과거 제국주의 식민 전략에 대한 통렬한 비판을 근간으로 추상적인 제3세계 담론의 틀에서 벗어나 포스트콜로니얼적 관점으로의 전환을 이끈 작품이다. 이 장에서는 먼저 독일문학에 나타난 아프리카 담론의 서술 관점과 변화 과정을 개관할 것이다. 그리고 독일 식민역사에 대한 담판을 살피고, 단순한 성찰을 넘어 기존 가치관의 전복을 드러낸 양상을 고찰하고자 한다.

1. 전통적 문학관에 대한 도전: 탈식민주의적 글쓰기

1.1. 포스트콜로니얼 상황에 관한 문학적 인식

포스트콜로니얼(리즘)Postkolonialismus은 원래 탈식민주의 및 신식민주의Neo-kolonialismus와 연관된 개념이었으나 1980년대 이후부터 확연하게 의미가 달라졌다. 요컨대 제국주의에 대한 기존의 비판적·역사적 개념에서 문화 이론으로 받아들여진 것이다. 이는 포스트콜로니얼을 그저 식민 상황의 연속으로 보지 않고, 대량 이주 현상과 상품 및 서비스, 기호와 정보들의 '글로벌적 순환' 등 제반 현상들이 뒤섞임으로써 "세계, 주체, 역사의 재현들 간의 갈등과 다툼"으로 확대된 포괄적 문화 개념으로 인식했기 때문이다.[4] 이로써 'post' 역시 식민주의 '이후'의 의미만이 아니라, 식민주의 구조가 다른 형태, 특히 문화적·경제적 외피 속에 계속 작용하는 현상을 뜻하게 되었다.

마르크스주의의 프리즘을 통해서만 조명한 초기 포스트콜로니얼의 단선적 인식에서 벗어나 식민주의 구조가 다양한 형태로, 지속적으로 작용하고 있다는 이러한 시각은 서구의 헤게모니 구조에 대한 문제 제기와 학문적·문화적 지형에 대한 비판적 독해로 확장되었다. 문화학의 이 프로젝트들은 문학에 다시 수용되면서 (서구)문학에 내장된 식민주의적 함축을 드러내며, 그것을 전복하려는 시도로 연결된다. 그렇기에 그동안 변방에 머물렀던 사회와 인종 집단, 문학을 점차 독립적인 대표성으로 인식하면서, 헤게모니적(패권적) 담론을 형성하는 양상을 고찰 대상으로 삼는다. 이로써 포스트콜로니얼은 인종·계급·성性의 맥락에서 적용 가능한 개념으로 발전했다.[5] 예컨대 가야트리 스피박은 젠더 범주를 배제하고서는 문화와 제국주의의 연결망, 식민 지배자와 피지배자와의 관계를 서술할 수 없다고 보았다.

여기서 주목할 것은 사이드, 바바, 스피박 이외에 로버트 J. C. 영Robert J. C. Young 등, 제2세대 포스트콜로니얼 학자들이 포스트모더니즘적 관점에서 탈식민주의적 함축을 관찰하고 있다는 점이다. 즉, 이들은 기존의 탈식민주의 또는 신식민주의, 심지어 서구 마르크스주의에도 "유럽 중심적인 백색 신화", 즉 제3세계에 생색내는 '온정주의'가 배어 있다고 본다.[6] 포스트콜로니얼은 이러한 '포스트모더니즘적인' 색채로 덧입혀지면서 기존 탈식민주의 이론의 한계와 유럽 중심적인 지식체계에 대한 비판적 문화이론으로 확장될 여지를 넓혔다. 실제로 포스트모던 경향들은 포스트콜로니얼 담론 이외에 페미니즘과 다문화주의 등 여러 이론에서도 찾아볼 수 있다. 먼저 정치적·역사적 담론으로서의 포스트모던은 극단적 흑백 도식에서 타협의 지점을 찾고, 이분법적 사유 방식에서 다원적 사유의 지평을 여는 데 한몫했다는 평가를 받고 있다. 아울러 남성과 서구 중심적인 패러다임에서 다원주의·포스트콜로니얼적 인식으로의 변화를 이끌어냄으로써 마이너리티 문화에 대한 이해의 폭을 넓혔으며 문학·예술 영역에서 다양한 예술 양식 및 대중적·혼성적 예술, 대화적 상호행위로서의 예술의 전환을 이끈 것으로도 평가받는다.[7]

이러한 영향하에서 문학 자체가 문화적 텍스트로 받아들여지면서 문화 현상과 문화 의식이 어떻게, 어떤 양상으로 전개되는지 주목하기 시작했다. 그리고 주류문화의 대립 및 보충 개념, (낯선 문화의 수용, 통합 및 동화와 같은) 다문화 사회의 주요 개념과 상호작용도 관심 대상으로 부각되었다. 따라서 문학적(문화적) 인식의 전환, 즉 중심과 변방 사이에서 비판적 관점의 "지도 다시 그리기Remapping"와 "다시 측량하기Umkartierung" 시도를 통해 양극적 위계질서에 의문을 제기하려는 노력으로 이어졌다.[8] 그에 따라 이제 포스트콜로니얼 문학은 한편으로 (식민지 시대의) 유럽 정전에 제국주의 요소가 얽혀 있음을 발견하고, 다른 한편으로 유럽 이외 지역의 포스트콜로니얼 현상의 이해를 위한 문화적 텍스트로 인식되었다.

많은 사람들은 독일과 포스트콜로니얼의 연계 혹은 연관성을 떠올리기 쉽지 않다고 생각한다. 그러나 일찍이 엔첸스베르거Hans Magnus Enzensberger나 후베르트 피테Hubert Fichte 등 여러 작가가 포스트콜로니얼 담론에 적극 참여한 바 있고, 슈미트Thomas Schmidt, 하버마스Jürgen Habermas 같은 지식인들도 다문화주의 모델 논쟁에 적극 참여한 바 있다. 다만 독일에서 포스트콜로니얼과 관련한 논의에서 항상 두 가지 반론이 제기되었다. 그 하나는 독일이 다른 유럽 강대국들과 달리 식민지 쟁탈전에 적극 참여한 바 없기 때문에 탈식민주의 논쟁에서 그리 부담을 가질 필요가 없다는 주장이며,[9] 다른 하나는 바로 그 때문에 독일에서 포스트콜로니얼 주제는 그리 의미를 갖지 않고 그저 제3세계에 관한 주변부 담론일 뿐이라는 주장이 그것이다. 하지만 사실 독일은 기회가 있을 때마다 식민제국주의 프로젝트에 동참했다. 역사적으로 이미 독일인들은 식민주의에 동참했는데 카를 대제Karl der Groß 이후 수 세기 동안 독일은 정복과 식민 역사의 중심에 있었다. 십자군 전쟁 때에도 독일 군주와 귀족들은 독일 기사단의 일원으로 참여했고 근대에 이르러서도 식민 사업에 적극 참여했다.

1.2. 독일문학의 포스트콜로니얼 담론

다른 서구 열강에 비해 독일에서 식민주의 논의가 활발하게 이루어지지 않았던 것은 다른 서구 열강과 달리 제3세계에 많은 식민지를 갖지 못해 이른바 "타자의 부재" 현상 때문으로 보는 시각이 지배적이다. 과거 식민 피지배자의 존재가 확연히 돋보이는 프랑스, 서구의 텍스트를 패러디하고 해체하는 이른바 "제국 되받아 쓰기" 현상이 도드라지는 영미 문화권과 비교하면 더욱 그러하다. 즉, "타자와 그들의 목소리를 들을 수 없다"는 것이 독일의 문화적·문학적 상황을 특징짓는다.[10] 그렇기 때문에 독일문학계에서 콜로니얼리즘(식민주의) 문제에 대한 깊이 있는 논의가 이루어질 수 없었다.

이렇듯 "포스트콜로니얼 이론의 영미권 중심" 현상이 지속되는 상황에서도[11] 독일문학에서 포스트콜로니얼 논의에 물꼬를 튼 대표적 독일 비평가는 파울 미카엘 뤼첼러이다. 그는 『작가와 제3세계 Schriftsteller und Dritte Welt』, 『포스트콜로니얼적 시선 Der postkoloniale Blick』, 『포스트모던 및 포스트콜로니얼 독일문학 Postmoderne und postkoloniale deutschsprachige Literatur』 등의 주요 저작을 통해 독일문학의 탈식민주의 및 제3세계 담론의 유형을 분석한 몇 안 되는 문학비평가 가운데 한 사람이다.[12] 문학에 나타난 포스트콜로니얼과 포스트모더니즘에 관한 연구에서 뤼첼러가 취한 기본 입장은 과거 식민지와 서구 사회 양쪽 모두 식민체제의 조건과 유산을 글로벌적인 문화의 교류 과정으로 새롭게 읽고 해석해야 한다는 것이다. 그 이유는 다문화성과 마찬가지로 포스트콜로니얼 담론에서도 이중적 문화 경험을 가진 지식인과 작가들이 적극 동참하고 있기 때문으로 본다. 그리고 이 현상이 문학적 관점의 교차인 동시에 상호문화적 체험에서의 "타자의 지혜"를 이해하는 과정이기 때문이다.[13]

그러면 포스트콜로니얼 담론의 일부분으로서 문학이 갖는 탈식민주의적 특성은 무엇일까? 그것은 문화적 차이의 형상화나 재현 형식을 통해 고유의 상호문화적 잠재성을 갖고 있는 문학의 역할일 것이다. 영미권에서는 포스트콜로니얼 담론이 포스트모던, 페미니즘, 다문화성과 같은 비판적 담론과의 연관성 내지는 맥락 속에서 생산되었지만, 독일의 포스트콜로니얼 연구는 문화 간의 복합적인 협상을 추구한 상호문화적 문예학에서 논의되었다.[14] 사실 독일 문화사에서 가장 중요한 타자의 문화는 유대 문화였는데 홀로코스트로 인해 체계적인 연구와 탐구의 장이 닫히고 말았다. 이로써 독일 문화와 문학에서는 타 문화와의 이해, 타자를 통한 자기이해의 가능성과 기회가 더더욱 적을 수밖에 없었다. 그러나 문예학적 관점에서 현재 포스트콜로니얼적 논의는 글로벌적 상황, 근세 초기에 발생한 모던의 부분 그리고 패권 관계 및 그와 연관된 재현 형식에 대한 새로운 인식으로 이해된다.[15] 특히 이를 통해 상호문화적 가능성과 연결된 문학적 가능성이 담고 있는 중요 개념들, 예컨대 "세계문학, 문화를 초월한 수용, 정전의 수정, 정체성을 형성하는 역사에 관한 문화적 기억" 등이 부각된다.[16]

여러 독일 작가들은 이미 1970년대 탈식민주의 시대부터 제3세계의 정치·사회·경제 상황과 피식민지 사회에 관심을 갖고 있었다. 물론 독일 작가들의 이러한 관심은 주목받는 작품이나 탈식민주의에 대한 문예학적 연구의 확장까지는 이어지지 못하고, 일기, 여행 보고, 르포 등의 형태로만 발표되었다는 한계를 드러내기도 한다. 그럼에도 뤼첼러는 독일 작가들의 이 노력을 "국제적 포스트콜로니얼 담론에 동참한 것"으로 평가하고 있다. 그것은 이들이 자신은 물론 독자들에게 제3세계의 당면 문제에 대한 비판의식을 갖게 만들었고, 낯선 문화에 대한 선입견을 해체함으로써 서구 사회와 제3세계와의 관계를 올바로 인식하게 하는 단초를 제공했다고 보기 때문이다.[17] 독일어권에서 제3세계 문제에 진지한 관심을 보인 이들 작가로는 앞서 언급한 우베 팀, 엔첸스베르거, 후베르트 피테 이외에 귄터 그라스Günter Grass, 루이제 린저Luise Rinser, 페터 슈나이더, 마르틴 발저Martin Walser를 위시해 한스 크리스토프 부흐Hans Christoph Buch, 보도 키르히호프Bodo Kirchhoff, 한스 위르겐 하이제Hans Jürgen-Heise

등이 있다.[18]

제3세계(특히 아프리카)에 대한 이들의 관점 역시 서구 제국주의에 의해 수탈된 피억압 지역이라는 1970~1980년대의 전형적인 시각, 즉 정치적·이데올로기적 관점에서 차츰 문화적 이해와 분석의 대상으로 바뀌게 된다. 이는 문학의 주제나 소재 측면에서 사이드, 바바, 스피박 등 포스트콜로니얼 문화학 이론의 영향을 받았기 때문으로 분석된다.[19] 크게 주목받는 흐름은 아니지만 독일문학계에서는 이렇듯 여러 작가들에 의해 제3세계와 아프리카에 관한 문학적 관심이 면면히 이어져왔다. 2000년대 이후에도 서구세계의 식민주의에 대한 포스트콜로니얼적인 재평가와 문화 공간으로서의 아프리카와의 관계 등을 새로운 시각에서 다루고 있다. 이것은 또한 독일 내 (특히 아프리카 출신) 외국인들에게 문학적 자극으로 작용해 독일 내 아프리카 이주자 문학의 토대를 이루었다.

독일 내 아프리카 이주민들의 문학은 1980년대부터 괄목할 만한 발전을 보이면서 현재 독일문학에서 확연한 포스트콜로니얼의 핵심으로 부상했다. 아프리카계 독일인들은 크게 두 부류로 구분된다. 첫째는 20세기 초, 즉 제1차 및 2차 세계대전 당시 독일에 참전한 연합군 내 아프리카 출신 남성과 독일인 여성 사이에서 태어난 아프리카계 독일인을 일컫는 아프로도이치Afro-deutsch들이며, 두 번째는 20세기 중후반 정치적·경제적 상황으로 인해 독일로 온 아프리카계 이주민들이 그들이다. 독일에 거주하는 다른 외국인들은 독일인으로 간주되지 않고 국적을 기준으로 조명되는 반면, 아프리카계 독일인들은 자신들의 삶의 뿌리와 전통의 언저리에 머무를 수밖에 없다. 특히 '아프로도이치'들은 독일에서 태어나 교육받았으며 스스로 독일인이라 생각하고 있음에도 같은 독일 시민들에게 '토종 혈통'이 아니라는 이유로 받아들여지지 않는 비정상적인 상황에 처한 것이다.

독일어권 문학에서 찾기 드문 포스트콜로니얼 문학의 주요 실례로 평가받는 아프리카계 이주민 문학이 갖는 문학적 의미에 관해서 디르크 괴트셰Dirk Göttsche는 아프리카의 옛 유럽 식민지 출신자인 작가들이 창작 공간으로서 독일을 선택했으며, 주로 자전적 형식의 이들 문학이 식민 유산을 비판함으로써 포스트콜로니얼적 프로젝트에 공헌하고, 마지막으로 아프리카의 탈식민화와 관련한 반식민주의 이론과 1980년대 이후 독일의 제3세계 담론에서 최근 포스트콜로니얼 담론으로의 변화를 반영하고 있다고 평가한다.[20] 초기 이들의 문학적 성과로 평가받는 작품의 예를 들면, 나이지리아 출신의 치마 오지Chima Oji의 1992년 발표작, 『독일인들 속에 섞여. 어느 아프리카인의 경험Unter die Deutschen gefallen. Erfahrungen eines Afrikaners』이다.[21] 30년 가까이 독일에서 살았던 작가 오지는 자전적 글쓰기를 통해 "아프리카 사람들이 유럽에서 어떤 일을 겪었는지", "일상의 인종주의를 깨우치고, 그동안 삼켜왔던 모든 일들을 한 번쯤은 쏟아내고" 싶은 일종의 자기 해방을 위한 기록으로 삼고자 한다.

2000년대 이후에는 내전과 인종 학살 등의 끔찍한 상흔과 갈등의 뿌리인 식민지배의 연속성을 고발한 작품들이 주를 이루고 있는데, 소말리아 난민 출신의 누라 압디Nura Abdi의 『모래 속의 눈물Tränen im Sand』과 역시 소말리아 출신의 파두모 코른Fadumo Korn의 『폭우 속에 태어나Geboren im Großen Regen』가 그런 작품들이다.[22] 이들을 비롯한 여러 아프리카계 작가들의 텍스트는 반식민주의에서 포스트콜로니얼과 상호문화적 담론 등 여러 논점을 가로지르고 있다. 아울러 통독 이후의 인종주의와 극우파의 폭력, 제노포비아적 편견에 대한 비판에 할애함으로써 독일 사회의 모순과 대결하는 양상으로까지 전개되고 있다.[23] 이 외에도 식민주의의 유산과 독일에서의 디아스포라의 경험을 형상화한 작품으로는 나이지리아 가톨릭교회 지도자로서 독일에서 유학한 오비오라

이케Obiora Ike와 베냉 출신의 저널리스트 룩 델가Luc Degla의 작품을 들 수 있다.[24] 이들의 문학에서 돋보이는 특성은 독일을 새로운 도전의 공간으로 여기면서 두 개의 고향의 의미가 짙게 배어 있다는 점이다.

2. 독일 식민제국주의 역사에 대한 "성찰적 전환": 우베 팀의 『모렝가』

2.1. 독일문학과 아프리카 담론: 식민 역사에 대한 비판적 해석

2000년대 이후 독일문학계의 주목할 현상 가운데 하나는 아프리카에 대한 관심이 고조되고 있다는 점이다. 현재 독일문학의 새로운 현상의 하나인 "아프리카 붐"은 문화적 차이와 다름을 편견 없이 대하고, 아프리카 현실을 공평하게 서술하려는 작가들의 노력 때문이다.[25] 사실 독일문학에서 아프리카 담론은 새로운 것이 아니다. 거슬러 가면 그 뿌리는 제국주의가 종결되고 독일이 식민지를 상실한 이후인 1900년대 초의 독일 '식민문학Kolonialliteratur'이다. 독일 식민문학의 기초 자료는 당시 아프리카 연구자들이 수집한 자료와 독일 선교협회가 아프리카로 파송한 선교사들에 의해 작성된 선교 문서였다. 또한 이 시기는 유럽이 엑조티시즘Exotismus에 빠져 있던 때였다. 당시 유럽의 문학과 예술에서는 "현실을 벗어나 낯설지만 아름답고 신비한 감성의 제국으로 도피"하려는 열망이 극명하게 표출되었다.[26] 아프리카에 대한 애착은 문명 비판의 표출이었으며, 유럽인들은 아프리카를 통해 다른 세상을 꿈꾸었고 문학과 예술에서 그것을 찾고자 했다.

더욱이 이 시기 독일에서는 식민지를 잃고 난 후 오히려 식민지에 대한 집착이 더욱 강해졌으며 잃어버린 식민지를 찾으려는 투쟁의 목소리가 높았다. 식민문학이 등장한 것도 그즈음이었는데, 이 문학은 식민제국의 부활을 꿈꾸는 이 정서를 부채질했다. 그 대표작이 한스 그림Hans Grimm의 『공간 없는 민족 Volk ohne Raum』이다. 제2차 세계대전 이후 이 작품은 대중의 기억 속에서 사라졌으나 그 전까지 한스 그림은 당대 가장 저명한 작가 중 한 사람이었으며, 이 소설은 나치 팽창정책의 모토인 "생활공간Lebensraum"이라는 용어를 낳음으로써 정전처럼 추앙받던 작품이었다.[27] 요아힘 바름볼트Joachim Warmbold는 『공간 없는 민족』을 비롯한 이 시기 독일 식민문학의 특성을 "프로파간다문학, 대중문학, 통속문학, 피와 흙의 문학"으로 요약했다. 즉, 독일 팽창주의를 정당화하고, "고향의 협소함에서 벗어나 넓은 아프리카 식민지에서의 새로운 삶에 대한 약속"을 상기시켰다는 것이다.[28]

그러다가 1960년대 이후부터 아프리카에 대한 관심 경향은 급속히 달라져, 다양한 아프리카상이 문학에 반영되기 시작했다. 이는 유럽을 풍미했던 서구 제국주의와 자본주의 비판, 반反식민주의 운동 열기와 무관치 않았다.[29] 프란츠 파농Franz Fanon을 비롯한 옛 식민지 출신 지식인들의 영향, 식민주의 유산과의 비판적 논쟁 및 제3세계 해방운동과의 연대 등이 새로운 제3세계 및 아프리카 담론을 형성케 했으며 이러한 경향은 한스 마그누스 엔첸스베르거, 페터 바이스P. Weiss, 한스 크리스토프 부흐 같은 작가에게 감지되었다.

이 흐름은 1970~1980년대 들어 가속화되어 아프리카의 고유한 개성과 역사를 이해하려는 노력, 기존 아프리카상을 해체시키려는 시도, 독일을 비롯한 유럽 식민제국주의에 대한 비판으로 이어졌고, 최근에는 대체로 상호문화적 관점에서 아프리카를 보려는 경향을 보이고 있다.[30] "이국적인 모험과 자연의 힘이 역동하는 대륙"이라는 식민시대가 남긴 고착화된 스테레오타입에서 벗어나 새로운 아프리카상을 구축하려는 이 변화는 비단 문학계의 노력의 결실만은 아니었다. 아프리카 문화와 예술전시회, 교회와 학교 간 자매결연 및 파트너십, 다큐멘터리 보도 등을 통해 이 대륙을 새롭게 조명하려는 시도도 한몫을 했다. 아울러 독일 내 아프리카 출신 작가들뿐만 아니라, 아프리카 사람과 결혼한 독일인과 흑인 독일인들의 자전적 글 역시 이에 참여했다. 아프리카에 대한 새로운 이해는 과거 및 현재의 독일과 아프리카와의 관계에 관한 학문적 논의의 발판을 마련했으며, 독일 식민주의와 인종주의 역사에 관한 문학사회학적 관심의 단초가 되었다.

독일문학의 아프리카 관련 주제에 천착한 디르크 괴트셰는 1960~1970년대 제3세계 담론을 거쳐, 1980년대 이후 아프리카에 대한 관심의 초점이 정치 문제에서 일상의 문화적 요소로, 이데올로기 비판에서 상호문화적인 담론 분석으로, 엑조티시즘에서 문화적 접촉과 혼성으로 옮겨졌다고 분석하고 있다.[31] 물론 이러한 변화에는 포스트콜로니얼 이론의 영향을 간과할 수 없다. 특히 사이드는 『오리엔탈리즘Orientalism』에서 서구세계가 오랫동안 '동양'으로 대표되는 비서구 세계를 타자화하기 위해 모든 텍스트 속에 가공하고 분할하는 메커니즘을 해부했다. 사이드는 이러한 오리엔탈리즘을 통해 서양인(유럽인)들이 자신과 대조적인 이미지와 이념, 관념을 규정하고 표상했다고 분석했다.[32] 포스트콜로니얼 문학(문화) 이론가들의 영향을 받은 독일 작가들의 "포스트콜로니얼적 시선"은 아프리카를 비롯한 제3세계에 대한 독일문학의 의미 있는 인식의 전환이 아닐 수 없다.[33] 제3세계와 타자 이해의 폭을 넓힌 '포스트콜로니얼 시선'의 확장 과정에서 작가들이 눈을 돌린 것은 과거 독일 식민제국주의 시대의 과거사에 대한 비판적 성찰이었다.

1800년대 독일은 팽창주의 및 식민정책을 취할 여건을 갖추지 못했다. 정치적으로 수많은 영방국가로 분열되어 통일된 민족국가의 성립이 늦었던 독일은 식민제국주의가 발흥할 여건이 여의치 않았고, 지리적으로도 독일 해안은 스칸디나비아 국가와 러시아, 동유럽과 인접했기 때문이었다. 그러나 진정한 의미에서 독일이 식민제국주의의 첫발을 내딛기 시작한 때는 1884년이었다.[34] 다른 제국주의 열강에 비해 뒤처진 것을 만회하려는 듯, 이후 독일은 그 어느 국가보다 식민지 쟁탈전에 적극 참여했다. 여기에는 국가정책뿐만 아니라 종교계, 학계, 문화계 등 사회 전반에 걸친 독일 팽창주의에 대한 열렬한 지지와 뒷받침도 큰 몫을 했다. 그러나 그 결과는 서구 식민주의 역사상 가장 비극적인 민중 학살로 이어졌다. 그 사건이 바로 1904~1907년, (유럽 사람들이 호텐토트족이라고 부르는) 나마 부족과 헤레로 부족의 봉기에 대한 무자비한 진압 및 대량 학살이었다. 이 지역은 1884년 독일제국 보호령인 "독일령 남서아프리카 Deutsch-Südwestafrika"로 선포되었으며, 1892년 독일 식민지로 병합되었다. 아프리카 부족민들은 독일 식민통치에 종속되어 독일인들에게 값싼 노동력을 제공했다.

이후 목초지를 둘러싸고 두 부족민과 독일인들과의 갈등이 첨예화되었으며 결국 참을 수 없는 상황에 이른 헤레로 부족이 1904년 1월, 봉기를 일으켰다. 이 봉기는 독일인 회사를 습격함으로써 시작되었으나 이 과정에서 독일인 어린이나 여자가 살해된 경우는 한 건도 없었다. 봉기가 한 달 넘게 지속되자 독일은 마침내 로타 폰 트로타Lothar von Trotha가 지휘하는 1만 5000명의 군대를 투입했다. 독일 제국군은 남자 8000명과 부녀자 및 아이들 1만 6000명을 해안가로 몰고 퇴로를 차단함으로써 전멸에 이르게 했다. 헤레로족의 봉기가 진압된 후 나마족이 다시 봉기를 일으켰다. 살아남은 헤레로족과 합세한 이 저항은 결국 실패로 끝났고, 10만여 명이던 헤레로족과 나마족 사람들 가운데 7만

5000명 이상이 목숨을 잃고 살아남은 사람은 2만 명 남짓에 불과했다.[35]

오랫동안 밝혀지지 않았던 이 사건에 관한 논쟁이 불붙은 것은 1980년대 초반이었는데, 그 불씨를 지핀 것이 우베 팀의 『모렝가』이다. 세심한 자료 조사를 바탕으로 창작된 이 소설은 독자로 하여금 사건의 실체를 입체적으로 이해하게 한다.[36] 두 부족의 봉기를 진압한 후 당시 독일 제국군이 취한 조치는 헤레로, 호텐토트 부족에 대한 완벽한 통제와 억압이었으며 강제 노동을 통한 인격적 말살이었다. 『모렝가』는 그 역사에 대해 이렇게 고발한다.

> 봉기를 일으킨 헤레로와 호텐토트 부족의 토지 및 가축 소유권이 박탈되었다. 토착민들에겐 토지를 취득하고 대규모 축산업을 하는 것, 승마용 동물을 소유하는 것을 금지한다는 법이 발효되었다. …… 토착민들은 열 가정 이상 한 곳에 함께 살 수 없도록 했다. 아프리카인들의 경제적 권리를 박탈하고 동시에 일을 할 때에는 백인들의 허락을 받아야 한다는 규정도 정해졌다. 더 나아가 경제적 권리 박탈과 강제 노동을 효율적으로 진행하기 위해 전통 부족 조직들을 해체했다. 여덟 살 이상 되는 모든 아프리카인들은 통행 허가증을 소지해야 했다. 모든 백인들에겐 통행 허가증을 소지하지 않은 아프리카인을 체포할 수 있는 권한이 주어졌다. …… 노동계약을 맺지 않은 아프리카인은 모든 법적 권리가 박탈되었고 부랑아로 구금하게 했다. 이로써 간접적 형태의 강제 노동이 도입되었다. 1907년, 강제수용소에 있던 6000명의 포로들은 주로 철도 건설을 위한 강제 노동에 동원되었다.[37]

아울러 이 텍스트에서 줄거리의 맥락에 맞게 자료를 인용하고 덧붙인 것은 당시 독일 제국군의 전략이 아프리카 부족을 말살하기 위한 것임을 폭로

릭 위트부이Hendrik Witbooi와 그의 아들, 이삭 위트부이Isaak Witbooi 그리고 독일 본국에서 파견된 진압군 사령관, 트로타 장군과 독일령 남서아프리카 총독, 데 오도르 폰 로이트바인Theodor von Leutwein도 실존 인물이다. 작가 우베 팀은 이렇게 적대적인 두 전선의 역사 속 실제 인물들을 작품 속에 배치함으로써 대립의 강도를 선연하게 보여주고 있다.

우베 팀은 모렝가를 "아프리카에서 현대 게릴라전을 수행하고 군사전략 이론을 정초한 최초의 인물"로 묘사한 바 있다.[47] 그러나 전체 줄거리에서 모렝가가 차지하는 비중은 그리 크지 않다. 그에 관한 묘사는 소설 맨 처음에 전혀 상반된 모습으로 그려진다. 첫 번째는 무미건조한 관료적 문체로 모렝가를 기술한 것이며, 두 번째는 신화와 환상 속의 초인적인 영웅으로 묘사된 모렝가이다. 즉, 정보 문서에 기록된 모렝가와 아프리카 부족민들의 모렝가상이 극명한 대비를 이룬다.

1904년 6월의 첫날 빈트호크에 있는 독일제국 총독부에 전보 한 통이 전해졌다. 내용은 다음과 같다. 무장한 호텐토트족의 무리가 남동부 지역에 분산된 농장을 급습하여 백인 농부들의 가축과 무기를 빼앗았다. 그러나 살해당한 농부는 한 사람도 없다. 이 무리의 대장은 모렝가다. 모렝가는 어떤 사람인가? 기브온 행정청의 정보에 의하면 호텐토트족의 '잡종'이며(아버지는 헤레로족이고 어머니는 호텐토트족) 마렝고라고도 불리고 있다. …… 과거에 카브콜로니 북쪽에 있는 오키브 구리 광산에서 일한 적이 있다.[48]

모렝가는 밤에도 대낮처럼 볼 수 있으며, 수백 미터 떨어진 거리에서도 닭을 쏘아 맞출 수 있다. 그는 독일 사람들을 몰아내려고 한다. 그리고 모렝가는 비를 내리

게 할 수도 있고 얼룩새로 변신할 수도 있으며 독일 군인들의 목소리를 엿들을 수
도 있는 사람이다.[49]

포스트콜로니얼 문학론의 텍스트 이해에서 중요한 경향 가운데 하나는 『제
국 되받아 쓰기The Empire Writes Back』에서 강조한 "다시 쓰기Rewriting" 방법으로,
여기서는 식민제국 중심부의 언어와 문화를 적극적으로 전유하되 그 언어를
개조해 제국의 중심적 사유를 폐기할 것을 강조한다.[50] 『모렝가』에서도 작가
는 오롯한 역사 인식을 바탕으로 당시 제국주의 사유의 핵심을 짚어내면서, 독
일 식민문학에 대한 교정, 즉 아프리카 부족의 관점에서 다시 쓰기를 위한 시
도를 감행한다. 이를 위해 작가 팀은 모렝가를 중심인물로 내세우지 않고 허구
적 인물인 독일군 수석 수의사, 고트샬크를 통해 부각시킨다. 식민지 무역업자
시민계급 집안의 아들인 그는 막연한 판타지를 품고 독일령 서아프리카에 왔
다. 고트샬크는 장차 온 가족과 함께 아프리카로 이주해 아름다운 농장을 꾸미
고 음악과 취미생활을 하며 안온하게 살 '공간'을 계획했다.[51] 아프리카에 오기
전까지 그는 어느 평범한 독일인과 마찬가지로 비판의식 없이 당시 식민주의
가치관을 당연한 것으로 받아들였다. 전투 병과가 아닌 탓에 헤레로족과의 전
투는 그저 여행으로 인식될 뿐이었다.
  그러나 이 '여행' 여정에서 그의 가치관과 정체성은 혼돈과 위기를 거쳐 극
적인 변화를 맞는다. 그렇기 때문에 소설의 여행 모티브는 자연스레 포스트콜
로니얼 담론과 연결되면서 식민 통치자와 피지배자 간의 문화적 접촉이라는
주제로 귀결된다. 물론 여기서는 과거 여행문학과 달리 "독일 역사 속으로 여
행, 자기고백을 위한 여행"이다.[52] 그는 아프리카 부족민에 대한 독일군의 잔
혹함을 보고 상상치 못할 충격을 처음 느꼈다. 그가 본 것은 "불과 몇 미터 앞

에 죽은 소가 썩어가는데도 사람들을 굶겨 죽이는 광기"였다.[53] 단순한 동정심
에서가 아니라 당당한 자의식과 성숙한 공동체 문화를 가진 부족민과 접촉하
면서 그는 서서히 전쟁의 실상과 진실을 깨닫게 된다. 독일군과 달리 아프리카
부족민들은 포로로 잡힌 "모든 독일인 여자와 아이들에게 치외법권적인 보호
를 제공했으며, 위트부이 군기軍旗의 상징인 흰색 천을 모자에 쓰면 독일인 남
자들도 보호"해주고,[54] "자유로움과 절도 있는 모습을 잃지 않는 사람들"이었
다.[55] 그러나 포로를 대하는 방식만을 보더라도 나마 및 헤레로 부족민과 독일
군의 야만적 행위는 극명하게 대비된다.

> 사로잡힌 살아 있는 모든 남자들 옆에서 여자와 아이, 노인들을 총살시켰다. ……
> 트로타 장군의 모토에 따르면 "좋은 호텐토트 사람은 죽은 호텐토트 사람이
> 다." …… 부모가 보는 앞에서 아이 하나를 쏘아 죽이고, 반란군이 숨은 곳을 물은
> 후 대답하지 않으면, 누군가 자백할 때까지 또다시 아이 두 명, 네 명, 여덟 명 그
> 런 식으로 계속 죽였다.[56]

반복되는 이러한 대비적 서술은 진실과 거짓의 패러다임을 뒤집고, 식민문
학을 비롯한 중심부 문학에서 감춘 것을 드러내는 효과를 갖는다. 아울러 문학
텍스트를 제국주의의 이행 및 그 상황과 관련시켜 읽기 위해 "제국주의와 제국
주의에 대한 저항이라는 두 과정을 모두 고려한 대위법적 책 읽기"에 부합한
다.[57] 그렇기 때문에 이 작품은 "제국 중심부 사유의 폐지", 즉 "제국의 문화와
미학의 범주를 부정하면서 언어에 각인된 고착화된 의미를 거부"하려는 문학
적 시도이다.[58] 『모렝가』는 아프리카 부족민의 항전 못지않게 중심인물인 고
트샬크의 인식 변화 과정에 초점이 있기에 어찌 보면 발전소설 유형으로 분류

될 수 있는 소설이다.[59] 그러나 그 인식의 변화에는 주관적이고 내적인 것이 아니라 주변 상황과 인물들을 통한 변증법적인 성찰 과정이 동반한다.

고트샬크는 먼저 나마족의 언어와 문화를 익히려 노력한 "독일군 내에서 유일한 무정부주의 성향의 보조 수의사"[60] 벤스트룹과 그가 갖고 온 책, 『발전 속의 상호도움Gegenseitige Hilfe in der Entwicklung』을 읽고 영향을 받는다. 러시아의 지리학자이자 혁명가였던 저자, 크로포트킨Pjotr Kropotkin(1842~1921)은 이 책에서 다윈의 사회진화론과 적자생존 이론의 안티테제로서 "협동과 상호도움"을 강조한다. 크로포토킨은 종種의 진화에서 가장 중요한 요소는 경쟁이 아니라 협동이며, 상호도움이야말로 진화의 중요한 동력이라고 말한다. 크로포토킨은 원시 부족, 농촌 마을, 중세의 코뮌에서부터 상호 도움을 실천하는 협동 결사체의 진화 과정을 추적하면서 인간세계에서도 서로 돕는 것이 지극히 자연적이고 일상적인 현상이라고 결론짓는다. 이것은 당시 유럽제국주의의 이데올로기의 토대인 사회진화론적인 인종주의를 뒤집는 것이다.

그렇기 때문에 『모렝가』는 지속적으로 되풀이된 유럽 문명의 자아도취에 대한 비판이며 당시 식민지배 집단에 속한 사람들이나 현재 유럽인에게 비친 모렝가에 대한 성찰적인 서술이다.[61] 이 소설의 정점은 헤레로족의 포로가 된 고트샬크와 모렝가의 대화 형식으로 이루어진 두 사람의 만남이다. 포로가 된 다음 날 아침 그는 수레를 얻어 부상자와 함께 무사히 독일군 병영으로 귀환할 수 있었다. 고트샬크와의 대화를 통해 비친 모렝가는 당시 독일 총참모부가 편찬한 『남서아프리카에서의 독일군의 전투』에 기록된 "탁월한 용기와 신망이 있으며, 흑인들에게 주도적 역할을 행사하는 인물"[62]이라는 인물평과 다르지 않은 사람이었다.

나는 어째서 우리와 평화협정을 맺지 않는지 모렝가에게 물었다. 그것은 자신이 아니라 독일 사람들에게 달려 있다고 모렝가는 대답했다. 그의 요구 조건은 간단했다. 자신들이 속한 지역에서 자유롭게 살게 해달라는 것이었다. 강력한 독일 제국에 맞서 이길 수 있을 것이라 믿느냐는 질문에 그렇지는 못할 것이라고 말했다. …… 그 이유를 묻는 내 질문에 그는 놀라운 대답을 했다. 그렇게 함으로써 당신들과 우리 모두 인간으로 남을 수 있기 때문입니다.[63]

적군과 우리 편 모두 '인간으로 남을 수 있기 때문'이라는 모렝가의 말이 어째서 고트샬크에겐 '놀라운 대답'이었을까? 그는 당연히 '마지막 한 사람까지 투쟁하겠다'는 답변을 예상했을 것이다. 그러나 모렝가의 이 대답은 고트샬크에게 제국주의적 사고가 법적으로뿐만 아니라, 도덕적으로도 정당하지 못함을 깨닫게 만들었다. 제네바 협정 따위는 안중에 없다는 듯 토착민들을 무자비하게 대한 독일군과 달리, 비록 국제법 같은 것은 몰랐겠지만 아프리카 사람들은 인간으로서 상대방을 존중했기 때문이다.

겉으로는 문명과 문화, 휴머니즘, 선교를 표방하지만 실제로는 토착민을 오로지 "그 자체 몰살해야 한다"고 규정하고,[64] "파괴, 몰살, 섬멸"[65]의 대상으로만 보는 독일인과 '인간으로 살아남기 위한' 이들의 처절한 투쟁은 처연한 대비를 이룬다. 이것은 문명인이라 자부하는 독일인들의 야만성과 부족의 생명과 재산을 위협하는 적군에게마저 끝까지 인간으로 남길 기대한 저항군 지도자 모렝가, 이 양자의 명확한 구분이다. 그리고 이를 통해 아프리카 부족민의 투쟁은 생존을 위한 것이지만 독일군의 부족 살육은 "문명인들의 살육 놀음"에 지나지 않음을 폭로하고 있다.[66]

고트샬크는 처음에는 인간을 경시하는 식민 이데올로기에 의문을 품었지만 토착민을 문명화시킨다는 명분 자체에 문제를 제기하지는 않았다. 그러나 그는 이 전쟁이 "존중할 만한 규칙, 기존의 유효한 협정, 프로이센의 결투 예법 등이 여기서는 전부 무효인 야만의 극단"임을 깨닫게 된다.[67] 더 나아가 "적의 소를 내몰고 여자와 아이들을 죽이고 집에 불을 지르는 전쟁터"에서 조국을 지키는 것은 독일인이 아니라, 오히려 아프리카 부족민이라는 인식에 도달한다.[68] 이로써 『모렝가』는 단순한 성찰이 아닌 기존 가치관의 전복을 드러냄으로써 판을 뒤엎은 다시 쓰기, 제국의 가치관과 문화에 맞선 "글을 통한 역습"이다.[69] 이를 통해 이 작품을 읽는 이들은 더 이상 미개하고 야만적인 종족이 아니라, 자존감을 지키며 정당한 법적인 요구를 할 줄 아는 사람들, 조국과 자유, 문화적 정체성을 위해 싸우는 고결한 사람들로서의 나마 부족과 헤레로 부족민을 만나게 된다. 그와 동시에 이들의 고귀한 생명과 삶의 문화를 철저히 파괴하고 섬멸한 독일인을 보게 된다.

다른 한편으로 오랫동안 아프리카 대륙에 대한 유럽인의 인식과 사고에 큰 영향을 준 것은 선교사들이었다. 그리스도교는 유럽의 제국주의 팽창과 발맞추어 거의 전 세계에 선교 단체를 세웠는데 물론 그 목적은 먼 대륙의 토착민을 대상으로 한 선교였다. 프랑스 가톨릭교회가 알제리에서 선교 활동을 시작한 이후, 19세기 독일어권에서는 프로테스탄트 교회의 선교 활동이 두드러졌다. 선교사들은 선교 활동 이외에 의료 및 교육 활동도 펼쳤다. 그러나 결코 간과할 수 없는 사실은 이들 역시 당시 제국주의 세계관에서 자유롭지 않은 사람들로서, "식민주의의 동력"으로 기능했다는 점이다.[70]

사이드가 지적했듯이 서구는 자신만의 고유한 자기이해를 설정함과 동시에 그와 대비되는 대립상을 구성해냈는데 그것은 사실 헤게모니에 의해 가공되고 왜곡된 재현일 뿐이다. 더욱 위험한 것은 그 대립을 본질적인 차이로 확정해,

인종주의를 합리화하고 공고히 다졌다는 데 있다.[71] 교회의 선교가 식민 제국주의를 정당화한 이론적 근거가 된 것은 서구적 관점에서 가공된 이러한 대립항에 입각해, 기독교를 문명 및 문화와 동일시했기 때문이었다. 『모렝가』의 식민 행정청장 슈미트의 말처럼, 특히 독일 식민정책은 "독일인들이 좁디좁은 고국을 떠나 이곳에서 새로운 고향을 발견하고 이 지역을 개화"시키는 것이었으며[72] 그 첨병 역할을 선교사들에게 부여했다.

시인과 사상가의 나라가 해야 할 가장 우선적인 과제는 야만인을 문명화시키는 것이다. …… 그렇게 하려면 먼저 토지 확보가 필요했고, 이를 위해 사람들은 선교사들이 중간 역할을 해주기를 원했다.[73]

『모렝가』를 통해 독자들이 깨닫는 것은 독일인에게 도륙당한 아프리카 부족이 "미개한 종족이나 적이 아닌 독일 식민정책의 희생자"라는 사실이다.[74] 이것은 단적으로 내가 선하고 네가 악한 것이 아니라 오히려 그 반대, 우리가 가해자이고 상대방이 피해자였다는 가치체계의 전복이다. 『모렝가』는 신앙과 종교윤리 문제에서도 이 뒤바뀜을 보여준다. 『모렝가』의 고트샬크는 서구 제국주의를 지탱하는 신앙, 토착민과 피지배자를 무자비하게 살육하는 데 공모하는 종교윤리에 대한 의문을 넘어 그동안 신앙이 없는 사람, 야만인이라고 폄훼했던 아프리카 부족민의 일상과 삶 속에 유럽인이 믿는 그리스도교의 이웃 사랑의 가치, 섬김과 나눔의 윤리가 배어 있음을 체감한다. 헤레로 부족은 기독교에서 말하는 하느님은 알지 못하지만, 삶 속에서 사랑을 실천하고 하느님의 심성을 표상하는 존재들이다.

노인을 존경하고 여자를 존중하며 아이들에게 따스한 애정을 베풀고, 남의 소유물에 욕심을 내지 않는 등 항상 서로 돕는 정신 속에서 펼치는 호텐토트 사람들의 이웃 사랑은 자동적인 (하느님의) 계명이다.[75]

당시 독일 선교사들이 내세운 복음의 모토는 "세상으로 가서 그리스도의 이름으로 세례를 주는 것" 이외에 "유럽 중심적인 요소를 전하는 것"이었다.[76] 세바스티안 콘라트Sebastian Conrad는 독일인들의 선교 정책과 관련해 "선교사를 통한 아프리카 침투는 정복과 식민 프로젝트의 일부"였을 뿐이라고 잘라 말한다.[77] 나마와 헤레로 부족과의 전쟁을 통해 고트샬크가 직접 목도하고 깨달은 또 다른 사실은 토착민을 "총살하고 목매달아 죽이는" 백인들의 사회생활과 삶이 "그리스도교 이론과 행동이 너무 모순"된 모습이었다.[78] 『모렝가』의 고트샬크는 헤레로족과 같이 있던 때를 회상하며 "그들의 웃음 속에서 기쁨, 지금까지는 전혀 알 수 없는 묘한 기쁨"을 되새긴다.[79] 살아남기 위한 처절한 전투 와중에서도 남녀노소를 막론하고 춤을 추는 이들의 모습은 마치 박해의 순간에도 신앙적 지조를 잃지 않았던 초대교회 신앙인을 떠올리게 한다. 고트샬크는 그 순간을 기억하며 자신도 달리 생각하고 느끼는 법, 완전히 다르게 생각하고 의미에 따라 생각하는 법을 배워야 함을 깨닫는다.[80]

맺는 말

독일문학계에서 그동안 적극 수용되지 않았던 포스트콜로니얼 담론은 이주 외국인 문학 및 아프리카 등 제3세계 출신 작가들의 활발한 창작 활동, 영미권 문학 비평가들의 영향, 그리고 문화학적 논의를 매개로 문학 텍스트 분석을 시도한 소장 독문학자들의 영향을 통해 문학에 대한 포스토콜로니얼적인 해석과 연구가 확산되고 있다. 상호문화적 문학으로서의 독일문학의 고유한 특징을 언급한 키엘리노는 이 문학의 여러 특성 중에서 특히 "독일을 정치적 피난처로 찾은 작가의 문학, 정치적 망명과 이주 사이의 경계에 선 작가의 문학"을 위한 토양으로서 독일의 지리적 특성을 강조한다.[81] 유럽의 중심지로서 분단 극복과 통일 그리고 유럽 통합의 여정에서 정치사회적인 측면만이 아니라 문화적으로 가장 역동적인 흐름의 한복판에 선 독일의 문학 및 문화계도 이에 대면하려는 노력을 보이고 있다. 그렇기에 타자성 담론의 이해와 성찰적 글쓰기, 상호문화적 이해의 가능성과 정체성 개념에 대한 재조명, 글로벌 자본주의와 포스트콜로니얼 등 문화학 담론에 관해 독문학이 주목하는 것 역시 자연스러운 현상으로 여겨지고 있다.

포스트콜로니얼 문학의 원류로서 독일과 아프리카의 관계에서 비극적인 과거사를 다룬 최초의 작품이 우베 팀의 『모렝가』이다. 독일령 남서아프리카인 나마와 헤레로 부족의 봉기를 진압한 지 40년 후에 독일이 자행한 동유럽과 러시아 정복전쟁, 유대인 말살정책은 이와 무관할 수 없다. 그러나 비스마르크의 해외 식민정책과 히틀러의 팽창정책 간의 연관성은 간과되었고 심지어 부정되었다. 이 양자의 연관성을 인식하기 시작한 것은 68운동 시기부터였으며, 새로운 자기반성을 바탕으로 철저히 잊힌 과거사를 다룬 문학적 성과가 『모렝가』이다. 『모렝가』는 독일 식민시대와 파시즘 역사를 자기성찰의 이야기로 읽게 하는 여행으로 초대하는데, 홀로코스트의 출발점이 이 소설에서 다룬 역사적 사실에서 비롯되었음을 주지시키고 있다. 이 소설이 발표된 후부터 올곧은 역사의식에 입각해 유럽 식민제국주의와 공모한 독일의 책임을 상기시키고 포스트콜로니얼적 관점에서 성찰하려는 작품들이 발표되고 있다. 열린 시각에서 독일이 아프리카 민족과 얽힌 과거사를 진술하고 올곧게 반추한 이들 작품이 주는 의미는 그동안 포스트콜로니얼 문학의 전통이 부재한 독일문학계에서 독일 작가들 스스로에게 성찰의 시선을 두었다는 점이다.

제 **4** 장

"아프로도이치" 문학의 이해

아프로도이치Afro-deutsch, 혹은 Afro-German는 독일계 아프리카 출신 사람들을 일컫는 용어로, 그동안 백인을 포함한 타자에 의해 "혼혈인, 니그로, 검둥이"라고 비하하며 불렸던 명칭을 거부하면서 이들 스스로의 자의식을 담아내고 정체성을 나타낸 표현이다. 사실 독일에서 아프로도이치의 역사는 상당히 오래되었다. 즉, 독일 땅에 뿌리내린 이들의 역사가 100년 가까이 됨에도 불구하고 이들 스스로 공동체적 연대의식을 발현할 계기를 갖지 못한 것은 사회의 순혈주의 때문이기도 하지만 인종적 편견에 대한 "방어 항체"로서의 자의식이 결여되었기 때문이기도 하다.[1]

이 장에서는 이 아프로도이치들의 역사적·문화적 정체성을 새롭게 돌아보고 성찰하게 만든 전환점이 된 마이 아임May Ayim의 『색깔의 고백. 아프리카계 독일 여성 그 역사의 흔적Farbe bekennen. Afro-deutsche Frauen auf den Spuren ihrer Geschichte』(이하 『색깔의 고백』),[2] 『흑백 안의 블루blues in schwarz weiss』,[3] 『경계 없이 그리고 부끄럼 없이Grenzenlos und unverschämt』[4] 등 그녀가 남긴 일련의 텍스트를 통해 아프로도이치 문화와 문학에 관해 조명하고자 한다. 그리고 현실사회주의 구동독과 아프리카 현대사와의 연관성을 다룬 루시아 엔곰베Lucia Engombe의 『95번 아이. 독일과 아프리카 사이의 나의 방랑기Kind Nr. 95. Meine deutsch-afrikanische Odyssee』(이하 『95번 아이』)를 중심으로 최근 독일 현대사와 아프리카와의 관계성에 대해 살피고자 한다.[5] 『95번 아이』는 아프리카의 포스트콜로니얼적 글쓰기와 통독 과정 이후 구동독에 관한 기억 담론이라는 두 개의 서사를 담고 있는 작품이다.[6] 여기서는 이 화두를 동독 현실사회주의와 식민주의의 중첩의 관점에서 살펴보고자 한다. 마지막으로 전후 독일 사회에서 살아야 했던 운명을 안고 태어난 흑인들의 삶을 가감 없이 서술하고 있는 하랄트 게룬데Harald Gerunde의 『우리 가운데 한 사람. 흑인으로 독일에서 태어나Eine von uns. Als Schwarze in Deutschand geboren』(이하 『우리 가운데 한 사람』)[7]에 관해 고찰할 것이다.

두 차례 세계대전을 일으킨 독일은 종전 후 타 민족은 물론 자국 민중에게도 큰 고초를 안겨주었다. 그러나 이 역사에서 철저히 배제당하고 소외당한 사람들이 있었으니, 두 차례 전쟁의 결과로 독일 땅에 태어나 자란 흑인 독일인이 그들이다. 제1차 세계대전이 끝난 후 독일에 주둔한 연합군 가운데 특히 프랑스군은 북아프리카나 마다가스카르, 세네갈 출신의 흑인들로 이루어진 군대였다. 프랑스군이 주둔하던 시기에 이 흑인 병사들과 독일 여성들 사이에서 혼혈 아들이 태어났고, 이 아이들에게는 "라인란트 사생아들Rheinlandbastarde"이라는 치욕적인 이름이 덧입혀졌다. 제1차 세계대전과 나치 집권기를 거친 후에도 이들은 독일 역사에서 철저하게 '지워지고 거세된 존재'였다. 또한 제2차 세계대전 이후 태어난 또 다른 혼혈아들, 즉 독일에 주둔한 미군 흑인 병사들과 독일 여성들 사이에서 태어난 "점령군의 자식들Besatzungskinder"도 전후 독일 사회에서 '추방하고 쫓아내고 싶은' 존재로 방치되었다.

『우리 가운데 한 사람』은 바로 이들의 이야기를 전하는 거의 유일한 작품으로, 흑인의 시각에서 기술한 독일 현대사의 단면을 포착하고 있다. 제2차 세계대전 이후, 독일 빌레펠트 지역의 유일한 흑인 소녀로 어린 시절을 보냈던 베르벨 캄프만Bärbel Kampmann의 자전적 이야기를 담고 있는 이 텍스트는 전후 격동기 속에서 흑인 독일인들이 겪은 경험인 동시에 이들의 삶을 통해 본 은폐된 독일 전후 역사에 관한 기록이기도 하다. 이 작품은 한 여성의 가족사를 통해 아프리카와 독일 현대사의 질곡의 역사, 독일에서 흑인 독일인으로서 살아야 했던 삶의 이야기를 응축시킨 텍스트로서 규명되지 않은 아프로도이치의 역사인 동시에 독일 현대사의 단면을 포착하고 있다. 독일문학계에서 활발하게 부상하고 있는 아프리카 이주문학 텍스트들은 글로벌적 이주와 디아스포라 과정에서 포스트콜로니얼적인 자전적 서사가 주류를 이루고 있다. 이 특성을 가장 잘 대변하는 『우리 가운데 한 사람』은 식민제국주의 시대 당시 몇 안 되는 독일의 식민지였던 남서아프리카의 과거와 현재의 역사를 이해하는 데 길잡이가 되는 텍스트로 평가받고 있다.[8]

1. 마이 아임과 아프로도이치 문학

1.1. "아프로도이치": 아프리카계 독일인의 정체성

'아프로도이치'는 마이 아임을 비롯한 독일 흑인 페미니스트 작가들이 처음 쓴 용어이다. 아프리카계 흑인 독일인들을 총칭하는 아프로도이치는 대부분

제1, 2차 세계대전 중에 참전한 아프리카 출신 연합군의 후손들로서 아프리카에 뿌리(조상)를 둔 독일인이다.[9] 1993년 기준으로 아프로도이치들은 약 3만 명, 2000년 기준으로 5만~30만 명으로 추산된다.[10] 그러나 이들은 독일 내 어느 마이너리티들보다 자신들의 정체성과 관련해 혼란스러운 상황에 내몰려 있다. 이는 "20세기 초뿐만 아니라 전후 시대에도 인종적 혼합을 백인 종족의 미래에 대한 위협"으로 본 뿌리 깊은 순혈주의와 무관치 않다.[11] 혼혈인으로 이중적 정체성을 가진 아프리카계 독일인들은 아프리카 언어는 물론 부모(특히 아버지)에 대해서도 모르고 아프리카와는 전혀 상관없는 순수 독일인이지만 단지 피부색 때문에 독일인으로 인정받지 못했다. 그렇기에 이들은 고국과 연결고리를 갖고 있는 외국인 노동자나 이주자 집단과도 구별된다. "검은 피부색과 독일 여권 사이의 모순",[12] "두 개의 의자 사이에 앉아 있는 느낌"(FB, 183)이라는 표현은 어디에도 속하지 못한 비애감을 드러낸다.

이들은 사회의 순혈주의 때문에 '독일'이라는 범주에서 배제되었는데, 이에 대한 인식을 새롭게 한 계기는 1989~1990년의 동독 몰락과 독일통일이었다. 그 변혁기에 독일 민족주의의 부활 조짐이 나타난 것이다.[13] 확고한 공동체 의식을 갖고 인정받는 주변부로 살아가는 아프리카계 흑인 미국인들과 비교하면 아프로도이치들의 위상은 현격하게 달랐다. 이 상황에서 독일 내 아프로도이치들의 정체성을 새롭게 성찰하게 만든 계기가 된 텍스트가 곧 마이 아임이 카타리나 오군토에Katharina Oguntoye, 백인 여성 페미니스트 학자, 다그마 슐츠Dagmar Schultz와 함께 펴낸 『색깔의 고백』이다. 모음집 형식의 이 책이 특히 주목받는 것은 아프로도이치(특히 여성)들의 삶의 이야기와 에세이, 공동 대담 및 여러 사람들의 체험기 이외에 이들의 역사와 뿌리를 추적하고 분석한 그녀의 논문 때문이다.

1960년 함부르크에서 가나 출신 아버지와 독일인 어머니 사이에서 태어나 1996년, 서른여섯의 나이에 생을 마감한 마이 아임은 아프리카계 흑인 독일인의 역사와 문화적 뿌리를 추적함으로써 이들의 공동체 의식의 기반을 마련했으며, 흑인 혼혈인 독일 작가 가운데 가장 인정받고 있는 시인이다. 오랫동안 독일 주류 학계에서 배제된 아프리카계 독일인들의 역사에 관한 연구 그리고 이들의 관점에서 독일 식민제국주의 이데올로기 형성과 그 과정을 분석한 그녀의 업적은 문화사적으로도 중요한 사료史料로 인정받고 있다. 그녀는 독일 내 흑인운동의 발판을 마련했으며 에세이와 시를 통해 아프리카계 독일인들이 겪어야 했던 체험을 매개하고, 독일 사회의 순혈주의 문화에 맞선 여성 운동가이자 작가였다.

이른 나이에 세상을 떠났기 때문에 많은 작품을 내지 못했지만 그녀는 문학계에 자극을 주었으며, 흑인 독일인들에게는 상징적인 존재로 인식되고 있다. 그리하여 2004년 10월 처음 제정된 "흑인 독일인 문학상" 명칭을 이 시인을 기려 '마이 아임 상'이라 이름 붙였다. 이미 1980년대 중반부터 발표한 시와 에세이를 통해 그녀는 독일 사회 내 인종주의와 식민주의 역사를 고발하고 독일 내 흑인 공동체가 필요함을 강조했다. 서문에서 저자들은 아프로도이치 개념을 공표하고 그것이 주체적이며 능동적인 존재의 표현임을 밝히고 있다.

> 우리는 "아프리카계 미국인"이라는 이름에서 차용하여, 우리의 문화적 혈통의 표현인 "아프로도이치"라는 개념을 발전시켰다. …… 이로써 우리의 본질적인 공통점은 생물학적인 것이 아니라 사회적 기준, 즉 하얀 독일 사회에서의 삶임이 명확해졌다. "Mischling", "Mulatte", "Farbige" 같은 기존 명칭과 달리 이 개념은 규정되는 것이 아니라 우리 자신을 규정하기 위한 노력이다(FB, 18).

여기서 알 수 있듯이 아프로도이치는 독일에서 태어난 흑인들이 그동안 타자(백인)에 의해 일방적으로 불렸던 "Mischling(잡종)", "Neger(니그로)" 대신에 스스로 주체적으로 정의한 개념이다. 그녀는 특히 백인에 의해 규정된 흑인 명칭의 변화 과정을 예리하게 추적·분석해 그 속에 내장된 인종주의 코드를 해체한다.[14] 마이 아임은 항상 이방인 취급을 받았던 아프로도이치의 과거 역사와 현재 상황이 "독일 식민역사와 밀접하게 관련되어 있다"고 단언한다 (FB, 37).

그러므로 이들의 정체성 이해를 위해서는 아프리카계 독일인의 역사와 인종주의와의 논쟁을 비켜갈 수 없었다. 마이 아임이 이 문제에 집중한 것도 그 때문이었다. 독일적 지배 담론에서 아프로도이치들은 "흑인-백인"보다는 "흑인-독일인"의 이항적 위상을 강요받는다. 아울러 타자에 의해 언젠가는 돌아가야 할 존재로서 규정된다.[15] 하지만 이들에게 부여된 이항적 대립성은 모순적인데, 피부색은 검지만 독일의 문화적·민족적 유산과 전통을 간직한 존재이기 때문이다. 끊임없이 타자 앞에 변명 아닌 변명을 해야 하고, 엄연한 독일인임에도 불구하고 독일인으로 인정받지 못한 상황에 선 것이다.

그러나 아프로도이치라는 개념이 갖는 의미는 '독일인-외국인, 백인-흑인, 독일인-흑인'이라는 문화적·인종적 정체성과의 불일치를 극복하고, 중간 지점에서의 대안적 정체성을 새롭게 인식하게 했다는 점이다.[16] 아임이 세상을 떠난 후 펴낸 개정판 서문에서도 공저자인 오군토에는 "흑인 독일인들을 위한 새 이름"을 부여한 의미를 다시금 되새긴 바 있다. 대상에게 이름을 부여함은 이름을 부여한 존재의 권위를 인정함을 의미한다. 이러한 맥락에서 '아프로도이치'는 그동안 이들이 외부(타자)로부터 규정되고 지시된 수동적인 '위치 배정'을 거부하고, 자존감을 가진 주체적 존재로서 자기 이름을 가졌다는 의미를 갖는다.

1.2. 마이 아임의 문학 세계

의학도였던 가나 출신 흑인인 마이 아임의 아버지는 법적인 제약 때문에 홀로 가나로 돌아갔으며, 그녀의 생모는 딸을 양육할 의지가 전혀 없었다. 아임은 고아원을 거쳐 생후 18개월부터 백인 양부모 슬하에서 자랐다.[17] 아임은 베를린에서 언어치료사 교육과정을 수료하고 상담사와 대학 강사로 활동하는 와중에 틈틈이 시를 쓰며 여성인권 단체에서 활동했다. 그녀가 흑인운동 및 여성운동에 눈뜬 계기는 당시 베를린에 체류하던 미국의 흑인 여류시인, 오드레 로드Audre Lorde와의 만남이었다. 아임의 글들은 흑인 독일인들이 사회에서 성장하고 생활하는 과정에서 부딪혀야 했던 문제들을 꿰뚫어 보게 한다.

흑인 인권단체에 참여하기 전까지 그녀는 자신이 "독일 사회에서 이물질처럼 여겨졌다"고 말한다.[18] 아임은 독일 흑인 인권단체 ISD Initiative Schwarze Deutsche의 창립 멤버였으며, 흑인여성운동단체 ADEFRA에서도 적극 활동했다.[19] ISD 출범에 산파 역할을 한 것이 『색깔의 고백』이었다. 스스로 말할 수 없고 말할 용기조차 갖지 못했던 흑인 여성들에게 이 책은 자신의 처지와 주변 환경을 돌아보게 하고 더 나아가 공론의 공간과 공동체가 필요함을 깨닫게 했다. 책 출간 이후 비로소 아프리카계 독일인들이 적극 연대하기 시작했다는 의미와 더불어 이 책은 아프로도이치의 과거와 현재 삶의 현장에서 부딪히는 체험들을 생생하게 서술한 최초의 출판물이자, "고립과 오해, 자기부정의 침묵을 깨뜨린 기록물"로 평가받고 있다.[20] 특히 흑인 독일인의 자의식 향상에 기여한 마이 아임은 독일 내 아프리카인들의 역사를 복원하는 데에도 큰 공헌을 했다.

그녀의 글들은 근대 이후 인종주의와 독일 주류사회의 이데올로기 속성을 추적하며, 19세기 독일 식민정책을 분석할 뿐만 아니라 독일 식민주의 결과의 양상을 드러내고 있다. 그렇기 때문에 그녀의 논문은 아프리카계 독일인의 역사 연구의 중요한 역사 자료로서 학문적 가치를 인정받고 있다.[21]

무엇보다 그녀는 명석함과 날카로움 그리고 풍부한 시적 감수성을 겸비한 탁월한 시인이었다. 그녀는 자신의 문학이 단순히 마이너리티를 대변하는 것에 그치지 않고, 미학적 기준에 따라 온전히 평가받기 원했으며 "작가들 속의 작가, 시인들 속의 시인"이 되고 싶어 했다.[22] 우울증과 다발성 경화증 후유증으로 생을 마감하기 1년 전 출간한 시집,『흑백 안의 블루』에서 그녀는 아프리카계 미국인들의 전통적 색채, '블루blue'의 이미지를 차용해 흑-백의 대비가 갖는 역동성을 탁월하게 표현했다. 블루는 "억압의 경험 속에서 인종과 성 차별을 극복할 수 있는 열쇠의 색채"로서, 시를 통해 아임은 상호 대립적이고 배타적인 언어가 아니라 새롭게 "직조織造하는 정체성을 가진 혼성적 언어"를 창조했다.[23] 그녀는 인종이나 피부색, 문화적 차이를 차별의 기준이나 장벽이 아닌 새로운 경험과 학습의 원천이라고 믿었던 시인이었다.

마이 아임 이후, 아프리카 혹은 아프로도이치 작가들의 (독일어로 쓰인) 텍스트가 속속 출간됨으로써 독일문학계의 새로운 현상으로 부각되고 있다.[24] 아울러 그녀는 아프로도이치뿐만 아니라 피치 못할 사정으로 독일에 와야 했던 흑인들이 작품을 발표하고 적극적인 목소리를 내도록 자극을 주었다.[25] 언급한 바와 같이 마이 아임의 글들은 아프리카계 흑인 독일인들의 공동체 의식의 토대였고, 당당한 독일인으로서의 정체성 인식을 위한 가장 적절한 "입문서"였다.[26] 하지만 시인으로서 그녀의 기여 역시 그 못지않은데 시집『흑백 안의 블루』는 그녀가 쓴 논문이나 학술적인 글보다 더 중요하다는 평가를 받는다.[27]

많은 작품을 내지 못했지만 그녀가 문학계에 자극을 준 것은 "아프로도이치 문학"의 정수를 보여준 탁월한 시인이었기 때문이다.[28]

그녀의 시는 (독일 독자들이 보기에는) 색다르고 독특하다. 일단 외형적으로 단 하나의 대문자도 없이 소문자만으로 표현되어 있다. 아울러 비서구적인 글쓰기, 낯선 방식의 시 쓰기를 통해 전혀 익숙하지 않은 의미의 그물에 걸리도록 유도한다. 예컨대 「아프레케테afrekete」라는 시를 읽는 독자들은 낯섦에 직면한다.[29] 서아프리카 신화에 나오는 마술 신, 아프레케테는 신의 세계와 속세를 연결하는 길목의 수호신이자 온 세상의 모든 언어에 통달하고 신의 말을 인간에게 전하는 해석자로 알려져 있다.[30] 아임은 이 시에서 아프레케테를 정지해 있으면서도 움직이는 존재, 현실과 꿈속에서 다른 공간으로 역동하는 존재로 묘사한다. 이는 경계의 공간을 자유로이 부유浮游하는 존재의 상징이다. 독일어로 쓰였지만 가나의 전통 언표를 엮음으로써 독자에게 깊고 깊은 의미를 해독하게 한다. 아임이 아프리카의 시적 전통을 빌려온 것은 시 창작을 위한 롤 모델을 독일 작가에게서는 찾을 수 없었기 때문이었다. 아울러 그녀는 아프리카계 미국 시문학의 구전 전통을 빌려오기도 했다. 대표적인 시가 마틴 루터 킹M. L. King 목사를 떠올린 「다음 시대die zeit danach」이다.

언젠간 바뀔 거라고, 더 나은 세상으로
그대가 꿈꾸었지, 형제여
자정의 검붉은 색처럼 검은
그리고 더 이상 설 수 없는
나무들처럼 푸르른
진정한 색깔은 어쩌면 모태에 있는

아이들만이 그리는지 몰라

어쩌면

나도 꿈이 하나 있어요, 형제여

언젠간 사람들이

더 이상 울지 않고 웃으며

세상에 태어나리라고

무지개 색깔 속에서 웃으며

나도 꿈을 간직하고 있어요,

높이 처든 주먹 뒤에

죽음에 맞서 도래할 시간을 위한 꿈을[31]

"살아 있는 한 사람이 이미 고인이 된 한 사람에게"라는 부제를 붙인 이 시는 죽은 킹 목사와의 대화이며 그의 꿈에 대한 화답이다. 시에서 돋보이는 것은 색채의 조화("검붉음, 푸름, 무지개 색깔")와 꿈 이미지이다. 이 색채의 형상은 "검은 피부색에 대한 선입견에 의한 것이 아니라 그저 인간으로 받아들여지길 원하는 소망"의 표현이다.[32] 「비전vision」이라는 시에서 그 소망은 "사랑하고, 시 한 소절 감상하고, 잔잔한 여운을 느끼는 것, 눈과 눈 마주보며, 귀 기울이는 것", 그저 그뿐이다. 그러나 행마다 "어느 때 어디서건", "어디서 어느 때건"이라는 말을 반복적으로 앞에 넣음으로써 희망의 전제를 명시한다.[33] 「사랑liebe」에서도 소박한 동경이 반복적으로 읊어지지만 여기서 사랑은 수동적인 차원에 머무르지 않는다. 그녀에게 사랑의 본질은 함께 나누고 자유를 누리는 것 그리고 그 소중한 자유와 나눔을 위해 싸우는 용기였다.

요구하지 않고

주는 것

소유하지 않고

갖는 것

이유 없이

나누는 것

자유를 위해

강해지는 것[34]

    그녀의 시들은 이렇게 독일 사회에서 자신의 자리를 찾기 위한 몸부림이자 절규이다. 그렇지만 시적 언어는 아주 당당하다. 그녀에게 시적 언어의 선별은 지배 언어에서 배제된 체험을 드러내는 언어에 대한 탐색이기도 하다.[35] 아임은 독자들을 향한 설득과 패러디, 도발적 은유를 통해 주류 언어를 조롱하고 전복한다. 또 다른 시 「gegen leberwurstgrau-für eine bunte republik」는 제목부터 도발적이다(FB, 62-65). "bunde(s)republik(연방공화국)"을 "bunte republik (다양한 색깔의 공화국)"으로 전치시키는 언어적 기교를 구사한다. 백인들만의 잔치로 비친 통일 과정을 목도하고 쓴 또 다른 시 제목 역시 「grenzenlos und unverschämt. ein gedicht gegen deutsche sch-einheit」라 붙였다. 여기서도 "gegen deutsch-einheit(독일의-하나 됨에 반하여)"를 "gegen deutsche sch-einheit (독일의 허-상에 반하여)"으로 비틀어 놓음으로써, 독일인(만)의 '통일'을 '허위'(혹은 거짓)의 의미로 연상케 함으로써, 백색 인종주의와 결별하지 못한 통독 전후 상황을 비꼬고 있다. 이 시에서도 시인은 타자에 의해 규정됨으로써 하나의 정체성을 강요받는 존재임을 과감히 거부하는데 하나의 색깔만을 강요하는 사회는 거짓과 허위의 사회일 수밖에 없다고 여기기 때문이다.

그녀에게 '블루'는 흑-백의 이분법에 갇히지 않는 새로운 정체성이 창조되는 시작이자 가능성이며 시를 관통하는 테마이고, 색채의 경계를 넘고자 했던 문학적 상징이다. 아임이 죽은 후 동료들이 그녀가 남긴 글을 모아 펴낸 유고집의 제목(『경계 없이 그리고 부끄럼 없이』)은 그녀의 삶과 문학을 압축한 의미를 담고 있다. 마이 아임의 문학이 잔잔한 여운으로 남는 것은 그녀가 사회에서 소수자, 주변부에 머물러 있던 아프로도이치의 목소리를 끌어올림으로써 문학의 색깔을 다양화한 계기가 되었기 때문이었다.

1.3. 독일 역사와 사회 속의 아프로도이치

마이 아임 이전에 아프로도이치 역사에 관한 연구는 거의 전무했다. 수많은 연구 자료가 축적된 독일의 유대인 역사 연구에 비할 바가 아니었다. 심지어 마이 아임이 아프리카계 독일인의 역사를 기초로 인종주의를 연구한 석사학위 논문을 쓰려하자 학교 당국이 거절했을 정도였다. 그렇기에 『색깔의 고백』에 기술된 마이 아임의 논문은 독일 내 흑인 역사 연구의 중요한 출발점의 의미를 갖는다.[36] 독일 역사에서 아프로도이치와 관련한 그녀의 글들은 『색깔의 고백』에 집약되어 있다.[37] 마이 아임은 여기서 아프리카계 흑인 독일인의 관점에서 독일과 유럽의 흑인에 대한 배타적 인종주의 이데올로기와 기독교 선교에 숨겨진 제국주의 성격을 분석했다. 그녀는 독일 식민제국주의의 본질을 명료하게 꿰뚫어 본 지식인이었다.

흑인의 잔혹함이라는 신화에 더 매혹될수록 독일들은 더 수월하게 자신들이 저

지른 범죄를 교육 조치로 정당화했다. 독일 철학자 헤겔은 아프리카 사람들의 본성을 다룬 논문에서 이런 유형의 식민지 문헌을 뒷받침했고 인종주의적 견해를 확산시켰다. …… 인종주의는 "경제적·문화적·정치적으로 그리고 사회적으로 자신의 이익과 해석을 관철시키기 위한 권력"이다(FB, 43).

흑인 독일인의 역사와 뿌리, 흔적을 추적한 아임의 노력으로 아프리카계 독일인들은 흑인들이 독일에 정착한 시기가 오랜 시대까지 거슬러간다는 사실을 알게 되었다. 여타 서구 제국주의 지역과 마찬가지로 독일인들은 19세기 사회진화론적인 인종 이데올로기에 경도되어 있었다. 유럽 중심의 인종주의 세계관에 의하면 흑인은 미개한 원시종족으로 사회질서에서 최하층에 속하는 인종이었다. 이를 정당화하기 위해 독일인들은 원시적인 야만인에게 문명을 전파하는 역할을 자임했다. 제1차 세계대전 후 독일에서는 흑인 프랑스군과 독일인 어머니 사이에 태어난 이들을 '라인란트의 사생아들'이라고 모욕적으로 불렀으며,[38] 심지어 나치는 500~800명에 이르는 이들을 대상으로 강제 불임시술을 시행했거나 일부는 죽음의 수용소로 보냈다.[39] 특히 그녀는 이 '흑인 사생아'만이 아니라 제2차 세계대전 당시 연합군으로 참전한 흑인(특히 미군)과 독일 여성 사이에 태어난 이른바 '점령군의 자식들'에 대한 사회의 무관심과 멸시에 대해서도 언급하고 있다.

제2차 세계대전 이후에는 1919년이나 그 전에 태어난 아프로도이치에 대해 거의 언급하지 않았다. 살아남은 아프로도이치들은 전후 전쟁 피해자 혹은 박해자로 인정받지 못했다. …… 이른바 "점령군의 자식들"에 대한 세 가지 편견은 첫째, 적군인 점령군에 대한 반감 때문에 흑인 아이들을 외국으로 보내야 한다는 것이었으며 둘째, 사생아로 태어난 아이들의 출생 배경에 대한 편견 셋째, 뿌리 깊은 식민주의와 국수주의 이데올로기에 기댄 편견으로서, "혼혈아"는 지적으로 열등하다는 선입견이다(FB, 93 이하).[40]

『색깔의 고백』에는 '흑인 사생아와 점령군 자식'으로 태어난 혼혈 흑인(여성)들의 이야기가 담겨 있다.[41] 아프리카계 독일인들은 성장 과정 내내 자신의 뿌리와 정체성에 대해 배울 기회도, 공동체적 의식을 형성하고 공유할 수 있는 어떤 계기도 없었다. 그렇기에 마이 아임의 글은 독일의 식민정책 기획을 분석한 새로운 과거 극복을 위한 도전이다. 이러한 맥락에서 마이 아임이 아프리카계 흑인 독일인의 역사에 천착한 것은 식민주의 역사를 돌아보지 않고서는 현재 독일의 인종주의 및 인종 문제를 이해할 수 없다고 느꼈기 때문이기도 하다.[42] 미국의 포스트콜로니얼 이론가이자 문학평론가, 로버트 J. C. 영은 서발턴(혹은 하위계층)은 "말하지 않은 것이 아니라 지배 세력이 그들의 말을 들으려 하지 않았을 뿐"이라고 말한다.[43]

아프로도이치가 "혼혈인, 유색인종, 잡종" 대신, 아프리카계 독일인들이 스스로를 정의한 표현을 의미한다면, 마이 아임의 글은 은폐되어온 자신의 뿌리와 삶에 대해 늦게나마 비로소 이들이 '스스로 말하려' 입을 떼게 만든 계기였다. 흑인 독일인들이 일상에서 부딪힌 문제는 당연히 피부색과 혈통과 관련된 것이다. 하지만 앞서 살펴보았듯이 거의 모든 아프리카계 독일인은 아프리카와는 아무 연결고리도 없는 사람들이다. 심지어 어렸을 때부터 백인처럼 느끼며 자랐고, 대화 중에 피부 색깔에 관해 이야기할 때만 그것을 의식했다고 말할 정도였다. 이들이 처한 상황은 "문화적 위치의 특별한 문제"와 관련된다.[44] 즉, 독일 내 다른 소수자 집단은 국적에 따라 조명되는 데 비해 아프리카계 독일인들은 그렇지 않다는 것이다.

제게 사람들은 아프리카에 가서 북을 쳐보기도 했으며, 아프리카 사람들이 춤추
는 모습이 매혹적이라고 말하더군요. 어째서 그런 얘기를 내게 하는 것일까 항상
제 자신에게 묻곤 했어요. 내가 아프리카 말도 모르고 아프리카 춤을 출 줄도 모
른다는 사실을 알고 나면 이런 말을 한답니다. '맞아요, 당신은 유럽사람 같군
요'(FB, 157).

이것은 피지배 주체에 대한 지배 주체의 시선, 즉 "완전히 같지는 않지만, 완
전히 백인은 아닌" 존재에 대한 정형화된 시선이다.[45] 아프로도이치들은 항상
이렇듯 정형화된 시선에 노출된 대상이다. 미리암 크바란다Miriam Kwalanda도
"무슨 옷을 입던 상관없이 내 뿌리를 드러내는 것은 내 얼굴의 색깔"일 뿐이라
고 말한다.[46] 더욱이 아프로도이치 여성들은 혼혈인이라는 특성 때문에 백인
남성에게 독특한 성적 취향의 대상으로 비친다. 즉, "하얀 색과 비교하면 낯설
지만, 흑인처럼 완전히 낯설지 않은 묘한 이국적인 매력"의 대상으로 투사되는
데(FB, 156), 이것은 "덜 검은 이국적인 여성미"로 중첩 결정되는 이중적 타자성
이다.

한편 아임은 "얼굴에 따로 색칠을 하지 않아도 되기에 초등학교 때 연극을
하면 악마 역할을 당연하게 생각했던" 어린 시절 경험을 떠올린다(FB, 163). 여
전히 "이상적인 독일인으로 '토종 혈통'만을 고집하고, 신화학 계보를 기준으로
'푸른 눈과 금발 머리'를 인정"하는 독일 사회 저변의 인식이 바뀌지 않는 한 이
들을 독일인으로 받아들이기 쉽지 않다는 말이 공허하게 들리지 않는 까닭을
곱씹게 된다.[47] 이것이 비단 흑인 독일인들만의 주관적 경험일 뿐이며 이미 지

나간 현상일까? 독일 정부가 "친구를 찾은 손님에게 세계를Die Welt zu Gast bei Freunden"이라는 공식 슬로건을 내세우며 개최한 2006년 월드컵 때에도 그 화려한 잔치의 이면에는 흑인들과 아프리카에서 온 관광객들이 "목숨을 내놓지 않고서는 가선 안 되는 위험한 곳No-go-Areas"을 선정해야 했던 전혀 다른 모습이 있었다.

독일의 언더커버 '백인' 르포 작가, 귄터 발라프Günter Wallraff가 "독일에서 흑인으로 살아간다는 것은 어떤 의미인가?"를 규명하기 위해 직접 흑인으로 '변신'하여 생활한 체험 르포를 펴낸 바 있다.[48] 발라프는 쇼핑가, 술집, 주택 임대, 공무원과의 접촉, 등산 모임, 캠핑장 및 주말농장 예약 등을 통해 흑인으로 살아간다. 그런데 찾아간 곳마다 느낀 것은 예컨대 "그(흑인)를 싫어하는 것은 아니지만, 다른 곳으로 갔으면 좋겠다"는 새로운 버전의 인종차별이었다.[49] 어떻게 이런 일이 일어나는 것일까? 발라프는 "아프리카는 원숭이의 땅이고 유럽은 백인의 땅"이라는, 믿기 힘든 편견이 여전히 그리고 깊숙이 똬리를 틀고 있음을 폭로한다.[50]

마이 아임은 이 편견의 근원을 19세기부터 형성된 "자연종족과 문화민족의 이분법적 도식에 의해 다른 사람들에 대한 표현 형식으로 주입"된 것에서 찾는다(FB, 31). 「오늘의 테마tagesthemen」라는 시에서는 터키 여행사를 상대로 한 방화 사건과 일기예보를 전하는 뉴스 진행자의 감정 없는 똑같은 말투를 다루고 있다.[51] 그러나 아임은 이러한 '중립적이고 냉정한' 태도야말로, 시청자들에게 "받아들일 수 없는 것을 받아들이도록 하는 영향"이 있기에 정녕 해악적이라고 생각한다.[52] 그러나 마이 아임이 직시하는 지점은 아프로도이치 스스로 "자기 멸시와 자기 부정으로 연결되는 인종주의를 순순히 받아들이고 편견 섞인 관념에 무기력하게 순응"하는 것이다(FB, 148).

이는 같은 처지에 있는 흑인 독일인들 간의 묘한 감정의 표현, 미묘한 경쟁 심리로 이어진다. 백인에 대한 열망, 그것은 "얼어붙은 것처럼 보이는 사람들로 가득한 거대한 냉장고와 같은 하얀 사회"에서[53] 자신의 의지로는 어쩔 수 없는, 검은 피부색으로 살아가야 하는 사람들의 감정인지 모를 일이다. 그럼에도 아임은 "검은 서랍이나 하얀 서랍 속에 처박히도록 강요받는 것이 싫다"고 당당하게 말한다(FB, 164). 이 양자택일의 메커니즘 이면에는 대상(사람) 자체가 아니라, 대상을 범주화하려는 요구가 깊숙이 박혀 있기 때문이다. 흑인이면서 독일인이라는 것이 여전히 모순으로 받아들여지는 장벽을 허무는 일은 아프로 도이치만의 몫이 아님은 당연하다. 그 몫의 상당 부분은 백색 신화의 두터운 각질을 벗지 못한 주류 백인사회에 있다. 이를 위해 선행되어야 할 것은 '독일적 본질'에 대한 사회 구성원들의 근본적인 고민과 교정 노력일 것이다.

"당신은 독일인이라고 느끼십니까, 아니면 아프리카인이라고 느끼십니까? 두 문화 사이에서 곤란을 겪지 않으시나요?" 흑인 독일인 자신에게는 아무 문제가 없다. 오히려 문제는 자신들의 백색 자화상과 결별하지 못하는 이 사회에 있다.[54]

아임은 특히 1989~1990년 통독 과정에서 감지된 미묘한 변화 조짐에 주목했다. 백인 독일인들은 그 역사적 순간에 환호하지만 흑인, 외국인 노동자, 이민자들은 그 현장에서조차 여전히 이방인에 머물러야 함을 '본능적으로' 감지한 것이다.

1989년 11월 9일 이후 저녁이 되면 이민자나 흑인 독일인들의 모습은 도시에서 거의 찾아볼 수 없다는 사실을 알았다. 독일 여권조차 동·서독 축제의 장에 들어갈 수 있는 초대장이 될 수 없다는 것을 이제 알았다. 지금 일어나는 독일 내부의 통합이 점차 외부에 대한 차단막이 되는 것은 아닐까하는 느낌이 든다. …… 헬무트 콜 총리가 즐겨 말하는, '새로운 우리, 우리나라'에 모든 사람들이 낄 자리는 없다.[55]

'유럽 문화로 들어가는 입장권', 즉 세례를 받음으로써 당시 주류 사회에 편입되었던 유대인 시인, 하인리히 하이네에 비해 150여 년이 훨씬 지난 시대의 한 아프로도이치 시인의 처지가 더 처연해 보이는 것은 무엇 때문일까? 그녀는 "고향, 민족, 조국"의 레토릭으로 압축된 통독 이후의 '새로운 연대의식'은 독일이라는 범주에 속하는 사람들과 그렇지 않은 사람들 사이의 경계선을 다시 긋는 신호이자, 통독 이전의 지정학적 경계와 이념에 따른 분리가 새롭게 인종을 기준으로 구획된 것으로 인식한다.[56] 새롭게 재편된 독일에서 일어난 배타적 민족주의 흐름에 대한 그녀의 우려는, 시집 제목과 동일한 시 「흑백 안의 블루」에서 흰색 물결로 넘실대는 그 순간의 색채 리트머스를 통해 그려진다.

여전히 그리고 또다시
한쪽은, 갈려져 추방되고 찢겨지는데
한쪽은, 여전히 다른 존재가 되고, 되었고
그 상태에 머물러야 하는데……
그것은 검은색과 흰색 틈 속에 있는 푸른색
이 세상의 $\frac{1}{3}$ 은, 합주를 하고
또 다른 $\frac{2}{3}$, 그들은 흰색에 파묻혀 축제를 벌이네

우린 검은색 속에 슬피 우네

그것은 검은색과 흰색 틈 속에 있는 푸른색

그것은 푸른색……

다시 하나가 된 독일,

다시 하나가 된 유럽,

하나가 된 나라들이

1992년을 위한 축제를 벌이네

콜럼버스 항해 500년

추방, 노예화 그리고 부족 학살의 500년[57]

그녀에게 이 변화의 조짐은 "불길했던 독일 역사의 부활"[58]이자 식민제국주의 시작을 기념하는 잔치와 다를 바 없다. 그러나 그 속에 있는 자신들의 모습은 반복되는 구절, "검은색과 흰색 틈 속에 있는 푸른색"으로 이미지화되는데, 이것은 흑과 백, 둘 중에서 어느 하나를 선택하거나 포기하는 것이 아닌 조화로운 색채의 아이콘이다. 문제는 그러한 색채의 조화를 인정하지 않는 현실에 대한 슬픔과 분노이다. 그래서 아임은 다시 불붙은 독일 민족주의에 경악하며 시를 쓸 수밖에 없다. 시, 「가을의 독일」은 비극적 역사의 반복에 대한 비가悲歌이다.

그건 사실이 아니야

그것이 사실은 아니라지만

그런 일이 있었지

일단 처음 그리고 또다시

그런 일이 일어나네

수정의 밤, 1938년 11월

처음에 창문 유리가 깨어지고

다시 그리고 다시

유대인과 흑인,

병자와 약자,

집시와 폴란드 사람의 뼈가⋯⋯

처음엔 한 사건이 그다음엔 많은 일들이⋯⋯

그리고 또다시?

한 사건,

그 사건에 대한 아무 설명도 없이

새로이 하나 된 독일

그들이 그렇게 기뻐하며

많은 이들이 기뻐하며

재통일이라 부르는 나라,

그곳에서

여기저기서

처음엔 집들이,

그다음엔 사람들이,

불태워지네

처음엔 동쪽 그다음엔 서쪽에서

그다음엔,

온 나라에서

일단 처음 그리고 또다시

그건 사실이 아니야

그것이 사실은 아니라지만

그런 일이 있었지

그런 일이 일어나네

가을의 독일

다가올 겨울이 내겐 섬뜩하네. (FB, 68 이하)

이 시는 통독 이후 급증한 인종주의와 제노포비아에 맞선 무기이다. 이 시
에는 불행한 역사의 반복과 부활을 상징하듯 '또다시'와 '그다음엔'이라는 단어
가 여러 차례 나온다. 반복 구절에서 그녀는 동음이의어, 'wahr'와 'war'를 연이
어 사용함으로써, 과거의 사건과 현재(혹은 미래)의 '부활wieder'의 흐름을 경고
하고 있다. 그리고 그 '부활의 사례'로 1990년 11월 신나치주의자들에게 죽임
을 당한 안토니오 아마데오Antonio Amadeo를 거명한다. 그리하여 그녀의 시는
인종주의와 사회적 불의가 횡행하는 한 경고의 메시지, 즉 통독 직후 일부 극
우파에 의한 우발적인 사건이 아니라, 검은 피부색을 가진 사람이나 백인이 아
닌 사람에 대한 모욕과 폭력이 일상화될지 모를 미래에 대한 경고이다.

2. 인종과 민족 정체성에 관한 성찰: 하랄트 게룬데의 『우리 가운데 한 사람』

2.1. 지워지고 거세된 존재로서의 "라인란트 사생아들"과 "점령군의 자식들"

독일령 식민지는 제1차 세계대전 당시 프랑스군과 영국군에 의해 점령되었고, 독일은 해외 식민패권을 상실했다. 당시 영국과 프랑스 등 서구 국가들은 자국 식민지에 있던 흑인들을 징집해 전쟁에 투입했는데, 이 무렵 프랑스, 벨기에, 영국, 미국 등 연합군 소속 흑인 병사들이 독일 라인란트에 주둔했다. 이 주둔군 가운데 가장 많은 수를 차지한 것이 프랑스군 흑인 병사들로 그 수가 무려 3만~4만 명에 달했다.[59] 『우리 가운데 한 사람』에서는 주인공 베르벨의 가족사와 이들의 역사가 얽혀 있음을 밝히면서 그 과거사를 드러낸다.

> 프랑스인들은 제1차 세계대전 동안 아프리카 식민지에서 군사들을 징집했다. 원주민 출신의 3/4이 노예들이었다. 이들은 군대에 복무하면 자유를 주겠다는 약속을 믿었다. 이들은 주인의 아들을 대신하여, 주인들에 의해 프랑스군에 넘겨진 것이었다. "라인란트 사생아"의 아버지들 가운데 많은 이들은 이렇게 서아프리카 출신 노예들이었다. …… 두 할아버지(백인 외할아버지와 흑인 할아버지 ─ 옮긴이)는 제1차 세계대전 중에 각각 다른 편에서 싸웠다(*Eine von uns*, 81).

당시 독일 사회는 검은 피부색 흑인들이 점령군 신분으로 독일에 주둔해 와 있는 것 자체에 큰 충격을 받았다. 독일 땅에 흑인이, 그것도 당당하게 점령 세력으로 와 있는 것을 씻을 수 없는 치욕으로 여긴 것이다. 그 때문인지 연합군 흑인 병사들이 독일에 주둔한 직후, 독일 정당들은 정파를 막론하고 한 목소리로 이들의 철군撤軍을 요구하는 성명서를 발표하기까지 했다.[60] 당시 독일 사회의 저변에는 비록 전쟁에서 지긴 했지만 흑인들에게만큼은 패배자로 보이고 싶지 않다는 인식에 깔려 있음이 분명했다. 종전 후 연합군 흑인 병사들과 독일 여인들 사이에서 태어난 아이들을 인정하려 하지 않았던 것도 바로 이 때문이었다. 이 아이들을 일컫는 '라인란트 사생아들'이라는 표현에는 이들을 철저히 비하하고, 모욕하며 적대시하는 어조가 강하게 내포되어 있었다.[61]

이러한 극단적 혐오감은 결국 끔찍한 만행과 비극으로 이어졌다. 집권 후 나치 정권은 "유전적 질병이 있는 후손 예방을 위한 법률Gesetz zur Verhütung erbkranken Nachwuchses"에 근거해 1937년, 500~800명에 이르는 '라인란트 사생아들' 가운데 385명에게 강제 불임시술을 시행했으며, 나머지는 강제수용소로 보냈다.[62] 이들 중 살아남은 사람은 극소수였다. 이들의 운명도 나치의 인종주의 말살 정책의 격랑에 휩쓸려갈 수밖에 없었다. 나치 정권의 폭압적 성격에 비춰 이러한 비극은 충분히 예상하고도 남음이 있으나 이 사실은 종전 이후 오랫동안 독일인들의 기억과 과거사 청산 과정에서 망각되고 잊혔다. 그나마 그 역사적 사실이 밝혀질 수 있었던 것은 당시 독일 정부의 기밀문서를 열람함으로써 가능했다.

그렇지만 무엇보다 '라인란트 사생아들'에 대한 만행이 저질러질 수 있었던 근본적 원인은 독일 사회 저변에 깔려 있는 뿌리 깊은 인종주의였으며, 그 근간은 빌헬름제국 당시 독일의 아프리카 부족민 학살 사건이었다. 이 사건은 이후 벌어질 홀로코스트의 전주곡이기도 하다. 주지하다시피 유럽 근대의 시작은 사회진화론에 근거한 인종주의 신화와 다른 민족 및 타 문화에 대한 멸시와 배타적 선입견과 맥락을 같이한다. 식민제국주의 시대 유럽인들의 의식 속에 흑인은 "개화되고 문명화시켜야 할 저급한 인간, 원숭이와 친족 관계인 가장 열등한 종족"으로 간주했다.[63] 독일 역시 20세기 이후 이러한 제국주의적 인종주의 세계관이 깊숙이 배양되어 있던 사회였다.

그뿐만 아니라 독일은 어느 제국주의 열강 못지않게 아프리카 흑인 부족을 체계적으로 말살하려 한 국가였다. 인종주의에 바탕을 둔 독일과 아프리카와의 관계는 독일령 남서아프리카 부족민 학살로 시작되었다. 더욱이 이 만행이 우발적인 것이 아니라 의도적이고 계획적이었다는 사실이 밝혀졌다. 1903~1906년 "독일령 남서아프리카 정착위원회"의 대표였던 파울 로어바흐 Paul Rohrbach는 참혹한 민중 학살을 배제하지 않았다. 그는 "상황에 따라 문화적인 능력이 없고 강도와 같은 토착종족으로부터 백인의 평화로운 이주를 보장하기 위해서는 실질적으로 이들을 몰살하는 것도 필요하다는 사실을 인정해야만 한다"고까지 말한 바 있다(*Eine von uns*, 41).

앞서 언급한 바와 같이 제1차 세계대전 직후 독일 내 흑인 점령군 병사에 대해 노골적으로 드러낸 혐오감과 이들을 비하하는 전통도 이 당시로부터 거슬러간다. 나미비아 부족민 살육 당시 독일 언론은 봉기를 일으킨 부족민 저항군에 대한 악의적 소문을 퍼뜨렸는데, 이것은 독일 제국군의 무자비한 진압을 정당화하기 위함이었다. 제1차 세계대전 당시에도 독일 종군 기자들은 흑인 군인들이 독일군의 귀와 머리를 자르고 심지어 식인 행위까지 했다는 근거 없는 악의적인 보도를 일삼았다. 전쟁이 끝난 후에도 언론의 선동은 더욱 극심해져 흑인으로 구성된 부대의 주둔을 "검은 치욕Schwarze Schmach"이라 부르며 독일에 대한 범죄이자 도발 행위로 묘사했다. 이러한 인식하에서 "라인란트 사생아"들을 거세시키고 지워버리려 했음은 충분히 짐작하고도 남음이 있다. 독일 언론의 흑색선전은 그에 대한 일체의 비판과 냉철한 분석을 찾아볼 수 없게 만든 결과를 낳았다. 이후 '검은 치욕'이라는 선동을 부채질한 것은 나치였다. 그 조치가 독일 여성들과 흑인 병사들 사이에서 태어난 아이들을 감금하고 거세한 것이다.[64]

그럼에도 불구하고 독일 정치·사회·문화계, 심지어 역사학계조차 놀라울 정도로 이 사실을 철저히 은폐하고 외면해왔다. 이 상황에서 독일과 아프리카 (또는 흑인들) 간의 고통의 상호역사를 추적하면서 독일의 인종주의 역사관의 뿌리를 밝히고, 아프로도이치들의 정체성과 자의식을 고양시키려 노력한 인물이 앞서 언급한 여성 운동가이자 시인이었던 마이 아임이었다. 『우리 가운데 한 사람』에 기술된 베르벨 캄프만의 가족 이야기는 가해자와 피해자, 백인 독일인과 흑인 독일인들의 슬프고 역설적인 역사가 뒤섞여 있음을 상징적으로 보여준다. 베르벨의 백인 외할아버지, 게오르크 힐베르트가 독일 제국군 소속으로 나미비아 부족민을 살육하는 현장에 있었던 것이다. 외할아버지와 얽힌 살육의 역사는 이렇게 기술된다.

1905년 8월, 독일인들이 "호텐토트족"이라고 부르는 나마족이 점령군에 맞서 봉기했을 때 독일군의 군사적 우위는 정점에 달했다. …… 게오르크 힐베르트도 그곳에(독일 제국군 진압부대 — 옮긴이) 속해 있었다. …… 1월 11일, 봉기가 시작되었다. 그러나 봉기를 일으킨 헤레로족은 결국 독일군에 진압되었다. 이들은 물 한 모금 없는 사막 같은 오마헤케로 쫓겨났고 독일군은 이들이 굶어 죽고 목말라 죽을 때까지 기다릴 수 있었다. …… 1906년, 그 전에 6만~8만 명이었던 헤레로족 가운데 목숨을 건진 사람은 1만 6000명에 불과했고, 이들은 트로타 사령관에 의해 강제수용소로 보내졌다(*Eine von uns*, 42 이하).

『우리 가운데 한 사람』에서 언급하고 있는 3대에 걸친 베르벨의 가족사는 독일과 아프리카 역사, 독일 사회에 살았고 여전히 살고 있는 흑인 독일인의 과거 역사와 현재 삶의 축소판이다. 베르벨의 (백인) 외할아버지는 아프리카 부족민 학살 때 독일 제국군 진압군으로, 제1차 세계대전 때에는 나치 독일 병사로 참전했다. 반면에 (흑인) 친할아버지는 당시 독일에 주둔한 흑인 병사였다. 그리고 친아버지 역시 제2차 세계대전에 참전한 흑인 미군이었다. 아버지가 미국으로 떠난 후 그 자리를 대신한 양아버지는 나치였다. 그녀는 제2차 세계대전이 끝난 후 생활 전선에 뛰어든 어머니와 양아버지 곁을 떠나 외할머니 슬하에서 자라났다. 할아버지 때부터 그녀의 가족 자체가 20세기 초 독일의 복잡한 인종 구성 및 현대사의 아픔과 역설을 함축하고 있다.

'점령군의 자식들'은 과연 어떤 존재들인가? '라인란트 사생아들'이 제1차 세계대전의 산물이라면 이들은 제2차 세계대전의 산물이었다. 이들은 전후 독일에 주둔한 미군 흑인 병사와 독일 여인 사이에서 태어난 사람들로, 대략 10만 명 정도로 추산된다고 한다.[65] 『우리 가운데 한 사람』의 중심인물, 베르벨은 바로 이 '점령군의 자식'이었다.[66] '제2차 세계대전의 산물'인 이들의 운명은 제1차 세계대전 이후 '거세된 존재'였던 '라인란트 사생아'들과 비교된다. 비록 폭압 정권에 의해 물리적으로 거세되고 죽임을 당하는 운명은 모면했지만, 이들 역시 멸시와 차별, 모욕의 대상으로 남아 있음은 다를 바 없었다. 이들은 아버지(주로 흑인 미군)로부터도 버려진 존재들이었다. '점령군의 자식들'의 아버지인 흑인 병사들은 이들의 존재를 알려 하지 않았으며, 독일인 어머니들도 모욕과 멸시, 창피스러움 때문에 아이의 아버지를 밝히려 하지 않았다.

'점령군의 자식들'은 국가와 사회, 부모로부터도 인정받지 못한 존재였으며, 당시 독일 사회에서도 이들을 "Bastarde(사생아)"라고 일컬었다. 용어 혹은 개넘이 사회적 의식의 표출이듯 이들의 이름은 '라인란트 사생아들'과 같았다. 베르벨 역시 다를 바 없었는데, 이는 20세기에 발발한 전쟁의 산물이었다. 주한미군과 한국인 여성과의 사이에서 태어나 차별과 멸시 속에 살아야 했던 우리 사회 (특히 흑인) 혼혈인과 베트남 참전 한국군과 베트남 여성 사이에서 태어났으나 (아버지로부터) 버림받고 잊힌 존재인 '라이 따이한'을 생각하면 이해할 수 있을 것이다. 제1차 세계대전 직후와 마찬가지로 제2차 세계대전 후 독일 사회도 이들('점령군의 자식들')을 골치 아픈 존재로 여겼다. 그전과 차이가 있다면 나치 정권이 '라인란트 사생아들'을 '깔끔하게 처리'한 반면, 이때에는 노골적으로 그럴 수 없었다는 것뿐이었다.

그러나 전후 독일 사회는 이들을 "특별한 문제"로 취급해 공론화하기에 이르렀는데, 문제 해결 방안이라는 것이 추방이었다. 1950년대 초 독일 연방의회는 '혼혈아'들을 아버지 나라로 보내는 문제를 놓고 논쟁을 벌였다. 예컨대 1952년, 독일연방의회 의원 레링Rehling은 "우리나라 여건에 맞지 않는 혼혈아 문제"를 거론하며 "아이들을 아버지의 고국으로 돌려보내는 것이 낫지 않은지 고려해야 한다"고까지 말한 바 있다(*Eine von uns*, 18 이하). 정치권에서 이렇듯 추방 논의까지 이루어진 것은 이들에 대한 독일 대중과 사회 저변의 인식이 어떠했는지를 반증하는 것이기도 하다. 당시 독일 사회는 이 '점령군의 자식'에 대한 근거 없는, 그러나 확고한 거부감과 편견을 갖고 있었다.[67] 그것은 첫째, 적군인 점령군에 대한 반감, 두 번째, 사생아로 태어난 아이들의 출생 배경에 대한 편견 그리고 마지막으로 뿌리 깊은 식민주의 및 국수주의 이데올로기에 기댄 편견으로, 혼혈아들은 태생적으로 지적·정서적으로 열등하다는 선입견이 그것이었다. 이 때문에 흑인 아이들을 빨리 외국으로 보내야 한다는 데 인식을 같이 한 것이다.

2.2. 금기와 부정의 대상으로서의 삶

'라인란트 사생아들'을 기억과 역사에서 거세하고 지워버리려 했듯이, 제2차 세계대전 이후 독일은 이렇게 이들을 전쟁 피해자나 박해받은 자로 인정하지 않았다.[68] 더욱이 제2차 세계대전 이후 독일(특히 서독) 사회에서는 인종과 성 문제를 민족(국민) 정체성의 중요한 기준으로 받아들였다. 당시 서독 사람들의 집단기억 속에 흑인 미군과 관계를 맺은 독일 여성을 "성적 문란과 무질서"의 대상으로 인식하고 있었으며, 사회가 도덕적으로 타락한 원인이 이들 때문이라고 보는 시각이 지배적이었다.[69]

그렇기 때문에 '점령군의 자식들'의 어머니인 이들을 "chocolate girl(초콜릿 걸)", "Vernoka Dankeschön(더러운 계집의 의미)", "Flittchen(노는 계집)", "Ami-Bräute(양키 여자)", "Ami-Lebchen(양키 연인)", 심지어 "Huren(창녀)"라고 부르며 멸시했다. 그녀들을 "독일의 명예"를 더럽힌 존재로 여긴 것이다.[70] 이 여성들은 대부분 젊지만 사회의 최하위 계층에 속한 사람들이었으며, 전쟁이 끝난 후 본국으로 돌아간 아이의 친아버지로부터 외면당하고, 국가와 사회가 자신과 자식에게 던지는 온갖 모멸과 수모를 감내해야 했다. 이 상황에서 이들이 사회나 자식들에게 친아버지를 밝히지 않으려 했던 입장을 충분히 이해할 수 있을 것이다. 어린 베르벨이 경험한 당시 사회상도 이러한 정서와 분위기를 반영하고 있다. 생활 전선에 뛰어든 어머니를 대신해 베르벨을 보살폈던 할머니와 함께 거리에 나가면, 이들에게 박힌 것은 따가운 눈총이었다. 독일인들에게 이들은 받아들일 수 없는 존재였다.[71] 학교 입학 후에도 베르벨에게 가해진 인종주의적 모욕과 증오는 심지어 학교 교사를 통해서도 노골적으로 드러난다.

한 번은 독일어 선생님이 시를 낭송한 적이 있었다. 그는 짧은 바지를 입고 반 아이들 앞에 서서 읽는 내용에 완전히 도취된 채, 믿을 수 없을 정도로 애국적인 봄의 시를 읽고 있었다. 열여섯 명의 반 아이들은 참지 못하고 웃음을 터뜨렸다. 모두가 웃었는데 특히 그의 신경을 거슬렸던 게 바로 내 웃음소리였다. 그는 낭독을 중단하고 나를 때리려고 내게 돌진해왔다. 손까지 쳐들었지만 멈추고 증오와 멸시로 가득한 말로 이렇게 말했다. "너 같이 더러운 검둥이 돼지한테 손가락을 더럽힐 수야 없지!"(*Eine von uns*, 50)

피부색이 다르다고 이토록 비정상적인 폭언을 내뿜는 교사의 생각은 나치의 인종주의 세계관과 전혀 다르지 않음을, 일상과 사람들 내면의 파시즘을 청산하지 못한 어두운 단면을 극명하게 보여주고 있다. 모욕을 겪은 베르벨 자신도 전후 사회에 만연한 인종주의를 "극복되지 않은 히틀러 파시즘의 결과"(*Eine von uns*, 142)로 이해한다. 아울러 이것은 순혈주의에 매몰된 사회 구성원들의 굴절된 인식을 보여주는 모습이다. 베르벨이 어렸을 적부터 겪었던 모욕은 씻을 수 없는 상처로 남아 있었다. 살아가는 사회 속에서 그녀의 '검은 피부'는 낙인찍힘을 당할 수밖에 없는 금기와 부정의 존재였다. 그러나 이러한 금기와 부정, 낙인찍힘의 상처를 씻기 위해 발버둥치는 모습을 떠올리는 베르벨의 기억은 처연하기 그지없다.

한 번은 베르벨의 엄마와 할머니가 베르벨의 피부에 표백왁스와 0.2%의 과산화수소를 바른 적이 있었다. 피부를 더 밝은 색으로 만들려고 했던 것이다. 하지만 그 때문에 검은 반점이 피었다. 붉고 축축한 반점 때문에 가려움과 종양, 포진이 생겼다(*Eine von uns*, 28).

결코 지울 수 없건만 피부색을 지우려는 처절한 몸부림 앞에서 이 글을 읽는 사람들은 어떤 느낌이 들까? (검은 피부색을 의미하는) 'Neger'는 식민 착취와 노예화가 이어지면서 육체적·정신적·문화적 특성과 결부된 부정적 의미로 오랫동안 서구 백인 사회에 각인되었다.[72] 베르벨도 이 용어가 "억압자들이 우리를 특징짓는 인종주의적 단어"라고 단언한다(*Eine von uns*, 144). 1920년, 독일 어느 의학 평론지에는 "검은 색으로 인한 치욕: 흑인들은 우리 민족을 매독과 혼혈로 뒤범벅되게 하며, 우리 민중의 건강을 육체적·정신적으로 파괴한다!"는 글이 게재되었다(*Eine von uns*, 19 이하). 이를 통해 우리는 상식 없음과 무지, 과학적 인식의 결여를 드러낸 것은, 지울 수 없는 피부색을 지우려는 베르벨의 엄마와 할머니가 아니라, 피부색을 이유로 모욕과 멸시, 차별을 가한 백인 주류사회임을 알게 된다. 『우리 가운데 한 사람』은 독일을 비롯해 당시 백인 사회가 갖는 피부색에 대한 편견과 무지, 맹목적 금기와 배타적 인식이 어느 정도였는지를 생생히 폭로하고 있다.

> 미국 적십자사도 "흑인들의 혈액"을 두려워했다. 미국 적십자사는 제2차 세계대전 초기 흑인 헌혈자들의 혈액을 받는 것을 거절했다. 나중에 수혈된 피를 받아들이긴 했지만, 그것을 혈액은행에서 백인의 혈액과 분리해 보관했다(*Eine von uns*, 63).

이 상황에서 제2차 세계대전 이후에도 오랫동안 독일에서 흑인의 여권에 "국적 없음, 니그로"라고 표기되었다는 것은 당연했을 정도였다(*Eine von uns*, 20). 『우리 가운데 한 사람』은 독일에 살고 있는 흑인들의 과거 역사와 함께 독일의 인종주의 역사와 정면으로 논쟁하고 있다.[73] 이 책의 서두에서 "베르벨의 이야기는 수 세기 동안 여러 대륙에서 일어난 것"이라는 사실을 명시함으로써 이 텍스트가 보편적이고 광범위한 인종주의적 편견의 역사를 드러내고자 함을 밝히고 있다(*Eine von uns*, 8).

타자성에 관한 문학적 담론에서도 피부색은 중요한 요소로 작용한다. 더욱이 여기에 '여성성Weiblichkeit'이 결합되면 본질적으로 '육체에 대한 판타지Körperphantasie'가 생성된다. 예컨대 식민제국주의 이후 유럽인들은 서구와 "신세계"의 접촉을 "양성 간의 관계"로 보았다. 콜럼버스는 새로 발견한 땅을 "처녀와 같은jungfräulich" 곳이라고 일컬었고, 스페인 사람들은 토착민을 "여성성을 간직한 미개인"라고 기술했다.[74] 이렇게 문화적 차이를 성적인 차이로 겹쳐 놓은 것은 권력관계를 정당화하려는 의도를 드러낸 것으로, 식민 지역의 피지배 민중을 주인에게 충성과 복종하는 관계에 얽혀 있는 '미성숙한 아이'로 여기는 시각을 보여준다. 식민시대 당시, 백인의 눈에 흑인은 노예라기보다는 차라리 동물이었다. 흑인에게 그 시대는 죽음의 시대였다. 『우리 가운데 한 사람』에서도 그 역사를 고발하는 참담한 사례를 언급하고 있다.

전에 노예였던 사람이 이런 말을 한 적이 있다. 어느 백인 목사 부인이 일요일 아침, 남편에게 흑인 여자노예 요리사에 대한 불평을 했다. 그러자 목사는 곧장 그 노예를 부엌에서 끌고 나와 매달아 놓고 매질을 해댔다. 그때까지 그녀는 아무 소리도 내지 못했다. 그런 다음 목사는 교회로 가 예배를 인도했다. 예배를 마치고 목사가 돌아왔을 때 매달려 있던 그 노예는 죽고 말았다(*Eine von uns*, 69).

독일 사회에서 검은 피부색을 가진 아프로도이치의 입장에서 더욱 당혹스러운 것은 과거의 유산쯤으로 여겨지고 있는 인종주의가 여전히 극복되지 못하고 있다는 사실이다. 베르벨은 인종주의가 사회의 각 구성체에 깊이 뿌리를 내려 수많은 사회 구조와 제도 속에 만연하고 있으며, 사회적 관념과 문화 역시 그러하다고 인식한다(*Eine von uns*, 145). 따라서 '검다'는 것은 절대 피부색의 문제가 아니라 정치적인 문제로 받아들인다(*Eine von uns*, 146).

어느 누구도 부모를 선택할 수 없듯이, 자신이 태어날 장소와 피부색을 선택할 수 있는 사람은 아무도 없다. 그럼에도 피부색 때문에 자신이 금기와 수치, 부정의 대상이 된다면, 그 때문에 멸시의 대상으로 살아야 한다면, 그 사회는 이미 사람이 사는 사회라 할 수 없을 것이다. 그렇지만 어떻게 바꿀 힘도, 능력도, 방법도 없는 당사자의 입장에서는 오욕과 수치에 맞서다 결국 어쩔 수 없이 감당하면서 살아야 할 운명으로 받아들일 수밖에 없다. 『우리 가운데 한 사람』은 이미 초반부에 수치스러움과 그것을 부정하고 싶은 감정의 응어리를 쏟아낸다.

> 수치스러움과 부정, 말하지 못해 말할 수 없음이 서로 증폭되어 스스로 증폭된 것이다. 그 무엇 때문에 수치스러워하고 수치스러운 것 때문에 수치스럽게 느낀 것이다. 자신이 수치스럽다는 사실과 그 무엇 때문에 수치스럽다는 것을 부정하며, 무언가 부정한다는 것을 또 부정하는 것이다(*Eine von uns*, 30).

과거 식민지배의 정신적 유산에 대해 현재 독일 사회에서는 인종주의 담론을 적극적으로 거론하면서 논쟁하고 있다. 예컨대 작가, 음악가, 문화비평가로서 활발하게 활동하며 이 논쟁에 적극적으로 참여하고 있는 노아 쇼Noah Sow도 검은 피부색은 철저히 "정치적 개념"이며, 인종을 의미하는 독일어 "Rasse"는 태생적인 인종주의적 세계관의 일부라는 인식을 공유한다.[75] 그녀는 독일 역사학자들조차 식민시대의 역사는 물론 '라인란트의 사생아'나 '점령군 자녀들'의 고통의 역사를 외면하는 현실, 독일 내 인종적 소수자들의 삶에 무관심으로 일관하는 백색 순혈사회의 실상을 비판하고 있다.[76]

그러나 이러한 비판적 인식은 무기력하고 수동적이었던 흑인 독일인들의 자의식이 인종과 종교, 성의 차별을 극복하고 보편적 가치와의 연대로 발전하는 흐름을 보여준다. 베르벨 역시 "흰색 물결의 독일 다수사회에서 자기 자리를 찾기 위한" 독일 내 흑인 인권운동에 적극 참여하면서 내전으로 고통을 겪는 아프리카 주민은 물론 아프리카 출신 난민을 위한 지원 활동에도 동참하고 있다. 그녀는 자신이 살고 있는 세상이 "궁극적으로 사람들 스스로가 움직이는 사회적인 세계, 진정 말 그대로의 의미에 따라 알록달록한 세상"으로 변화할 수 있는 희망의 여지가 있으리라는 믿음을 간직하고 있다(*Eine von uns*, 153).

3. 아프리카와 동독에 관한 기억 담론: 루시아 엔콤베의 『95번 아이』

3.1. 기억의 방식으로서의 자전적 서사

현재 아프리카 출신 작가의 절반가량이 외국에서 활동하고 있는데,[77] 이들은 주로 문화적 디아스포라 상황에 있는 학생과 연구자, 교사의 신분으로서 망명자나 이주자와는 성격이 다소 다르지만 인종주의 담론에 근거한 사회적 경험들을 공유하고 있으며 이들이 처한 상황 역시 작품의 모티브만큼이나 다양하다. 특히 이들의 글은 주로 자전적 글쓰기 방식을 취하고 있다. 영문학(특히 미국문학)에서는 노예무역 이래로 자전적 이야기를 "아프리카 디아스포라의 보편적인 서술 방식"으로 평가해왔다.[78] 18~19세기 흑인 노예들에 의해 기록된 자전적 노예 서사는 노예제도와 사회체제에 대한 강한 비판을 담고 있다. 노예 서사 장르는 노예 제도가 잔존하던 당시 흑인들의 참혹한 삶을 보여주는 역사 적 문서로 해석될 뿐만 아니라 문화적 공간에서 비판과 변혁의 열망을 담고 있기에, 마이너리티 작가들의 글쓰기가 활발해진 이후부터는 역사와 문학, 문화 연구에서 주목받고 있다. 그렇기에 영미권 문학에서는 흑인들의 자전적 문학 을 중요한 문학 유산으로서 받아들이고 있다.

반면 독일문학계에서 디아스포라 문학은 물론 아프리카 출신 작가들의 삶 의 이야기에 관한 글(쓰기)은 여전히 올바로 평가받지 못하고 있다. 이 상황은 프랑스와 종종 비교되곤 한다. 제1차 세계대전 종전 시기부터 일찍이 프랑스 에서는 아프리카 출신 흑인들이 교직과 대학 연구직, 예술가, 공무원 및 고위 관리 등 주류문화에 비교적 수월하게 편입할 수 있었으며, 수많은 흑인 작가가 문단에서 활동하고 있다. 프랑스와 독일, 두 나라의 이러한 대조적 상황은 제3 세계, 특히 과거 피식민 지역의 문화와 문학의 수용 현황에도 고스란히 반영되 었다. 즉, 프랑스에서는 아프리카 문학 텍스트들이 출간되었지만 프랑스에서 발표된 텍스트가 독일어로 번역된 경우는 극히 드물었고, 설령 번역 출간되었 다하더라도 주목받지 못했다.

그러나 독일의 마이너리티 가운데 소수 집단에 속함에도 불구하고 독일 내 아프리카 출신 사람들은 1980년대 이후 문화계에 활동하면서 독일문학의 색 채를 다채롭게 하는 데 이바지하고 있다. 이들의 텍스트는 아프리카 출신 마이 너리티의 목소리를 전달하고 포스트콜로니얼적 정체성을 환기시키면서 식민 시대의 잔재가 아프리카와 독일에서 지속적으로 영향을 끼치는 문제들을 주제 로 삼고 있다. 아프로도이치 작가들은 카메룬, 콩고, 르완다, 나미비아 등 구독일 제국의 식민지 출신만이 아니라 소말리아, 말리 등 다양한 아프리카 국가 출신들로 이루어졌다. 독일 내 아프리카 디아스포라 문학의 등장과 이에 관한 관심은 탈식민주의 이론과 다문화주의 담론의 확산으로 인해 고조된 것이다. 이들의 문학은 베를린 장벽 붕괴와 변혁기 과정에서 고개를 들기 시작한 인종주의에 대한 비판과 아프리카인들의 정체성 표현에 초점을 두고 있다.

주목할 작품은 독일인 관광객과 만나 결혼을 한 케냐 여성의 이야기를 다룬 미리암 크바란다의 『내 얼굴의 색깔Die Farbe meines Gesichts』이다.[79] 이 텍스트는 다양한 사회적 배경을 가진 아프리카 출신 여성의 삶을 포괄해 그동안 철저히 외면했던 서발턴의 목소리를 중개함으로써 아프리카계 문학을 새로운 국면으로 이끈 작품이다. 독일 통일 이후에는 독일 정부의 이민정책, 제노포비아적인 편견에 대한 비판에 할애하고 있다. 그렇지만 독일 사회의 반외국인 정서와 식민 유산에 대한 비판을 단순히 수동적 시선이나 피지배적 관점이 아니라 사회적·정치적 담론에 적극 동참하려는 경향을 보인다.[80] 그럼에도 학계에서의 독일과 아프리카 국가들 간의 관계를 다룬 기존 논의들은 주로 구서독의 정책이나 구서독과의 관계에 초점을 맞춘 경향이 있었다.

그러다가 최근 10여 년 전부터 과거 냉전 시대 양 독일의 아프리카 정책 및 동독과 아프리카 국가 간의 관계를 분석한 연구 결과들이 도출되기 시작했다.[81] 물론 기존 독일문학에서는 여전히 서구(식민 지배자)와 제3세계(피지배자)와의 관계에서 다루어졌을 뿐 독일 현대사와의 맥락 속에 기술된 작품은 드물었다. 이러한 상황에서 현실사회주의 동독과 아프리카 현대사와의 관계를 다룬 최초의 작품이 루시아 엔곰베의 『95번 아이』이다.[82] 이 작품은 1990년대 이후 독일 내 아프리카 출신 이주민들의 삶을 다룬 자전적 텍스트 가운데 주목받는 텍스트이다.

동독에 온 오밤보족 출신 소녀였던 루시아가 겪은 이야기가 작품의 핵심을 이루고 있는데[83] 그녀가 동독에 온 것은 나미비아의 독립투쟁 단체, SWAPO[84]에 대한 동독의 지원정책 때문이었다.[85] 우베 팀의 『모렝가』에서 고발한 바와 같이 빌헬름제국 당시 독일의 식민지였던 나미비아 부족민들은 독일 제국군에 의해 무참히 살육당했다. 1880~1915년 나미비아를 식민통치했던 당시 빌헬름 2세 황제 치하의 독일제국은 1904년 1월, 나미비아에서 헤레로족과 나마족이 일으킨 봉기를 진압하는 과정에서 당시로서는 전대미문의 부족 학살을 자행했다. 그런데 나미비아 민중이 겪는 고통은 이것으로 끝나지 않고 남아공 백인 정권의 착취와 억압으로 계속 이어졌다. 루시아는 이 고통의 역사를 작품 초반부에 이렇게 회상한다.

> 다이아몬드와 다른 지하자원을 훔치려고 백인 남아프리카 사람들이 수십 년 동안 나미비아 사람들을 억압한 것, 검은 피부의 사람들은 가난의 형벌을 받은 것, 사람들이 그에 맞서 싸우다 채찍질과 고문을 당하고 죽임을 당한 것을, 그리하여 우리와 같은 처지의 수만 명이 나미비아에서 도망친 것 …… 나는 이해하지 못했던 것 같다(*Kind*, 17).

『95번 아이』의 주요 내용인 루시아의 자전적 이야기는 배신자로 내몰린 아버지와 어머니가 겪었던 고난의 가족사부터 시작된다.[86] 학교 교장이었던 루시아의 아버지, 이마누엘 엔곰베Immanuel Engombe는 외국 각지에서 독립 투쟁을 위해 보내온 후원금을 SWAPO 지도자들이 횡령한 것을 비판하다 배신자로 누명을 쓴 것이다. 결국 이마누엘은 투옥되었으며 어린 루시아는 아버지가 "남아공 정부의 스파이 활동을 한 배신자"이며 시위 도중에 사망한 것으로 알고 있었다. 동독의 훈육 교사들은 그녀에게 아버지가 "남아공의 꼭두각시, 배반자"라는 모욕을 안긴다. 그녀에게 아버지는 "우리가 싸우는 악당 편이란 말인가?"라는 혼란의 대상일 뿐이다(Kind, 73).

동독에서 어린 루시아가 겪은 경험들은 이렇게 피식민·피억압 부족 나미비아의 정치사와 밀접하게 관련되어 있지만, 그 속에는 동독 현실사회주의의 내적 모순들도 함께 뒤섞여 있었다. 1979년 잠비아 난민촌에서 루시아가 80명의 아이들과 함께 동독으로 보내진 것은 "SWAPO 깃발 아래 사회주의와 평화를 위해 투쟁하는 새로운 나미비아의 엘리트"로 길러지기 위함이었다(Kind, 147). 그러나 비록 동독에 머물고 있는 처지이지만, 어린 이들에게 '고향'은 눈물겨운 기억의 공간이다. 이념의 무게보다 고향에 있는 친구와 부모, 형제의 고단한 삶은 안타까움으로 그려지고 있다.

잠에서 깨어 딸기잼을 바른 맛있는 빵이 곁들여진 아침식사를 기다릴 때마다 니앙고의 굶주린 사람들이 떠올랐다. 차라리 아프리카 생각을 하지 않는 게 더 나았다(Kind, 57).

모든 독단적인 도그마가 그렇듯 동독과 SWAPO의 사회주의 프로파간다는 아프리카 출신 어린 소년·소녀들에게 세상을 선과 악의 이분법적 구도로 강요했다. 당연히 SWAPO는 항상 선하고 옳았다. 이 단체의 정책에 대한 비판이나 문제 제기는 배신으로, 자유를 위한 투쟁의 걸림돌로 치부되었다. 『95번 아이』는 이렇듯 자유와 독립을 명분으로 내세운 SWAPO 지도자들의 위선과 허구를 고발하고 있는데, 이는 40년 동독 사회주의 체제의 잔상을 떠올리게 한다. 루시아가 동독에서 경험한 교육 환경은 강력한 권력체계의 구도하에서 개인을 낯설게 만들고 개인과 사회의 관계를 "이데올로기적 요구와 일상에서의 경험 간의 분열"로 고착화시킨 구동독 사회주의 교육체계의 모순을 보여주고 있다.[87]

동독 사회주의 교육 이데올로기는 "모든 면에서 발전하는 사회주의적 인격체"로서의 '새로운 인간 양성'에 초점을 두었지만, 기본적으로 "집단 속에서 집단을 통한 인격 교육"을 지향하고 있었다.[88] 그러나 현실에서 동독의 교육자 및 교사들은 오로지 당국이 규정하는 공식적인 교육 목적과 과업에만 따르기 위해 이 방침에서 일탈된 것으로 판단되거나 이에 순응하지 않는 학생들의 의견 개진을 막는 것을 당연하다고 여겼다. 결국 교육 현장에서는 훈육과 억압 기제가 만연할 수밖에 없었다. 루시아를 비롯한 아프리카 출신 아이들은 독일어를 배우고 독일어로만 말하도록 교육받았다. 강요된 훈육과 두려움 사이에서 이들은 침묵할 수밖에 없었다. 동독과 SWAPO는 정치교육을 위한 통제뿐만 아니라 아이들의 사적인 부분까지 일거수일투족 간섭했다. 대부분 동독인 교사들은 아이들이 지시사항에 무조건 따르길 원했다. 그렇기에 애초부터 교육적인 애정은 없었으며 이해나 배려 역시 찾을 수 없었다. 독일 아이들과의 접촉도 엄격한 통제를 받았다.

쫓기듯 러시아로 보내진 엄마와의 편지 교환도 서로 이해할 수 없는 언어로 채워질 뿐이다. 러시아어로만 편지를 써야 했기 때문이다. 번역을 통해 언어의 경계를 넘어서야 하는 서신이 세상에서 가장 가까운 관계인 모녀간의 친밀하고 밀접한 끈을 가로막은 것이다. 마침내 편지는 의미 없는 이야기들로만 채워질 뿐이다. 검열 때문에 엄마는 루시아에게 "네 아빠는 배신자야. 공부나 열심히 해"라고 말할 수밖에 없었으며, 당시에는 사정을 알 리 없던 루시아에게 엄마의 글은 "동화 속에 나오는 마녀의 목소리"처럼 여겨졌다(Kind, 86). 가족 간

대화마저 통제하는 이러한 억압기제는 종교에 대한 사회주의 정권의 편집증적 태도를 넘어 인격적 모독으로 나타난다. 루시아는 자신이 믿는 오밤보족의 하느님, "카룽가Kalunga"[89]에게 기도하려 하지만 동독 훈육교사들의 반응은 이러했다.

> 갑자기 여교사 에다가 소리를 질렀다. "루시아가 하느님에게 기도하고 있다!" ……
> 그러자 다음 순간 요나스 선생이 내 앞에 서서 철썩 나의 뺨을 때렸다. "하느님 따
> 윈 없어, 명심해! 난 그따위 헛소리 듣고 싶지 않거든!" 눈물이 쏟아졌다. …… "너
> 희에게 하느님은 필요 없어, 너희 지도자는 샘 누조마야" 요사스 선생이 소리쳤
> 다. 그는 눈물로 뒤범벅된 내 얼굴을 비추었다. "넌 군인이니까 울면 안 돼. 내려
> 가!"(*Kind*, 106)

더욱 충격적인 것은 요나스 선생이 루시아의 친구인 밀라를 성폭행한 일이다(*Kind*, 143 이하). 루시아를 비롯한 어린 소녀들은 무서움에 떤 나머지 발설조차 하지 못한다. 충격과 분노에 휩싸인 루시아는 자신을 "배신자의 자식이라 불렀던 그를 용서할 수 없다"는 극한 감정에 휩싸인다. 요나스는 좌천되지만 후임 교사는 요나스가 뇌막염에 걸려 학교에 나오지 못하는 것이라며 정말 어처구니없게도 아이들이 "다시 돌아오세요, 요나스 선생님, 선생님이 보고 싶어요"라는 거짓 편지를 쓰도록 강요한다(*Kind*, 150). 결국 요나스는 복귀한다. 이 사건을 비롯해 루시아가 겪은 이런저런 일들은 동독 당국과 SWAPO가 선전했던 것과는 전혀 다른 터무니없는 모순과 부당함이었다.

3.2. 유폐된 존재를 넘어 열린 디아스포라로

SWAPO나 동독 이데올로기의 엄격한 이분법적 도식은 피교육생들을 순응주의자로 만들고 집단적인 규범에 굴복하게 한 결과를 초래했다. 그러나 시간이 지나면서 나미비아 아이들은 현실사회주의의 프로파간다에 의문을 품기 시작한다. 이 상황에서 아이들이 느끼는 감정은 그저 "자신의 운명에서 빠져나오고 싶다"는 것뿐이다(*Kind*, 189). 더욱이 1980년대 후반 몰락 직전의 동독 사회에서 이 어린 소녀들은 인종주의적 모멸과 냉대를 받는다.[90] 특히 베를린 장벽이 붕괴되고 동서냉전 구도가 와해되는 역사의 변혁기 속에서도 그 누구도 이들에게 시대가 어떻게 변화하고 있으며, 어떻게 살아야 하는지 알려주지 않는다. 그야말로 이들은 외부와 철저히 단절되고 유폐된 존재들이었다. 그리고 느닷없이 아무 영문도 모르는 이들에게 독일을 떠나야 한다는 소식이 전해진다.

> 우리 주변 세상은 서서히 변하고 있었다. 1989년 여름, 독일에서는 한 나라가 천천히 소멸되어갔으며 아프리카에서는 또 다른 나라가 생겨났다. 우리는 이 두 곳에서 일어난 변화의 직접적인 당사자였다. 하지만 우리는 전혀 몰랐다. 당시에는 그 많은 일이 동시에 일어났고 어떤 일들은 서로 완전히 모순된 것이었기 때문이다. …… 그 후에도 우리는 전사戰士가 되는 준비를 해야 한다는 말을 듣지 않았던가? 나는 그 말을 진지하게 받아들이지 않았다. …… 이제 나는 알았다. 모두 고향으로 돌아간다고? 어떻게 그런 일이 그토록 빨리 일어날 수 있단 말인가?(*Kind*, 235)

루시아와 친구들이 동독에서 교육을 받기 전에도 이러한 단절 상태는 지속되어왔다. 어찌 보면 이들은 동독에서 생활한 것이 아니라, 장막으로 가로막은 폐쇄된 세계, "한 나라 안의 타지Enklave"에서 살았던 셈이다.[91] 아침마다 아이들을 버스에 실어 수업에 참석하게 하고 오후에 다시 버스에 태워 엄격한 기숙학교로 실어 나른 생활의 연속이었다. 독일 학생과의 접촉은 거의 없었다. 그래서 이들은 독일인들이 자신(흑인)들에게 갖는 편견조차 떠올릴 수 없었던 것이다. 1989~1990년의 변혁기에 이들이 비로소 대면한 것은 "새로운 나라에서 확산된 제노포비아"였다.[92]

슈타스푸어트에서 우리는 자유롭다고 느끼지 않았다. …… 또다시 울타리 앞 슈타스푸어트 거리 방향으로 젊은이들이 모여 우리에게 이렇게 소리쳤다. "외국인들 꺼져라!" 그러면 우리도 여러 차례 맞받아 소리쳤다. "그래 좋아! 너희들이 비행기 표 보내주면 갈게!" 간혹 울타리 안쪽으로 돌이 날아왔고 우리 마음은 편치 않았다(*Kind*, 254).

"독일을 독일인에게!" …… 그들은 다시 노래를 불렀다. "독일, 모든 것 위에 있는, 이 세상 모든 것 위에 있는 독일!" …… "너희 흑인 놈들, 다른 놈 똥구멍이나 핥아라!"(*Kind*, 262)

두 독일의 국경선이 무너졌지만 역설적으로 이들은 자신들에게 둘러쳐진 "울타리가 이전보다 더 높아졌다"고 느꼈다(*Kind*, 255). 이 시기는 나미비아가 30년간의 투쟁을 끝내고 독립을 쟁취한 시기이기도 했다. 나미비아의 어린이였지만, 11년 동안 동독에서 '길러진' 루시아와 또래의 아이들(루시아의 표현처럼 두 나라 모두의 '직접적인 당사자')의 개인적인 삶의 여정에 이 두 곳 모두에서 일어난 엄청난 변혁의 소용돌이가 몰아친 것이다.

1989년 11월, 나미비아 역사상 최초로 자유 총선이 실시되었고, 이듬해 3월 SWAPO의 지도자, 샘 누조마Sam Nujoma가 독립국 나미비아의 초대 대통령이 되었다. 독립투쟁이 끝났고, 구동독이나 통독 정부 그 누구도 나미비아 아이들을 떠맡길 원치 않음으로써 이들의 고국 송환은 몇 달 내에 결정될 일이었다. (이들 스스로 자신들을 일컬은 표현인) "동독 아이들"은 자신들의 귀환을 준비할 마음의 여유나 시간이 없었다. 1990년 8월, 이들은 마침내 나미비아로 귀국했다. 그러나 이들 중 많은 이들은 자신의 고향과 그곳의 문화에 적응하지 못했다. 나미비아로 돌아온 루시아 역시 다르지 않았다. 어떤 사물이나 현상을 보고 파악할 때 루시아는 모국어 대신 "항상 독일어 개념으로 이해"하는 자신을 발견한다(Kind, 291). 이는 자신에 대한 정체성의 혼란으로 이어진다.

> 나는 대체 누구일까? …… 어떨 때는 하얗고 또 어떨 때는 검은 카멜레온인가? 대체 나는 어떤 색깔을 갖고 있는가? 지금 나는 흑인이고자 하는데 어째서 사람들은 나를 백인 취급을 하고 있는가?(Kind, 298)

고향에서의 이런 혼란한 감정 속에서 루시아는 SWAPO의 정책이 자신의 가족을 파괴했음을 알게 된다. 문제는 부모, 형제와 떨어져 외국에서 보내야 했던 사회주의 국가의 정책 자체가 아니었다. 그녀가 정말 분노한 것은 국가가 이데올로기의 이름으로 한 가족의 삶을 유린한 것이었다.[93] 어머니와 죽은 줄만 알고 있었던 아버지와의 재회를 통해 알게 된 가족의 수난사를 둘러싼 진실, 여전히 백인의 시중을 들어야 하는 흑인들의 힘겨운 삶, 이 모든 사실로 인해 고향에서 적응하기 힘들었던 루시아는 DOSW Deutsche Oberschule Windhoek에

진학해 학업을 마쳤다. 그 후 그녀는 두 차례 다시 독일로 가 광고회사에서 일하기도 했다. 이 작품의 핵심을 관통하는 것은 표면적으로는 루시아 개인이 겪은 고난의 여정에 관한 내용이다.[94] 그러나 고난, 정체성의 위기 내지는 혼란만이 아니라 그 이면에는 상호문화적인 자기 확인의 과정인 동시에 새로운 정체성 형성의 이야기가 숨겨져 있기도 하다.[95] 동독을 떠나기 전, 루시아는 서글픈 동독 생활을 의미 있는 경험과 기억으로 되새기려고 한다.

> 독일을 떠나기 전 마지막 몇 달 동안 우리는 독일 동쪽 지역에서 급부상하는 외국인에 대한 적대적 분위기를 느꼈다. 그러나 그것은 내가 떠올릴 것이 아니었다. 무엇보다 나는 즐거웠던 경험들이 생각났다. …… 저녁에 나미비아 항공 소속의 비행기가 프랑크푸르트 암 마인을 출발했다(Kind, 270).

디르크 괴트세는 이 작품에 나타난 루시아의 삶이야말로 "하얀 독일과 검은 아프리카 사이를 자유롭게 이동"하는 것으로 평가하고, 호미 바바가 말한 "민족의 산종散種" 개념과 맞닿아 있다고 평가한다.[96] 그녀는 과거 "나미비아 사람이면서 독일인으로" 살았던 경험을 통해 새로운 자신을 확인한다.[97] 그것은 훈육과 순응을 넘어 자신과 타자를 객관화하고 "스스로 독자적으로 자유롭게 생각하는 법을 배운 것"이라는 인식으로 확장된다.[98] 그렇기에 성인이 된 그녀는 아프리카인이나 독일인이라는 범주를 넘어 스스로 "세계시민Weltenbürgerin"으로 규정할 수 있다고 고백하는 것이다.[99]

맺는 말

아프로도이치들은 인종적으로 소수에 속하지만 그들 나름의 문화적인 독자성을 갖고 최근 문화계에서 활동하면서 독일문학과 문화의 색채를 다채롭게 하는 데 이바지하고 있다. 이들의 문학은 작가 스스로 독일에 머물며 기록한 것으로 유동성Mobilität, 탈지역화De-Lokalisierung, 재지역화Re-Lokalisierung의 특성을 갖고 있다. 아울러 독일(혹은 유럽)과 아프리카와의 관계에 비판적 거리를 두고 성찰케 하는 문화 교류와 접촉을 위한 실험의 장이기도 하다.[100] 역시 같은 맥락에서 미국의 독문학자 샌더 실먼Sander Silman은 "Schwarz"를 아프리카계 흑인 독일인의 문화적 색채로서 "주체적 역량과 의사소통의 근원"의 가능성으로 본 바 있다.[101]

마이 아임을 비롯한 선구적인 아프리카계 독일인 지식인들이 자신들의 정체성을 피부색이 아닌 문화적 혈통으로서의 아프로도이치로 개념화한 것은 실먼의 말처럼 백색 사회에서 당당한 주체로서의 역량과 의사소통을 펼치기 위한 의지의 표현이다. 아울러 이것은 인종과 피부색을 기준으로 한 외적인 정체성과 문화적 정체성과의 불일치를 극복하고, 그 중간 지점에서의 위치를 규정한 중요한 의미가 있다. 마이 아임의 삶과 문학은 아프리카계 흑인 독일인들에게 백인이 되고 싶은 열망, 검은 색깔의 열등감을 던져버리고, 규정되지 않는 삶의 색깔에 대한 희망의 응축이다. 통독 직후 독일 사회의 극우적 정서를 포착한 마이 아임은 참다운 공동체의 의미를 다시 생각하게 한다. 아울러 아프로도이치의 과거 역사와 현재 상황이 독일 식민역사와 밀접하게 관련되어 있다고 본 그녀의 관점은, 유색인종에 대한 독일 사회의 관점을 통해 미래를 선취한 그녀의 시에 배어 있다.

『우리 가운데 한 사람』은 '독특한 삶의 경험'을 가진 한 개인의 이야기에 그치지 않는다. 그것은 극복되지 않은 인종주의에 대한 문제 제기를 통해 또 다른 사회에 대한 과제를 담고 있다. 베르벨은 "검은 의식"을 갖고 살아야 했던 '고립과 고통, 외로움'의 연속이었던 삶을 반추하면서도 이제는 "이곳에 속했고 그들 가운데 한 사람"이었노라고 당당히 말한다. 그렇기 때문에 "우리 가운데 한 사람"이라는 표현은 인간이 인간에게 가하는 모든 형태의 차별 가운데 가장 근본적이지만, 이 세계에서 아직 극복되지 않은 피부색에 의한 차별로부터의 해방을 갈구하는 염원으로 들린다.

『제국 되받아 쓰기』의 저자, 애슈크로프트Bill Ashcroft, 그리피스Gareth Griffiths, 티핀Helen Tiffin은 포스트콜로니얼 텍스트가 내포하는 핵심적인 특징 가운데 흑인 글쓰기 모델 같은 아프리카 디아스포라 문학과 관련한 인종 모델, 두 지역 이상의 포스트콜로니얼 문학을 관통하는 언어적·역사적·문화적 특성 간의 비교 모델을 들고 있다.[102] 이러한 맥락에서 루시아 엔곰베의 『95번 아이』는 분단 시대의 정치적 상황이 한 개인의 삶과 운명 그리고 고향 아프리카에 끼친 상호성을 문학적으로 포착함으로써 포스트콜로니얼적 디아스포라 문학의 특성을 상징적으로 대변하고 있는 텍스트이다. 아울러 구동독 체제에 관한 기억 담론을 통해 현실사회주의 체제의 도그마가 작가 자신을 포함한 제3세계 민중의 의식과 실존적 삶 등 미세한 부분까지 미친 영향을 자전적인 문체로 담아내고 있다. 『95번 아이』는 현실사회주의 동독 체제가 아프리카 사회주의 국가들과 어떤 유기적 연관성을 갖고 있는지를 규명하게 하는 역사적 의미를 함축하기도 한다. 어린 시절 분단 독일의 한 축이었던 동독에 보내졌던 작가의 자전적 기록인 이 텍스트에서는 이방인으로서의 경험을 투명한 시선으로 조명함으로써 동독 체제에 대한 기억의 복원에 기여하고 있다.

주

제1장 독일문학과 상호문화성

1 Jürgen Fohrmann, *Das Projekt der deutschen Literaturgeschichte. Entstehung und Scheitern einer nationalen Poesiegeschichtsschreibung zwischen Humanismus und Deutschem Kaiserreich*(Stuttgart, 1989), p.115 참조. 여기서는 Peter Goßens, "'Bildung der Nation'. Zum Projekt einer 'Weltliteratur in deutscher Sprache'," *Wirkendes Wort. Deutsche Sprache und Literatur in Forschung und Lehre,* 3(2009), p.423 재인용.

2 요한 페터 에커만, 『괴테와의 대화』, 박영구 옮김(푸른 숲, 2000), 255~256쪽.

3 슐뢰저가 "세계문학"이라는 용어를 처음 언급했다는 사실은 2008년, 하이델베르크대학 볼프강 샤모니Wolfgang Schamoni 교수에 의해 밝혀졌다. 그동안 이 말을 누가 처음 사용했는지 확실하게 밝혀지지 않았으며 크리스토프 마르틴 빌란트Christoph Martin Wieland라는 주장이 제기된 바 있었다. 슐뢰저가 이 용어를 처음 언급한 출처는 1773년 출간한 그의 저서, 『아이슬란드의 문학과 역사』였다. 다음 논문을 참조할 것. Wolfgang Schamoni, "Weltliteratur-zuerst 1773 bei August Ludwig Schlözer," *Arcadia* 43/H.2, pp.288~298. 슐뢰저였음이 밝혀지기 이전에 빌란트가 "세계문학" 용어를 처음 사용했다는 근거를 제시한 자료는 다음 논문을 참조할 것. Hans Joachim Weitz, "Weltliteratur zuerst bei Christoph Martin Wieland," *Arcadia* 22/H.2, pp.206~208.

4 Wolfgang Schamoni, "Weltliteratur-zuerst 1773 bei August Ludwig Schlözer," p.293 이하.

5 Peter Goßens, "'Bildung der Nation'. Zum Projekt einer 'Weltliteratur in deutscher Sprache'," p.435 이하.

6 Wilhelm Hauff, "Die teutschen Übersetzungsfabriken," Wilhelm Hauff: *Sämtliche Werke. Bd.3. Phantasien im Bremer Ratskeller. Phantasien und Skizzen*(München, 1970), pp.260~264. 그러나 이후에도 '번역공장'은 없어지지 않았다. 1830년대에 카를 구츠코프Karl Gutzkow도 독일 출판업에서의 "번역 기계들"의 폐단을 지적했으며, 이로부터 한참 이후인 1879년에도 에두아르트 엥겔Eduard Engel은 독일에서 "번역 유행병" 확산을 경고했다.

7   프라이슐렌은 이렇게 덧붙인다. "우리 문학에서 낯선 요소들이 얼마나 유효했는지 놀라울 뿐이다. 아울러 이 흐름이 표면에 그치지 않고 깊이 침투했으며, 합류한 이후에도 그 낯선 요소들이 정체되지 않았음을 잊어선 안 된다." Cäsar Flaischlen: Graphische-Litteratur-Tafel. Die Deutsche Litteratur und der Einfluß fremder Litteraturen auf ihren Verlauf vom Beginn der schriftlichen Überlieferung an bis heute im graphischer Darstellung(Stuttgart 1890), p.4. 여기서는 Peter Goßens, "'Bildung der Nation'. Zum Projekt einer 'Weltliteratur in deutscher Sprache', p.424 재인용.

8   "network or relationship of different national critics and thinkers among each other above and beyond the translation of purely literary texts." Fredric Jameson, "Does World Literature Have a Foreign Office?" Holberg Prize Symposium(2008). (http://www.holberg prisen.no/HP_prisen/en_hp_2008_symposium.html)

9   특히 이와 관련해서는 제임슨의 다음 논문을 참조할 것. Fredric Jameson, "Third-World Literature in the Era of Multinational Capitalism," Social Text, 15(1986), pp.65~88.

10 Doris Bachmann Medick, "Multikultur oder kulturelle Differenz? Neue Konzepte von Weltliteratur und Übersetzung in postkolonialer Perspektive," Deutsche Vierteljahrsschrift 68/H.4(1994), p.585.

11 예컨대 이집트 출신의 독문학자 파우지 보디아는 이미 1985년 괴테의 세계문학 개념을 상호문화적 관점에 적용해 언급한 바 있다. Fawzi Boudia, "Goethes Theorie der Alterität und die Idee der Weltliteratur. Ein Beitrag zur neueren Kulturdebatte," in Bernd Thum(ed.), Gegenwart als kulturelles Erbe. Ein Beitrag zur Kulturwissenschaft deutsch-sprachiger Länder (München, 1985), pp.269~302 참조.

12 Doris Bachmann Medick, "Multikultur oder kulturelle Differenz? Neue Konzepte von Weltliteratur und Übersetzung in postkolonialer Perspektive," p.587.

13 Hülya Özkan und Andrea Wörle(ed.), 'Vorwort,' Eine Fremde wie ich(München, 1985), p.8.

14 Carmine Chiellino, "Interkulturalität und Literaturwissenschaft," in Carmine Chiellino(ed.). Interkulturelle Literatur in Deutschland (Stuttgart/Weimar, 2000), p.391.

15 Karl Esselborn, "Von der Gastarbeiterliteratur zur Literatur der Interkulturalität. Zum Wandel des Blicks auf die Literatur kultureller Minderheiten in Deutschland," Jahrbuch Deutsch als Fremdsprache, 23(1997), p.70.

16 Andreas Blödorn, "Nie da sein, wo man ist. 'Unterwegs-Sein' in der transkulturellen Gegenwartslyrik," Text+Kritik(Sonderband: Literatur und Migration), München(2006), p.137 이하.

17 Carmine Chiellino, "Interkulturalität und Literaturwissenschaft," p.388.

18 사전적 정의에 의하면 "상호문화성Interkulturalität"은 "다양한 문화의 개인적·사회적 생활조건 및 노동조건들을 글로벌 세계 속에서 포착하는 학문 분야"를 일컫는다. *Duden Fremdwörterbuch*, 8(Manheim/Leipzig/Zürich: Dudenverlag, 2005), p.468.

19 독일 문화학 논의의 출발점인 '문화 연구'의 발단은 1964년 버밍엄 대학의 현대문화연구소 Center for Contemporary Cultural Studies의 대중문화에 관한 연구로 보고 있으나 이후 문화 연구의 세계화 조류를 타고 미국으로 건너가 이론적 연구 경향으로 바뀌었다. 최성욱, 「문예학의 개방성 측면에서 본 문화학 담론의 수용」, ≪브레히트와 현대연극≫, 26집(2012), 239쪽.

20 Benedikt Jeßling und Ralph Köhnen, *Einführung in die Neuere deutsche Literaturwissenschaft*, 2 Aufl.(Stuttgart, 2007), p.358.

21 Thomas Wägenbauer, "Kulturelle Identität oder Hybridität?" *Zeitschrift für Literaturwissenschaft und Linguistik*, 97(1995), p.23.

22 미국의 독문학자 테라오카는 독일 독문학계의 이러한 배타성을 신랄하게 비판했다. 그녀는 독일 독문학자들이 마이너리티 문학을 '무시'하는 근본 원인이 "유럽 중심적 사유에 대한 비판의 부족(fehlende Kritik am Eurozentrismus)" 때문이라 분석한다. Arlene A. Teraoka, "Deutsche Kultur, Multikultur: Für eine Germanistik im multikulturellen Sinn," *Zeitschrift für Germanistik*(1996), p.555.

23 Constantin von Barloewen, "'Die Erdkugel als Gebäude'. Aufbruch zu einer neuen Weltliteratur," in Constantin von Barloewen, *Szenen einer Weltzivilisation. Kultur-Technologie-Literatur*(Boer Verlag, 1994), p.238 이하. 여기서는 Thomas Wägenbauer, "Kulturelle Identität oder Hybridität?" *Zeitschrift für Literaturwissenschaft und Linguistik*, 97(1995), p.32 재인용.

24 Paul Michael Lützeler, "Wir sind unsere krisenreiche Vergangenheit oder: Zurück in die kulturwissenschaftliche Zukunft," *The German Quartely*, 73(1), 2000, p.28.

25 같은 글, p.26.

26 Csaba Földes, "Black Box 'Interkulturalität'. Die unbekannte Bekannte (nicht nur) für Deutsch als Fremd-/Zweitsprache. Rückblick, Kontexte und Ausblick," *Wirkendes Wort. Deutsche Sprache und Literatur in Forschung und Lehre*, 3(2009), p.512.

27 Zalina A. Mardanova, "Ein Fremder unter den Einheimischen, ein Einheimischer unter den Fremden: zur literarischen (Selbst) Repräsentation des nomadisierenden Subjekts," *Internet-Zeitschrift für Kulturwissenschaften*, Nr.15(2004.5).

28 Sheila Aikman, "Interculturality and Intercuinral Education: A. Challenge for Democracy,"

International Review of Education, 43(1997), p.465 이하.

29 Aglaia Blioumi, "Amerikanischer Multikulturalismus und deutsche Interkulturalität," *Neo-helicon*, 30(1), 2003, p.245.

30 독일과 네덜란드의 이주노동 역사와 상황에 관한 비교는 다음 논문을 참조할 것. Anita Böcker und Kees Groenendijk, "Einwanderungs-und Integrationsland Niederlande. Tolerant, liberal und offen?" in Froiso Wielenga und Ilona Taute(ed.), *Länderbericht Niederlande. Geschichte-Wirtschaft-Gesellschaft*(Bonn 2004), pp.303~361.

31 Liesbeth Minnaard, "Between Exoticism and Silence. A Comparison of First Generation Migrant Writing in Germany and the Netherlands," in *Arcadia*, 46/H.1(2011), p.206 참조.

32 Arlene A. Teraoka, "Multiculturalism and the Studey of German Literature," in Scott Denhamm et al.(ed.), *A User's Guide to German Cultural Studies*(Univ. of Michigan Press, 1997), p.72 이하. 여기서는 Gerd Bayer, "Theory as Hierarchy. Positioning German Migrantenliteratur," *Monatsheft*, vol.96, no.1(2004), p.12 재인용.

33 Carmine Chiellino, "Interkulturalität und Literaturwissenschaft," p.394.

34 Roy Sommer, "Interkulturalität," in Ansgar Nünning(ed.), *Literatur-und Kulturtheorie. Ansäatze-Personen-Grundbegriffe*(Stuttgart, 2001), pp.282~283. 접두사 'inter-'는 '서로 공존하면서Miteinander, 어우러진Dazwischen'이란 의미를 나타낸다. 따라서 '상호문화성'은 '다른 문화들이 공존하면서 상호작용하는 것'을 말한다. Aglaia Blioumi, "Interkulturalität und Literatur," in Aglaia Blioumi(ed.), *Migration und Interkulturalität in neueren literarischen Texten*(München, 2002), p.28.

35 Zafer Şenocak, *Atlas des tropischen Deutschland* (Berlin, 1992), p.10 이하.

36 Reinhold Görlingen, *Heterotopia. Lektüren einer interkulturellen Literaturwissenschaft* (München, 1997), p.52 이하.

37 Aglaia Blioumi, "Interkulturalität und Literatur," p.29.

38 Roy Sommer, "Interkulturalität," p.283.

39 Hans Ulrich Gumbrecht, "Die Häßlichen und die Dummen? Der amerikanische Multikulturalismus und seine Kritiker," *Merkur*, 45(1991), p.1007. 여기서는 Arlene A. Teraoka, "Deutsche Kultur, Multikultur," p.546 재인용.

40 Jeffrey M. Peck, "There's No Place Like Home? Remapping the Topography of German Studies," *The German Quarterly*, vol.62(1989), pp.178~191 참조.

41 "German Studies"의 등장은 1960년대 후반 학생운동의 영향으로 일어난 것으로 보는 관점도 있다. 즉, 68혁명이 독문학에 끼친 영향으로 독일문학과 문화 연구에서 마르크스주의와 페미니즘 연구의 길을 열어놓았으며 민족문학적인 정전의 범주를 넘어서는 데 영향을

주었다는 시각이 그것이다. Miachel T. Jone, "Identity, Critique, Affirmation. A Response ti Heinrich C. Seeba's Paper," *The German Quarterly*, vol.62(1989), p.155 참조.

42 Karl Esselborn, "Von der Gastarbeiterliteratur zur Literatur der Interkulturalität. Zum Wandel des Blicks auf die Literatur kultureller Minderheiten in Deutschland," p.57.

43 Arlene A. Teraoka, "Deutsche Kultur, Multikultur," p.556 참조.

44 같은 글, p.549.

45 Alois Wierlacher, "Internationalität und Interkulturalität, Der kulturelle Pluralismus als Herausforderung der Literaturwissenschaft. Zur Theorie interkultureller Germanistik," In Lutz Dannerberg et al.(ed.), *Wie international ist die Literaturwissenschaft? Methoden- und Theoriediskussion in den Literaturwissenschaft(1950-1990)*, Stuttgart/Weimar(1995), p.556.

46 Doris Bachmann Medick, "Wie interkulturell ist die Interkulturelle Germanistik?" *Jahrbuch Deutsch als Fremdsprache*, 22(1996), p.220.

47 Aglaia Blioumi, "Interkulturalität und Literatur," p.30.

48 예컨대 그뤼네펠트Grünefeld는 앞으로 "독일문학deutsche Literatur"이라는 용어 대신 "독일 내의 문학Literatur in Deutschland"으로 할 것으로 제안한 바 있다. Karl Esselborn, "Von der Gastarbeiterliteratur zur Literatur der Interkulturalität. Zum Wandel des Blicks auf die Literatur kultureller Minderheiten in Deutschland," p.58.

49 'Judentum'은 "유대 사상", "유대 정체성", "유대교" 등의 용어로 번역, 이해할 수 있다.

50 Willi Jasper, "Zu Begriff und Geschichte der deutsch-jüdischen Literatur. Versuch einer Ortsbestimmung," in Willi Jasper et al.(ed.), *Juden und Judentum in der deutsch- sprachigen Literatur*(Wiesbaden, 2006), p.24.

51 Daniel Weidner, "Jüdisches Gedächtnis, mystische Tradition und moderne Literatur," *Weimarer Beiträge*, vol.46, no.2(2000), p.236 이하.

52 19세기 유대문학에 관한 대표적 저서로 구스타프 카르펠레스G. Karpeles의『유대 문학사 Geschichte der jüdischen Literatur』(1886)와 마이어 카이저링M. Kaysering의『모제스 멘델스존에서 현재까지의 유대문학 Die Jüdische Literaur von Moses Mendelssohn bis auf die Gegenwart』(1896)이 있다.

53 Andreas B. Kilcher(ed.), 'Einleitung.' *Deutsch-jüdische Literatur*(Stuttgart, 2006), p.5 이하.

54 최근에 이르러 독일 유대문학에 관해 새롭게 관심을 갖기 시작한 것으로 보인다. 일례로 1990년대 아헨대학에서는 독일 유대문학사 강좌를 개설한 바 있으며, 2003~2004년, 포츠담대학에서는 "독일어권 문학에서의 유대인과 유대 사상"을 주제로 한 심포지엄과 세미나가 열렸다. 이에 관해서는 Willi Jasper et al.(ed.), *Juden und Judentum in der*

deutschsprachigen Literatur 참조. 이스라엘에서도 독일 유대문학에 관한 관심이 일기 시작했다. 1990년대 히브리대학은 "독일 유대문학 및 문화사 연구"를 위해 프란츠 로젠츠바이크 센터를 설치했으며, 그 이전인 1983년 10월, 역시 히브리대학에서 독일 유대문학사 심포지엄이 열린 바 있다. 이에 관한 내용은 다음 책을 참조할 것. Stéphane Mosès und Albrecht Schöne, *Juden in der deutschen Literatur* (Frankfurt/M, 1986).

55 또한 에른스트 곰브리치는 독일 유대문학을 독일문학에서 분리시키려는 시도에는 국수주의적 의도가 배어 있다고 비판적으로 보고 있다. Ernst Gombrich, *Jüdische Identität und Jüdisches Schicksal. Eine Diskussionsbemerkung*(Wien, 1997). 여기서는 Andreas B. Kilcher, "Was ist 'deutsch-jüdische Literatur'? Eine historische Diskursanalyse," *Weimarer Beiträge*, vol.45, no.4(1999), p.486 재인용.

56 Gabriele von Glasenapp, *Aus der Judengasse. Zur Entstehung und Ausprägung deutschsprachiger Ghettoliteratur im 19. Jahrhundert* (Tübingen, 1996), p.15.

57 이 협회를 이끈 유대 지식인들은 교육과 교양을 개선하고 유대 사상을 널리 알리려 했는데 이는 권력국가가 아닌 사회에서의 융화와 동화를 통해 완전한 동등권을 얻으려 했던 문화적 시도였다. 그러나 이 단체의 지도자들 스스로 개종을 통해 독일 사회에 흡수되는 길을 선택했다. 가장 핵심적인 인물이었던 에두아르트 간스E. Gans가 베를린대학 교수 자격 획득이 힘들게 되자 세례를 받아들임으로써 탈퇴했고, 이 단체의 회원이었던 하인리히 하이네H. Heine도 결국 세례를 받아들였다. 이스마 엘보겐·엘레오노레 슈텔링, 『로마제국에서 20세기 홀로코스트까지 독일 유대인의 역사』, 서정일 옮김(새물결, 2007), 231쪽 이하 참조.

58 Gabriele von Glasenapp, *Aus der Judengasse. Zur Entstehung und Ausprägung deutschsprachiger Ghettoliteratur im 19. Jahrhundert*, p.24 이하. ≪유대교 일반신문≫의 창간과 같은 시기에 베트홀트 아우어바흐Berthold Auerbach의 역사소설이 출간되었다. 아우어바흐는 1837년, 비유대 사회에서의 유대 인물들의 다양한 삶의 가능성을 묘사한 『스피노자. 역사소설Spinoza. Ein historischer Roman』을, 1840년에는 유대인들이 게토를 박차고 나오기 시작한 18세기 계몽주의 시대에 정통 유대교와의 논쟁을 그린 『시인과 상인Dichter und Kaufmann』을 발표했다.

59 Itta Shedletzky, "Im Spannungsfeld Heine-Kafka. Deutsch-jüdische Belletristik und Literturdiskussion zwischen Emanzipation, Assimiliation und Zionismus," in Walter Röll und Hans-Peter Bayerdörfer(ed.), *Akten des VII Internationalen Germanisten Kongresses, Bd.5. Auseinandersetzungen um jiddische Sprache und Literatur. Jüdische Komponenten in der deutschen Literatur-die Assimilationskontroverse* (Tübingen, 1986), p.115.

60 Gabriele von Glasenapp, *Aus der Judengasse. Zur Entstehung und Ausprägung deutsch-sprachiger Ghettoliteratur im 19. Jahrhundert*, p.1.

61 Dieter Lamping, *Von Kafka bis Celan. Jüdischer Diskurs in der deutschen Literatur des 20. Jahrhunderts* (Göttingen, 1998), p.11.

62 Andreas B. Kilcher(ed.), *Deutsch-jüdische Literatur*, p.10.

63 독일인과 유대인이 공동의 언어를 사용함으로써 가까워져야 한다는 것이 멘델스존의 지론이었다. 그러나 당시 유대공동체 지도자들(랍비와 장로)은 공동체의 모든 유대인에 대한 감독권을 갖고 있었으며, 이는 회원들의 사생활까지 확대되었다. 심지어 독일어 책을 읽는 것조차 금지했을 정도였다. 이스마 엘보겐·엘레오노레 슈텔링, 『로마제국에서 20세기 홀로코스트까지 독일 유대인의 역사』, 178쪽 이하 참조. 한편 이 시대 독일 문화에 적응하려는 노력을 보인 동유럽 유대인 출신의 대표적 작가로는 살로몬 마이몬Salomon Maimon과 베르 팔켄존Behr Falkensohn 등이 있다. Hans Otto Horch, "'Was heisst und zu welchem Ende studiert man deutsch-jüdische Literaturgeschichte?' Prolegomena zu einem Forschungsprojekt," *German Life and Letters*, 49(1996), p.127.

64 이 때문에 독일 유대문학을 게토 해체의 산물로 보는 관점도 있다. Klaus Hermsdorf, "'Deutsch-jüdische' Schriftsteller? Anmerkungen zu einer Literaturdebatte des Exils," *Zeitschrift für Germanistik*, 3(1982), p.285.

65 Andreas B. Kilcher, "Was ist 'deutsch-jüdische Literatur?'" p.486 이하; Willi Jasper et al.(ed.), *Juden und Judentum in der deutschsprachigen Literatur*, p.7.

66 같은 책, p.29.

67 Günter Hartung, "Goethe und Juden," *Weimarer Beiträge*, vol.40, no.3(1994), p.399 이하 참조.

68 Margarete Susman, "Vom geistigen Anteil der Juden in der deutschen Geistesgeschihte," in Christoph Schulte(ed.), *Deutschtum und Judentum. Ein Disput unter Juden aus Deutschland* (Stuttgart, 1993), p.140, 여기서는 Willi Jasper et al.(ed.), *Juden und Judentum in der deutschsprachigen Literatur*, p.20, Dieter Lamping, *Von Kafka bis Celan. Jüdischer Diskurs in der deutschen Literatur des 20. Jahrhunderts*, p.10 이하 재인용.

69 Andreas B. Kilcher, "Hebräische und jiddische Schiller-Übersetzungen im 19. Jahrhundert," *Monatshefte für deutschsprachige Literatur und Kunst*, 100(2008), p.68.

70 Hans Otto Horch, "'Was heisst und zu welchem Ende studiert man deutsch-jüdische Literaturgeschichte?' Prolegomena zu einem Forschungsprojekt," p.128.

71 Meyer Kayserling, "Zur Schillerfeier" 그리고 Ludwig Philippsohn, "Nachwort zur Schiller-

feier," *Allgemeine Zeitung des Judentums*, 23(Nr.45), 1859. 여기서는 Andreas B. Kilcher,
"Hebräische und jiddische Schiller-Übersetzungen im 19. Jahrhundert," p.69 이하 재인용.
50여 년이 지난 1908년, 역시 ≪유대교 일반신문≫에 실린 구스타프 카르펠레스의 글을
보면 실러에 대한 수미일관한 찬양은 그 후에도 계속되었음을 알 수 있다. "더 나은 날과
더 찬란한 시대를 약속하는 사랑스러운 울림처럼, 실러의 시들은 동유럽의 어둠침침한 게
토의 벽을 뚫고, 죽어가는 청춘들에게 더 높은 이상을 향한 그리고 문화와 진보라는 이념
을 위한 찬란한 열정을 향한 불을 지펴주었다." Gustav Karpeles, "Schiller," *Allgemeine
Zeitung des Judentums*, 69(Nr.18), 1908, p.205. 여기서는 Andreas B. Kilcher, "Hebrä
ische und jiddische Schiller-Übersetzungen im 19. Jahrhundert," p.77 재인용.

72 실러의 「환희」는 유럽 전역에서 히브리어로 번역되었는데, 스트라스부르 출신의 리프만
    모제스가 1817년 처음 번역한 이후, 1822년 마이어, 1825년 레테리스, 바루흐 쉰펠트,
    1863년 모리츠 피르코프스키에 이어, 1912년에는 러시아계 유대 작가 체스너코프스키의
    현대 히브리어 번역본이 유일한 이디시어 번역본과 함께 상트페테르부르크에서 출간되
    었다. 그런데 히브리어 번역과 이디시어 번역에는 다소 차이가 있다고 한다. 유대 계몽주
    의자들은 이디시어보다 히브리어를 더 중시했는데, 히브리어가 교양 있는 유대 시민계급
    의 언어였던 데 비해 이디시어는 교육수준이 다소 떨어지고 정통 유대신앙을 고수하는 유
    대인의 언어였기 때문이라는 것이다.

73 유대 공동체는 법적·도덕적으로 공동체의 모든 구성원에 대한 책임과 권리를 갖고 있었
    다. 이를테면 유대 공동체 지도자와 랍비들은 읽어야 할 책과 읽어선 안 되는 책을 승인하
    거나 선별하기도 했다. Gabriele von Glasenapp, *Aus der Judengasse. Zur Entstehung
    und Ausprägung deutschsprachiger Ghettoliteratur im 19. Jahrhundert*, p.10 참조.

74 예컨대 루트비히 자코보브스키Ludwig Jacobowski, 야콥 바서만Jakob Wassermann, 아르투어 슈
    니츨러Arthur Schnitzler 같은 작가들의 작품에는 유대 정체성 문제를 다양하게 다루고 있다.
    자코보브스키의 『유대인 베르터Werther, der Jude』(1892)는 동화되려는 유대인의 노력과 좌
    절을, 야콥 바서만의 『소나무 마을의 유대인Die Juden von Zirndorf』(1897)에서는 독일 유대
    사회 내부의 갈등을 다루고 있는데 이 문제는 그의 1921년 작품인 『독일인과 유대인으
    로서의 나의 길Mein Weg als Deutscher und Jude』에서도 드러난다. 슈니츨러의 자전적 작품인
    『비엔나의 청년Jugend in Wien』에서는 19세기 말 오스트리아 수도 비엔나에 만연된 고통스
    러운 반유대주의적 낙인에 관해 다루고 있다. 또한 『자유로의 여정Der Weg ins Freie』(1908)
    은 주류 문화 속으로의 동화 내지는 흡수되거나 사회주의에 경도되는 모습, 유대인으로서
    의 삶과 존재가 결국 민족문화적인 자기정체성으로 귀결되어 시오니즘으로 기울어지는
    등, 변형된 오스트리아 유대인의 정체성 문제를 반영하고 있다. "하이네에서 카프카에 이
    르는 시기", 즉 19세기 중반부터 20세기 초에 루트비히 필립슨의 ≪유대교 일반신문≫에

서 마르틴 부버M. Buber의 『유대인der Jude』에 이르기까지 여러 유대계 문학지에서 문학 논쟁이 있었다. 당시 이 작가의 작품들은 유대 정체성을 둘러싼 논쟁에서 가장 큰 반향을 일으켰다. Itta Shedletzky, "Im Spannungsfeld Heine-Kafka. Deutsch-jüdische Belletristik und Literturdiskussion zwischen Emanzipation, Assimiliation und Zionismus," p.118.

75 독일 문화로의 유대인의 동화를 문화적 개념으로 보는 견해도 있다. 즉, 통합 개념과 달리 서서히 유동적으로 동등한 흐름 속에서 새로운 통일성을 위해 여러 문화 요소들과의 접촉과 융화를 의미한다는 견해가 그것이다. Herbert A. Strauss, "Akkulturation als Schicksal. Einleitende Bemerkungen zum Verhältnis von Juden und Umwelt," in Herbert A. Strauss und Christhard Hoffmann(ed.), *Juden und Judentum in der Literatur* (München, 1985), p.9. 물론 독일 유대인의 동화를 여러 문화적 층위들과의 동등한 접촉을 통한 융화로 보기는 힘들 것이다.

76 Klaus Hermsdorf, "'Deutsch-jüdische' Schriftsteller? Anmerkungen zu einer Literaturdebatte des Exils," p.285. 빌리 야스퍼는 하이네와 더불어 독일 유대문학이 근대의 현상으로서 비로소 세계문학에 등장했다고 말한다. Willi Jasper et al.(ed.), *Juden und Judentum in der deutschsprachigen Literatur*, p.31.

77 Hans Otto Horch, "'Was heisst und zu welchem Ende studiert man deutsch-jüdische Literaturgeschichte?' Prolegomena zu einem Forschungsprojekt," p.131.

78 Hans Dieter Zimmermann, "Franz Kafka und das Judentum," in Herbert A. Strauss und Christhard Hoffmann(ed.), *Juden und Judentum in der Literatur*, p.238 이하.

79 이스마 엘보겐·엘레오노레 슈텔링, 『로마제국에서 20세기 홀로코스트까지 독일 유대인의 역사』, 281쪽 참조.

80 파시즘 독문학의 계보를 이루는 이들의 책 목록은 다음과 같다. Eugen Dühring, *Die Judenfrage als Racen, Sitten-und Culturfrage*(Karlsruhe, 1881); *Eugen Dühring, Die Gröβen der modernen Literatur*, 2 Bd.(Leipzig, 1893); Adolf Bartels, *Kritiker und Kritikaster. Mit einem Abhang, Das Judentum in der deutschen Literatur* (Leipzig, 1903); Josef Nadler, *Literaturgeschichte des deutschen Volkep. Dichtung und Schrifttum der deutschen Stämme und Landschaften*, 4 Bd.(Berlin, 1912~1941); Wilhelm Stapel, *Die literarische Vorherrschaft der Juden in Deutschland 1918~1933* (Hamburg, 1937).

81 Ludwig Geiger, *Die deutsche Literatur und Juden* (Berlin, 1910), p.11, 여기서는 Andreas B. Kilcher, "Was ist 'deutsch-jüdische Literatur'?" p.495 재인용.

82 같은 글, p.502.

83 Hans Otto Horch, "'Was heisst und zu welchem Ende studiert man deutsch-jüdische Literaturgeschichte?' Prolegomena zu einem Forschungsprojekt," p.125.

84 예컨대 한스 쉬츠는 "1945년 이전의 독일 유대문학의 윤곽은 갑자기 끝나 회복할 수 없다"고 진단했다. Hans Schütz, *Juden in deutschen Literatur*(Munich, 1992), p.26 이하. 여기서는 Stéphane Mosès und Albrecht Schöne, *Juden in der deutschen Literatur*, p.11, Paul O'Doherty, "German-Jewish Writers and Themes in GDR Fiction," *German Life and Letters*, 49(1996), p.271 재인용.

85 1959년까지 베를린의 "유대 출판사"를 이끌어왔던 지그문트 카츠넬손은 1935년 『독일 문화권의 유대인』을 출간한 바 있다. 출간 당시 나치에 의해 출판 금지조치를 당한 이 책은 1959년 3월 카츠넬손이 사망한 그해 다시 출간되었다. 카츠넬손의 서문과 1915년 노벨 물리학상 수상자인 리하르트 빌슈테터Richard Willstätter의 추천사가 실린 이 책은 독일에서 문학, 영화, 연극 등 예술 전 분야와 자연과학을 비롯한 전 학문 영역에서 유대인의 역할을 기술하고 있다. 카츠넬손은 이 책이 독일 유대 사상과 학문의 결산으로서 "몰락하는 독일의 유대 정신의 기념비"라고 밝혔다. "이 책은 학문과 예술, 정치와 경제 분야에서 독일 유대인이 함께 동참한 것을 역사적으로 고찰하려는 노력이다. 요컨대 1933년까지 독일어권에서의 문화적 사회적 삶에 관한 기록이다. …… 나는 독자들에게 최근 150년 동안 독일 문화계에 유대인들이 기여한 동참에 관한 역사적 자료들을 가능한 완전하게 알리고 싶었다." Siegmund Kaznelson(ed.), *Juden im Deutschen Kuturbereich. Vorbemerkung*, Berlin(Jüdische Verlag, 1959).

86 같은 책, p.23.

제2장 더불어 사는 공동체를 위한 문학: 순혈주의의 극복을 위하여

1 Helmut Kreuzer, "Gastarbeiter-Literatur, Ausländer-Literatur, Migranten-Literatur?" *Zeitschrift für Literaturwissenschaft und Linguistik*, 56(1984), p.8.

2 박범신, 하종오, 방현석 같은 작가들은 외국인 노동자의 고된 현실을 형상화했으며, 『완득이』는 영화로도 제작되었다. 이 외에 국제결혼 문제를 이주 여성의 삶과 탈북 여성을 중심으로 한 작품도 출간되었다.

3 Ruth Mager, "Diaspora," in Ansgar Nünig(ed.), *Literatur- und Kulturtheorie*(Weimar 2008), p.128.

4 Jana Evans Braziel und Anita Mannur, "Nation, Migration, Globalization. Points of Contention in Diaspora Studies," in Jana Evans Braziel und Anita Mannu(ed.), *Theorizing Diaspora*(Oxford, 2003), p.4.

5 Ute Gerhard, "Neue Grenzen-andere Erzählungen? Migration und deutschsprachige

Literatur zu Beginn des 20. Jahrhunderts," *Text+Kritik(Sonderband: Literatur und Migration)*, München(2006), p.22.

6   같은 글, p.22.

7   Stefan Zweig, *Die Welt von Gestern. Erinnerungen eines Europäers*(Frankfurt/M., 1994), p.469.

8   Rainer Münz, "Migration als politische Herausforderung. Deutschland im europäischen Vergleich," *Internationale Politik*, H.4(1999), p.20.

9   Saskia Sassen, *Migranten, Siedler, Flüchtlinge. Von der Massenauswanderung zur Festung Europa*(Frankfurt/M, 1997), p.121.

10 Rainer Münz, "Migration als politische Herausforderung. Deutschland im europäischen Vergleich," p.19.

11 Herta Müller, "Es möge deine letzte Trauer sein," *DIE ZEIT*, August 11, 1995.

12 Herta Müller, *Passport* (London, 1989). 그리고 *Reisende auf einem Bein*(München, 2010) 참조.

13 Hisashi Yano, "Migrationgeschichte," in Carmine Chiellino(ed.), *Interkulturelle Literatur in Deutschland*(Stuttgart/Weimar, 2000), pp.1~17 참조. 독일 내 외국인 노동자 수는 독일이 노동력을 수입하기 시작하면서 급증했는데 1960년대 초반 28만 명에서 10년 후에 10배나 늘었다. 이 시기 서독 정부와 노동계에선 외국인 고용을 가장 적절한 수단으로 받아들였다. 외국인 노동자들이 전체 고용시장에서 차지하는 비율은 1980년대부터는 15%를 유지하고 있다. Klaus J. Bade, "Einheimische Ausländer: 'Gastarbeiter'-Dauergäste-Einwanderer," in Klaus J. Bade(ed.), *Deutsche im Ausland. Fremde in Deutschland. Migration in Geschichte und Gegenwart*(München, 1993), p.394 이하 참조.

14 Zafer Şenocak, "Du bist ein Arbeitsknochen," in Irmgard Ackermann(ed.), *Türken deutscher Sprache*(München, 1984), p.90.

15 Yüksel Pazarkaya, "Vom Kulturschock zur Klultursynthese," in Christian Schaffernicht(ed.), *Zu Hause in der Fremde. Ein bundesdeutsches Ausländer-Lesebuch* (Bremen, 1981), p.99.

16 Franco Biondi und Rafik Schami, "'Literatur der Betroffenheit'. Bemerkungen zur Gastarbeiterliteratur," in Christian Schaffernicht(ed.), *Zu Hause in der Fremde. Ein bundesdeutsches Ausländer-Lesebuch*, p.124.

17 동구권 사회주의 몰락 이후 이러한 경향은 더욱 확연하게 나타났는데 1990년대 가장 많은 난민이 유입되어 수용한 국가가 독일이다. 이들의 출신 국가는 주로 구소비에트 연방과 동유럽의 가난한 나라들이다. 동유럽의 변화는 이주 흐름의 전체를 완전히 다르게 만들었

다. Saskia Sassen, *Migranten, Siedler, Flüchtlinge. Von der Massenauswanderung zur Festung Europa*, p.223 이하 참조.

18 이탈리아 출신의 사람들은 1951년부터 이주민들을 위한 주간잡지 *Corriere d'Italia*를 발간한 바 있다.

19 이에 관해서는 다음 논문을 참조할 것. 박정희, 「최근 독일어권 문학에서 이주자 문학의 현황」, ≪독일문학≫, 91집(2004), 187~206쪽. 'Südwind Literatur'로 바뀐 것은 편집자의 의도를 반영한 것으로 주제의 지엽성과 한계를 극복하고 외국인 작가의 텍스트를 사회 기록물로밖에 인정받지 못한 경향을 극복할 필요성을 느꼈기 때문이었다. Heidrun Suhr, "Ausländerliteratur. Minority Literature in the Federal Republic of Germany," *New German Critique*, 46(1989), p.80. 이탈리아 출신 노동자들을 중심으로 이주자를 위한 주간지 *Corriere d'Italia*가 발간된 1951년을 이주노동자 문학의 시초로 보고 있다. Franco Biondi und Rafik Schami, "Literatur der Betroffenheit," p.132 참조.

20 Immcolate Amodeo, "Verortung. Literatur und Literaturwissenschaft," in Wolfgang Asholt, Marie-Claire Hoock-Demarle Kinda Koiran und Katja Schubert(ed.), *Literatur(en) ohne festen Wohnsitz*(Tübingen, 2010), p.4. 그리고 최윤영, 「낯섦, 향수, 소외, 차별. 독일 초기 이민문학의 동향과 정치시학」, ≪독일문학≫, 102집(2007), 156~162쪽 참조.

21 Heidrun Suhr, "Ausländerliteratur. Minority Literature in the Federal Republic of Germany," p.72. 프랑코 비온디와 라픽 샤미는 외국인 작가의 입장에서 이렇게 말한 바 있다. "이 문학의 중요한 테마는 경제적 이유 때문에 어쩔 수 없이 고향을 떠났거나 정치적 문제로 인해 추방당해야 했던 자신의 운명, 낯선 환경에서 느끼는 고립감과 외로움, 고향에 대한 그리움입니다." Franco Biondi, und Rafik Schami, "Literatur der Betroffenheit," p.125. 다음 시 참조. "만수르는 몇 년 전 고향을 떠나/ 독일에 왔다/ 그는 축복의 땅으로 왔다/ 배고픔과 고된 일/ 종살이도 없을 거라는 말을 듣고/ 그 약속은 바람보다 더 허망했다/ 여전히 계속되는/ 고통과 뼛속의 상처/ 살갗 아래/ 파고드는 열병" Jusuf Naoum, "Das gelobte Land," in Christian Schaffernicht(ed.), *Zu Hause in der Fremde. Ein bundesdeutsches Ausländer-Lesebuch*, p.34.

22 1939년생인 터키 출신의 아라스 외렌은 이주노동자 출신이 아닌 지식인 전업 작가이자 방송 편집인으로 활동하면서 이미 '독일 작가'의 반열에 오른 인물이다. 제노칵은 이슬람과 오리엔트 그리고 터키 문화에 대한 편견에 맞선 작가였다. 이러한 노력의 일환으로 그는 1980년대 이슬람 정통 신비주의자 유누스 엠레Yunus Emre의 텍스트를 독일어로 번역했다. 이러한 노력은 독일문화와 거리를 두는 것이 아니라 독일인들이 독일 사회의 문화적 색채를 더욱 다양하고 풍성하게 하려는 의도라고 밝힌 바 있다. 1947년생으로 이탈리아에서 온 비온디는 1965년 독일에 와서 화학 노동자, 광산 노동자, 컴퓨터 회사의 배달원을 전전

한 후 아비투어를 치루고 심리학을 전공했다. 그는 1970년대부터 이탈리아어와 독일어로 창작활동을 했다.

23   Franco Biondi und Rafik Schami, "Literatur der Betroffenheit," p.128.

24   Nora Moll, "Migrantenliteratur in Italien und Europa: Modelle in Vergleich," *Neohelicon*, 35(2008), p.80.

25   비독일어권 작가의 문학에 대한 학계의 첫 관심은 "Gastarbeiterliteratur"라는 주제로 1982년 아헨에서 개최된 DaF 10차 연례회의였다. 여기서는 DaF 상호문화교육 분야에서 외국인 문학이 논의되었다. 1985년 뮌헨 인슈티튜트의 홈부르크 회의의 주제는 "독일문학은 하나만이 아니다 Eine nicht nur deutsche Literatur!"였다. 이 회의는 "독일문학계에서 외국인 작가의 작품에 대한 자기이해와 가치를 표현하고자 했으며 독일 작가와 비평가, 독문학자들과의 대화를 모색한 첫 번째 시도"였다. Irmgard Ackermann und Harald Weinrich (ed.), *Eine nicht nur deutsche Literatur. Zur Standortbestimmung der Ausländerliteratur* (München, 1986).

26   Irmgard Ackermann(ed.), *Als Fremder in Deutschland* (München, 1982), 그리고 *In zwei Sprachen leben*(München, 1983)와 *Türken deutscher Sprache*(München, 1984).

27   Dietrich Krusche, "Die Deutschen und Die Fremden. Zu einem durch fremde Auge 'gebrochenen' Deutschlandbild," 'Nachwor,' *Als Fremder in Deutschland*, p.191 이하.

28   Nilüfer Kuruyazici, "Stand und Perspektiven der türkischen Migrantenliteratur. unter dem Aspekt des 'Femden' in der deutschsprachigen Literatur," in Eijiro Iwasaki(ed.), *Akten des VIII Internationalen Germanisten-Kongresp. Bd.8, Begegnung mit dem "Fremden."* Grenzen-Traditionen-Vergleich (Tokyo, 1990), p.95.

29   Hülya Özkan und Andrea Wörle(ed.), 'Vorwort,' *Eine Fremde wie ich*, p.8.

30   Karl Esselborn, "Von der Gastarbeiterliteratur zur Literatur der Interkulturalität. Zum Wandel des Blicks auf die Literatur kultureller Minderheiten in Deutschland," p.70.

31   이 문학의 명칭은 Gastarbeiterliteratur, Ausländerliteratur 이외에도 "Migrantenliteratur, Kleine Literatur, Minderheitenliteratur, Immigrantenliteratur, Interkulturelle Literatur, Multikulturelle Literatur, Mehrkulturelle Literatur" 등 다양하다. Mehmet Ünlüsoy, "Kommunikationsstörungen und Konfrontationen zwischen Deutschen und Ausländern in der Migrationsliteratur," in Jean-Marie Volentin(ed.), *Akten des XI Internationalen Germanistenkongress Paris 2005 "Germanistik in Konflikt der Kulturen" Bd.6. Migrations-, Emgration-und Remigrationskulturen. Multikulturalität in der zeitgenössischen deutschsprachigen Literatur* (Bern, 2007), p.127; 박정희, 「최근 독일어권 문학에서 이주자 문학의 현황」, 189쪽.

32   Franco Biondi, Rafik Schami, "Literatur der Betroffenheit," p.134 이하.

33   용어를 둘러싼 논란에 관해서는 Karl Esselborn, "Von der Gastarbeiterliteratur zur Literatur der Interkulturalität. Zum Wandel des Blicks auf die Literatur kultureller Minderheiten in Deutschland," p.54 참조. 물론 이 역시 다양한 함의와 사회적·문화적 의미를 담기에 충분한 것은 아니다. "이주노동자 문학"이 제한적이며 부정적인 의미를 내포하듯, 이 용어들도 이 문학이 태동한 독일의 고유한 상황을 표현하기엔 너무 일반적이기 때문이다. Heidrun Suhr, "Ausländerliteratur. Minority Literature in the Federal Republic of Germany," p.74. "외국인 문학"이라는 용어 역시 자국민과 외국인이라는 차별성이, "이주노동자 문학"은 외국인이 일을 위해 독일로 이주한 것에 한정시킴으로써 다른 이유로 독일에 온 작가들을 제외시키는 개념적 한계를 내포한다.

34   초기 독일 외국인 문학에서는 여성문학으로서의 특성이 도드라지지 않았지만 1985년, 외국인 여성 작가의 작품집 두 권이 출판됨으로써 이른바 "외국인"이자 "이주 여성"으로서 이들의 목소리가 집약되었다. Hülya Özakin und Andrea Wörle(ed.), 'Vorwort,' *Eine Fremde wie ich*. 그리고 Luisa Costa Hölzl, Eleni Torossi(ed.), *Freihändig auf dem Tandem*(Kiel, 1985) 참조.

35   1990년 도쿄, 1995년 밴쿠버, 그리고 2005년 파리에서 개최된 국제독어독문학자 회의. 1990년 회의는 다음 자료를 참조할 것. Eijiro Iwasaki(ed.), *Akten des VIII Internationalen Germanisten-Kongresp. Bd.8, Begegnung mit dem "Fremden."* Grenzen-Traditionen-*Vergleich* 참조. "문화갈등 속에서의 독어독문학"의 주제로 2005년 8월 파리에서 개최된 회의는 Jean-Marie Volentin(ed.), *Akten des XI Internationalen Germanisten-kongress Paris 2005 "Germanistik in Konflikt der Kulturen" Bd.6. Migrations-, Emgration-und Remigrationskulturen. Multikulturalität in der zeitgenössischen deutschsprachigen Literatur* 참조.

36   Karl Esselborn, "Von der Gastarbeiterliteratur zur Literatur der Interkulturalität. Zum Wandel des Blicks auf die Literatur kultureller Minderheiten in Deutschland," p.57.

37   Wolfgang Welsch, "Transkulturalität," *Universitas*, 52(1997), p.19.

38   얼마 전까지 사회학에서조차 "낯섦의 경험Fremdheitserfahrung"에 관한 연구는 거의 이루어지지 않았다. 이와 관련한 기존 논문들에서 그동안 "타자"는 민족이나 국가의 구분에 따라 타자(성)로 인식하고 규정했으나, 2000년대 이후 낯섦의 경험은 민족의 구분에 의한 타자에만 국한되는 것이 아니라 동질적인 문화 구성원 내에서도 나타나는 것으로 보고 있다. R. Stichweh, "Der Fremde. Zur Soziologie der Indifferenz," in H. Münkler(ed.), *Furcht und Faszination* (Berlin, 1997), pp.45~64 참조; Alios Hahn, "Die soziale Konstruktion des Fremden," in Walter M. Sprondel(ed.), *Die Objektivität der Ordnungen und ihre*

kommunikative Konstruktion(Frankfurt/M., 1994), pp.140~163.

39 Horst Stenger, "Soziale und kulturelle Fremdheit," *Zeitschrift für Soziologie*, 27. H.1(1998), p.20 이하 재인용.

40 같은 글, p.24.

41 문제는 타자성의 고착화가 문화적 인종주의로 연결될 우려가 있다는 점이다. 모든 문화는 자율적으로 형성되지만 다른 문화와 어느 정도의 경계를 갖느냐에 따라 문화적 인종주의 나 분리주의 경향을 띠기 마련이다.

42 Harald Weinrich, "Gastarbeiterliteratur in der Bundesrepublik Deutschland," *Zeitschrift für Literaturwissenschaft und Linguistik*, 56(1984), p.14. 포르투갈에서 태어나 11세에 독일에 온 안나는 어린 시절 독일의 이미지를 이렇게 표현한다. "그 나라는 '젖과 꿀이 흐르는' 나라로 여겨졌다. …… 아이들이 매일 초콜릿과 과자, 사탕을 먹을 수 있고 바라는 건 모두 이룰 수 있는 그런 나라였다. 고향에 있을 때 독일이라는 신기한 나라에 대해 그렇게 들었다." Anna Christina de Jesus Dias, "Wohin gehöre ich?" *In zwei Sprachen leben*, p.22.

43 Jean Apatride, "Das Haus," in *Als Fremder in Deutschland*, p.13.

44 Hülya Özkan und Andrea Wörle(ed.), 'Vorwort,' *Eine Fremde wie ich*, p.81.

45 Melek Baklan, "Die Flucht," *Eine Fremde wie ich*, pp.13~37.

46 여성 독문학자들은 독일 이주외국인 여성문학에 관심을 보였는데, 이들의 글을 통해 문화학과 포스트콜로니얼 이론에서 핵심 쟁점으로 등장한 제3세계 페미니즘 담론의 논거를 찾을 수 있으리라 보았기 때문이다. Petra Günther, "Die Kolonisierung der Migranten-literatur," in Christof Hamann/Cornelia Sieber(ed.), *Räume der Hybridität. Postkoloniale Konzepte in Theorie und Literatur* (Hildesheim, 2002), p.153 참조.

47 Franco Biondi, "So ein Tag, so wunderschön wie heute," in Franco Biondi et al.(ed.), *Im neuen Land* (Bremen, 1980), p.92~99 참조.

48 Horst Stenger, "Soziale und kulturelle Fremdheit," *Zeitschrift für Soziologie*, p.22.

49 Irmgrad Ackermann, "Integrationsvorstellungen und Integrationsdarstellungen in der Auslän-derliteratur," *Zeitschrift für Literaturwissenschaft und Linguistik*, 56(1984), p.38.

50 Christian Schaffernicht(ed.), *Zu Hause in der Fremde. Ein bundesdeutsches Ausländer-Lesebuch*, p.136.

51 Alios Hahn, "Die soziale Konstruktion des Fremden," p.155.

52 Birol Denizeri, "Tote Gefühle," *In zwei Sprachen leben*, p.185 이하.

53 Siegrid Weigel, *Die Stimme der Medusa. Schreibweisen in der Gegenwartsliteratur von Frauen*(Dülmen-Hiddingesel, 1987), p.108. 여기서는 Heidrun Suhr, "'Heimat ist, wo ich waschen kann' Ausländerinnen schreiben deutsche Literatur," in Eijiro Iwasaki(ed.),

Akten des VIII Internationalen Germanisten-Kongresp. Bd.8, Begegnung mit dem "Fremden." Grenzen-Traditionen-Vergleich, p.74에서 재인용.

54 토마스 프리만도 "현대문학에서의 마이너리티의 목소리", 즉 독일 외국인 문학을 비롯한 소수문학의 특성을 다섯 가지로, 첫째 "차별로 인한 고독 및 고향 상실의 정서", 둘째 "여행 및 도피의 모티브", 셋째 "두 개의 세계, 서로 다른 문화권 사이에서 정체성을 찾는 노력", 넷째 "주변부 문화와 주류 세계에서의 긴장", 다섯째 "타자성의 드러냄과 마스크를 쓰면서 적응하는 것 사이의 상호작용"으로 분류하고 있다. Thomas Freeman, "Deutschland als multikulturelle Gesellschaft. Stimmen von Minoritäten in der neueren Literatur," In Ernest W. B. Hess-Lüttich et al.(ed.), *Fremdverstehen in Sprache, Literatur und Medien* (Frankfurt/M., 1996), p.274~278 참조.

55 Ertunç Barin, "Eine integrierte Familie," *Türken deutscher Sprache*, p.117~122.

56 Dora Ott, "Der große Traum," *Als Fremder in Deutschland*, p.130.

57 Birol Denozeri, "Das verlorene Gesicht," *Als Fremder in Deutschland*, p.16~18 참조.

58 Irmgard Ackermann(ed.), *Türken deutscher Sprache*, p.117~118.

59 Miachel Hofmann, "Die Vielfalt des Hybriden. Zafer Şenocak als Lyriker. Essayist und Romancier," *Text+Kritik*, p.48.

60 Landkreis Marburg-Biedenkopf Jugendbildungswerk(ed.), *Hier war ich Niemand* (Marburg, 1993), p.56.

61 Franco Biondi, "Die Trennung," in Franco Biondi, Jusuf Naoum und Rafik Schami(ed.), *Annäherungen*(Bremen, 1982), p.96~106 참조.

62 예를 들면 Luísa Hölzi-Costa Birol, "Eine unheimliche Frau," *In zwei Sprachen leben*, p.112~115; Nobert Ndong, "Wie ein Fisch im Wasser," *In zwei Sprachen leben*, p.68~79; Alev Tekinay, "Die Heimkehr oder Tante Helga und Onkel Hans," *Türken deutscher Sprache*, p.40~51; Franco Biondi, *Passavantis Rückkehr*(München, 1985) 등을 들 수 있다.

63 Tülin Emircan, "Entfremdung," *Als Fremder in Deutschland*, p.20.

64 Irmgard Ackermann(ed.), *Türken deutscher Sprache*, p.226.

65 같은 책, p.216.

66 Landkreis Marburg-Biedenkopf Jugendbildungswerk(ed.), *Hier war ich Niemand*, p.26 이하.

67 Mehmet Aziz Cesmeli, "Ein perfekter Mechanismus?" in Norbert Ney(ed.), *Sie haben mich zu einem Ausländer gemacht...*(Reinbek, 1984), p.92.

68 Asghar Khoshnavaz, "Als lebende Schachfigur spiele ich nicht mit," *Sie haben mich zu*

einem Ausländer gemacht···, p.17.

69 "당신 운전면허증은 있어? 아니요!/ 남자친구는? 아니요!/ 그럼 나하고 잘래? 싫어요!/ 그래, 그럼 독일에서 뭐 하려고?" Elisabeth Gonçal, "Bekanntschaft," *Als Fremder in Deutschland,* p.63.

70 Jusuf Naoum, "Als Hund," in Franco Biondi et al.(ed.), *Im neuen Land,* p.77.

71 Nobert Ndong, "Im Land Weißen," *Als Fremder in Deutschland,* p.27~43.

72 Fanny Atheras, "Dritte Welt," *Eine Fremde wie ich,* p.80.

73 Thomas Freeman, "Deutschland als multikulturelle Gesellschaft. Stimmen von Minoritäten in der neueren Literatur," p.278.

74 Levent Aktoprak, "Entwicklung," *Als Fremder in Deutschland,* p.67; Norbert Ney(ed.), *Sie haben mich zu einem Ausländer gemacht...,* p.110.

75 Christian Schaffernicht(ed.), *Zu Hause in der Fremde. Ein bundesdeutsches Ausländer–Lesebuch,* p.11.

76 Heidrun Suhr, "Ausländerliteratur. Minority Literature in the Federal Republic of Germany," p.98.

77 Peter Schneider, "'Selim blieb ein Einzelkind'. In der zeitgenössischen deutschen Literatur gibt es kaum Türken, Polen oder Italiener," *Die ZEIT,* May 4, 2006.

78 독일어권 청소년 문학에 나타난 이주의 주제는 먼 낯선 나라의 문화와의 대면, 동화, 다문화성, 이주사회에서의 주류 문화 등 다양한 테마를 담고 있다. 청소년문학의 테마로서의 '이주'에 관해서는 다음 논문을 참조할 것. Heidi Rösch, "Migration in der deutschsprachigen Kinder- und Jugendliteratur," *Text+Kritik,* pp.222~232 참조.

79 Landkreis Marburg-Biedenkopf Jugendbildungswerk(ed.), *Hier war ich Niemand,* p.23.

80 같은 책, p.28.

81 Miachel Hofmann, "Die Vielfalt des Hybriden. Zafer Şenocak als Lyriker. Essayist und Romancier," p.50.

82 특히 제노칵의 이 텍스트를 참조할 것. "자기 나라 시민의 민족적·문화적 정체성을 동일한 것으로 간주하고, 그것을 위해 일차적으로 이들의 뿌리를 혈통에 근거하는 방향으로 치닫는 나라에서 결코 마이너리티들은 뿌리를 내릴 수 없다. 그들은 손님 대접은 받겠지만, 인정받거나 받아들여지진 못할 것이다"(Zafer Şenocak, *Atlas des tropischen Deutschland,* p.25).

83 "사람들은 내가 어떤 말로 꿈을 꾸는지 알고 싶어 한다. 그 물음에 답할 수 없지만 나는 랭보, 첼란, 아이히, 후헬 그리고 바흐만과 같은 시인에게 끌리고 있음을 느낀다. 카프카와 카뮈의 소설들이 야사르 카멜의 작품보다 내겐 더 중요하다." Zafer Şenocak, *Gefährliche*

Verwandtschaft(Berlin, 1998), p.107.

84 같은 책, p.107.

85 Zafer Şenocak, *Atlas des tropischen Deutschland,* p.28.

86 팔레비 치하에서 이란은 서구 산업의 원료공급지로 전락했고 정치경제적·문화적으로 서
방에 종속되었다. 그러나 팔레비 왕조를 무너뜨린 "검은 터번을 쓴 남자", 호메이니의 등
장으로 절대왕정 권력은 이슬람 근본주의 체제로 대체되었을 뿐이다. 40년 가까이 독일
에 살고 있는 사이드는 지난 2000년 독일 펜클럽 중앙회 회장으로 선출된 바 있다.
Thomas Baginski, "Von Mullahs und Deutschen: Annäherung an das Werk des iranischen
Exillyrikers Said," *The German Quarterly*, vol.74, no.1(2001), p.22 참조.

87 SAID, *Wo ich sterbe ist meine Fremde*(München, 2000), p.41 이하.

88 SAID, *Der lange Arm der Mullahp. Notizen aus meinem Exil*(München, 1995), p.116
이하.

89 같은 책, p.117.

90 Herta Müller, "Es möge deine letzte Trauer sein."

91 SAID, *Der lange Arm der Mullahs*, p.136. '새로운 피부'로 덧붙여진 자화상을 사이드는
「카멜레온의 고백」에서 이렇게 읊는다. "내 안에는 두 개의 강물이 흐른다. 이쪽은 페르
시아, 저쪽은 독일의 강 …… 두 강은 나를 카멜레온, 색깔 없는 카멜레온으로 변신시킨
다. 그 카멜레온은 두 개의 강을 모두 떠날 수 없음을 안다. …… 때때로 카멜레온은 두 강
물 사이를 멋지게 뛰어다니며 손님의 언어로, 자유의 언어로 글을 만든다. 이 동물의 몸은
낯선 언어의 안온함을 향유한다." SAID, "bekenntnisse eines chamäleons," in *Text+Kritik,*
p.59 참조.

92 SAID, "'Die erste und für mich wichtigste Gemeinsamkeit ist die Sprache'. Gespräche mit
Gino Chiellino," *Die Reise hält an. Ausländische Künstler in der Bundesrepublik* (Mü
nchen, 1988), p.87, 여기서는 Thomas Baginski, "Von Mullahs und Deutschen: Annä
herung an das Werk des iranischen Exillyrikers Said," p.26에서 재인용.

93 1950년 이란에서 태어난 나스린 지게는 독일에서 심리학을 전공한 후 4년 동안(1987~
1991) 잠비아와 탄자니아에서 살았다. 홈페이지(http://nasrin-siege.com)를 통해 그녀는
특히 제3세계 아동의 문제를 환기시키고 있다.

94 Nasrin Siege, Juma. *Ein Straßenkind aus Tansania*(Hamburg, 1998) 참조.

95 http://www.dogodogocentre.com/en

96 Nasrin Siege, *Juma. Nachwort,* p.158 이하.

97 Nasrin Siege, *Sombo. Das Mädchen vom Fluss*(Hamburg, 1984) 참조.

98 이 두 사람 이외에 문단에 당당히 이름을 알리며 인정받고 있는 작가로는 가지 압델 콰드

르Ghazi Abdel-Qadir와 아나트 쿠마르를 꼽을 수 있다. 팔레스타인 출신의 가지 압델 콰드르는 아랍 출신 사람들의 문화와 분쟁 지역인 팔레스타인과 이스라엘 점령지에서의 평화와 화해의 희망을, 인도 출신의 아나트 쿠마르의 작품에는 독일에 살고 있는 인도 사람들의 삶과 문화에 관한 진솔한 이야기가 담겨 있다. Ghazi Abdel-Qadir, *Die sprechenden Steine*(Weisheim, 1998); Anant Kumar, *Ein Inder in Deutschland*(Schweinfurt, 2008).

99   Heidrun Suhr, "Ausländerliteratur. Minority Literature in the Federal Republic of Germany," p.99.

100   Miachel Hofmann, "Die Vielfalt des Hybriden. Zafer Şenocak als Lyriker. Essayist und Romancier," p.54.

101   Peter Schneider, "'Selim blieb ein Einzelkind'. In der zeitgenössischen deutschen Literatur gibt es kaum Türken, Polen oder Italiener."

102   Mirjam Gebauer, "Network and Movement. Two Tropes in Recent German Migration Literature and Film," in Mirjam Gebauer, Pia Schwarz Lausten(ed.), *Migration and Literature in Contemporary Europe*(München, 2010), p.114 이하.

103   Miachel Hofmann, "Die Vielfalt des Hybriden. Zafer Şenocak als Lyriker. Essayist und Romancier," p.58.

제3장 포스트콜로니얼과 독일 현대문학

1   Uwe Timm, *Morenga*(München, 2000).

2   Dirk Göttsche, "Der neue historische Afrika-Roman. Kolonialismus aus postkolonialer Sicht," in *German Life and Letters*, 56(2003), p.266. 그리고 Hugh Ridley, "Die Geschichte gegen den Strich lesend. Uwe Timms *Morenga*," in Anne Fuchs und Theo Harden(ed.), *Reisen im Diskurs: Modelle der literarischen Fremderfahrung von den Pilgerberichten bis zur Postmoderne*(Heidelberg, 1995), p.367 이하.

3   '성찰적 전환'은 기존 문화인류학 및 민족학의 주류 담론에서 타자를 기술함에 있어 유럽 중심적인 재현에 대한 반성의 일환으로 제기되었다. 아울러 성찰의 방향을 타자가 아닌 자신에게 돌려놓음으로써 각 학문 분야에서의 타자에 대한 독점적 이해 방식에 문제를 제기한다. Doris Bachmann-Medick, *Cultural Turns. Neuorientierung in den Kulturwissenschaften*(Hamburg, 2006), pp.144~183 참조.

4   Franziska Schößler, *Literaturwissenschaft als Kulturwissenschaft*(Tübingen, 2006), p.144. 그리고 Bronfen Elisabeth, Marius Benjamin und Steffen Therese(ed.), *Hybride Kulturen*.

Beiträge zur anglo-amerikanischen Multikulturalismusdebatte(Tübingen, 1997), p.8 이하 참조.

5   Doris Bachmann Medick, *Cultural Turns*, p.185.

6   로버트 J. C. 영, 『백색신화』, 김용규 옮김(경성대학교 출판부, 2008) 참조.

7   Paul Michael Lützeler, "Postkolonialer Diskurs und deutsche Literatur," in P. M. Lutzeler(ed.), *Schriftsteller und "Dritte Welt." Studien zum postkolonialen Blick*(Tübingen, 1998), p.9 이하.

8   Doris Bachmann Medick, *Cultural Turns*, p.196.

9   그래서 독일의 식민 담론에서는 또 다른 의미의 "독일적인 특수성" 문제가 제기되곤 한 다. 즉, 제국주의 독일이 식민 패권을 행사한 기간이 짧았기에 "식민지 없는 식민주의 Kolonialismus ohne Kolonien"의 특성을 갖는다는 것이다. 그러나 이 때문에 수잔네 잔톱은 독 일인들이야말로 "양심의 가책 없이 식민지에 대한 환상"을 가질 수 있었다고 지적한다. Susanne Zantop, *Colonial Fantasies. Conquest, Family and Nation in Precolonial Germany 1770-1870*(Duke Univ. Press, 1997), 여기서는 Herbert Uerlings, "Koloniale Diskurs und deutsche Literatur. Perspektiven und Probleme," in Herbert Uerlings(ed.), *(Post-)Kolonialismus und Deutsche Literatur. Impulse der angloamerikanischen Literatur- und Kulturtheorie*(Bielefeld, 2005), p.39 재인용. 위르겐 오스터하머도 19세기 말 독일 제국은 "영토 면에서 세 번째, 토착민 수에서는 다섯 번째 식민제국이었다는 엄연한 사 실"을 외면함으로써 독일에서 식민주의 담론이 활발하게 논의되지 못하게 만든, '두텁 게 드리워진 베일'을 지적한다. 이에 관해서는 다음 책을 참조할 것. Jürgen Osterhammer, *Kolonialismus. Geschichte, Formen, Folgen*(München, 2001).

10 Herbert Uerlings, "Koloniale Diskurs und deutsche Literatur," p.40.

11 같은 글, p.41.

12 Paul Michael Lützeler(ed.), *Schriftsteller und "Dritte Welt," Studien zum postkolonialen Blick*(Tübingen, 1998); Paul Michael Lützele(ed.), *Der postkoloniale Blick. Deutsche Schriftsteller berichten aus der Dritten Welt*(Frankfurt/M. 1997); Paul Michael Lützeler, *Postmoderne und postkoloniale deutschsprachige Literatur. Diskurs-Analyse-Kritik* (Bielefeld, 2005).

13 Paul Michael Lützeler, "Die Dritte Welt aus europäischer Perspektive. Postkoloniale Berichte deutschsprachiger Autoren," in P. M. Lützeler(ed.), *Europäische Identität und Multikultur. Fallstudien zur deutschsprachigen Literatur seit der Romantik*(Stuttgart, 1997), p.143.

14 Franziska Schößler, *Literaturwissenschaft als Kulturwissenschaft*, p.144.

15 Herbert Uerlings, "Koloniale Diskurs und deutsche Literatur," p.17.

16 같은 글, p.32.

17 Paul Michael Lützeler, "Die Dritte Welt aus europäischer Perspektive," p.144.

18 1972년 "파라다이스를 찾은 작가Dichter suchen ihrer Paradiese"라는 시리즈 기획 기사를 준비하던 《슈테른Stern》의 후원으로 마르틴 발저는 수백 년 동안 스페인과 영국의 식민지였던 트리나다드토바고를 여행한 적이 있다. 그러나 발저가 본 트리나다드토바고의 수도, 포르트오브스페인은 《슈테른》지의 취재 의도대로 기술할 수 있는 '파라다이스'가 아니라, 인종주의와 경제적 수탈에 신음하는 "지옥의 도시"였다. 발저는 이 나라가 진정한 파라다이스가 되려면 "신식민주의가 종식되어야 한다"고 기술했다. 《슈테른》은 발저의 비판적 르포를 싣지 않았다. 발저의 글을 그대로 하면 "세계의 참혹한 지역을 찾은 작가 Dichter suchen Elendsgebiete der Welt"라는 제목으로 바꾸어야 한다는 것이었다. Paul Michael Lützeler, "Die Dritte Welt aus europäischer Perspektive," p.149.

19 이 흐름은 1980년대에 출간된 이미 보마이어Bernd Bohmeier의 『주머니 속의 주먹Die Faust in der Tasche』과 하이제Gertraud Heise의 『검은 피부 속으로의 여행Reise in die schwarze Haut』 (1985)에서 포착되는데 이들 작품에서는 문화공간으로서의 아프리카를 유럽과 대립되는 상이 아니라 고유한 개성과 역사성을 가진 공간으로 받아들이고 있다.

20 Dirk Göttsche, "Cross-Cultural Self-assertion and cultural politics. African Migrant's writing in German since the late 1990s," *German Life and Letters*, 63(2010), p.55.

21 Chima Oji, *Unter die Deutschen gefallen. Erfahrungen eines Afrikaners*(Wuppertal 1992).

22 Nura Abdi, *Tränen im Sand*(Bergisch Gladbach, 2003); Fadumo Korn, *Geboren im Großen Regen. Mein Leben zwischen Afrika und Deutschland*(Reinbek bei Hamburg, 2004).

23 Dirk Göttsche, "Cross-Cultural Self-assertion and cultural politics," p.58 이하.

24 Obiora Ike (with Martin Lohmann), *Wende dein Gesicht der Sonne zu*(Munich, 2007); Luc Degla, *Das afrikanische Auge*(Schwülper 2007).

25 Dirk Göttsche, "Der neue historische Afrika-Roman," p.261. 최근 독일에서 출간된 아프리카 역사 및 문화 관련 책을 소개하면 다음과 같다. Rupert Neudeck, *Die Kraft Afikas* (München, 2010). 그리고 Asfa-Wossen Asserate, *Afrika. Die 101 wichtigsten Fragen und Antworten*(München, 2010).

26 Friedrich Brie, *Exotismus der Sinne*(Heidelberg, 1920), p.14. 여기서는 Adjaï Paulin Oloukpona-Yinnon, "Vom Kolonialroman zum Afrika-Roman," in Titus Heydenreich und Eberhard Späth(ed.), *Afrika in den Europäischen Literaturen zwischen 1860 und 1930*

(Erlangen, 2000), p.12에서 재인용. 표현주의 미술, 특히 아트 네그리Art nègre를 통해 아프리카는 당시 유럽 예술의 중요한 트렌드였다. 유럽은 비범한 아프리카 조각상과 가면에 매료되었다. 예컨대 독일 표현주의 예술에 지대한 영향을 준 칼 아인슈타인Carl Einstein의 『흑인 조각상Negerplastik』(1915)이 발표됨으로써 유럽인들은 아프리카 예술의 특성에 주목하기 시작했다.

27 Paul Michael Lützeler, "Postkolonialer Diskurs und deutsche Literatur," p.26.

28 Joachim Warmbold, *"Ein Stücken neudeutsche Erd…" Deutsche Kolonialliteratur. Aspekte ihrer Geschichte, Eigenart und Wirkung, dargestellt Afrikas* (Frankfurt/M., 1982), p.278. 여기서는 Adjaï Paulin Oloukpona-Yinnon, "Vom Kolonialroman zum Afrika-Roman," p.10에서 재인용. 독일 식민문학의 또 다른 대표적인 작가로는 구스타프 프렌젠을 들 수 있다. 이 두 사람의 작품은 다음과 같다. Gustav Frenssen, *Peter Moors Fahrt nach Sudwest*(Berlin, 1906); Hans Grimm, *Südafrikanische Novelle*(Frankfurt/M, 1913), Hans Grimm, *Volk ohne Raum*(München, 1926); Hans Grimm, *Lüderitzland* (München, 1936).

29 이에 관해서는 다음 문헌을 참고할 것. Rüdiger Sareika, *Die Dritte Welt in der westdeutschen Literatur der sechziger Jahre*(Frankfurt/M., 1980); Konstanze Streese, *Cric?-Crac! Vier literarische Versuche, mit dem Kolonialismus umzugehen*(Bern 1991); Joseph Gomsu, *Wohlfeile Fernstenliebe, Literarische und publizistische Annäherungsweisen der westdeutschen Linken an die Dritte Welt*(Opladen/Wiesbaden, 1998).

30 1960년대 이후 독일문학에 나타난 아프리카 관련 글로는 다음 논문을 참조할 것. Dirk Göttsche, "Der neue historische Afrika-Roman," p.262 이하. 그리고 Sonja Lehner, *Schwarz-weiße Verständigung. Interkulturelle Kommunikations prozesse in europä ischdeutschsprachigen und englisch-und französischsprachigen afrikanischen Romanen (1970-1990)* (Frankfurt/M., 1994), p.221 이하.

31 Dirk Göttsche, "Der neue historische Afrika-Roman," p.263 이하.

32 에드워드 W. 사이드, 『오리엔탈리즘』, 박홍규 옮김(교보문고, 2009), 125쪽 이하 참조.

33 이에 관해서는 다음 논문을 참조할 것. Paul Michael Lützeler, "Die Dritte Welt aus euro- päischer Perspektive," pp.141~158. 아울러 포스트콜로니얼적 관점에서 아프리카 담론을 다룬 1990년대 이후 소설로는 다음 작품들을 참조할 것. Corinne Hofmann, *Die weiße Massai*(München 1999); Ilona Maria Hilliges, *Die weiße Hexe. Meine Abenteuer in Afrika*(München, 2000); Cornelia Canady, *Tränen am Oubangui*(München, 2000).

34 Rupert Neudeck, *Die Kraft Afikas*, p.74.

35 Asfa-Wossen Asserate, *Afrika. Die 101 wichtigsten Fragen und Antworten*, p.29 이하;

Rupert Neudeck, *Die Kraft Afikas*, p.78. 100년이 지난 후인 2004년, 나미비아를 방문한 독일 경제협력부 장관이 헤레로 부족 대표를 만나 "독일이 헤레로 부족에게 각별한 책임을 느끼고 있다"고 사과한 바 있다.

36 팀이 이 작품에서 인용한 자료들은 독일제국 식민정책부의 자료와 독일군 총참모부의 전투 보고서, 전사록戰史錄『남서아프리카에서의 독일군의 전투』, 독일령 남서아프리카 총독부 문서, 당시 독일 신문 ≪도이체차이퉁≫ 기사와 학술서적 등이다.

37 Uwe Timm, *Morenga*, p.408.

38 Sabine Wilke, "'Hätte er bleiben wollen, er hätte anders denken und fühlen lernen müssen'. Afrika geschildert aus Sicht der Weißen in Uwe Timms Morenga," in *Monatshefte für deuschsprachige Literatur und Kultur*, 93(2001), p.339.

39 Mathilde Roussat, "Zusammenstoß/-spiel der Kulturen und Ästhetik der Montage in Uwe Timms Morenga," in Jean Marie Valentin(ed.), *Akten des XI. Internationalen Germanistenkongress Paris 2005: "Germanistik im Konfilkt der Kulturen" Bd.9. Divergente Kulturräume in der Literatur*(Bern, 2007), p.162.

40 Uwe Timm, *Morenga,* p.32. 원출처[Conrad R. Rust, *Krieg und Frieden* (Leipzig, 1905)] 직접 인용.

41 Uwe Timm, *Deutsche Kolonien*(München, 1981), p.7.

42 같은 책, p.11.

43 Christof Hamann, "Schwellenraum zwischen Himmel und Erde. Uwe Timms Roman *Morenga*," in Olaf Kutzmutz(ed.), *Uwe Timm-lauter Leserten. Beiträge zur Poetik der Gegenwartsliteratur*(Wolfenbüttel, 2009), p.18.

44 소설 뒷면에 실린 알프레드 안더쉬Alfred Andersch의 서평.

45 헤레로족의 봉기를 소재로 다룬 또 다른 소설로는 카이 마이어Kai Meyer의『광야의 여신』과 한스 크리스토프 부흐의『아프리카의 카인과 아벨』을 들 수 있다. Kai Meyer, *Göttin der Wüste*(München, 1999); Hans Christoph Buch, *Kain und Abel in Afrika* (Berlin, 2001) 참조.『광야의 여신』에서도 독일인들의 식민주의와 인종주의 세계관의 기저에는 사이비 아프리카상에 근거를 둔 신화와 왜곡된 성서 해석에 있음을 드러내고 있다. 또 다른 식민시대 비극적 역사를 다룬『아프리카의 카인과 아벨』은 르포 형식을 빌려 후투족 난민들에 대한 부족 살육을 소재로 삼고 있는데, "르완다 역사에서 독일의 식민통치에 대한 기억"을 불러일으키며 1890년대와 20세기 르완다 참상과의 연결을 떠올리게 하고 있다.

46 광산노동자 출신의 천재적 전략가이자 고결한 인품을 지닌 인물로 평가받는 야콥 모렝가의 지략은 당시 독일 제국군 내에서도 "검은 나폴레옹"이라고 불렸을 정도로 탁월했다. 끈

질긴 저항으로 맞섰으나 영국군과 합세한 독일 제국군에 패해 1907년 11월 20일 죽임을 당했다.

47 Uwe Timm, *Deutsche Kolonien*, p.83.

48 Uwe Timm, *Morenga*, p.6.

49 같은 책, p.7.

50 Bill Ashcroft, Gareth Griffiths und Helen Tiffin, *The Empire Writes Back. Theory and Practice in Post-Colonial Literatures*(London 1989/1994), p.83.

51 Uwe Timm, *Morenga*, p.21 이하.

52 Elke Frederiksen, "Reise-Kolonialismus-Kulturkonflikt. Zum Schreiben über fremde Welten in Uwe Timms *Morenga*," p.400.

53 Uwe Timm, *Morenga*, p.29.

54 같은 책, p.94.

55 같은 책, p.328.

56 같은 책, p.373 이하.

57 에드워드 W. 사이드, 『문화와 제국주의』, 박홍규 옮김(문예출판사, 2005), 156쪽 이하.

58 Bill Ashcroft, Gareth Griffiths und Helen Tiffin, *The Empire Writes Back. Theory and Practice in Post-Colonial Literatures*, p.38 참조.

59 Jost Hermand, "Afrika den Afrikanern! Timms *Morenga*," in Manfred Durzak, Hartmut Steinecke(ed.), *Archäologie der Wünsche: Studien zum Werk von Uwe Timm*(Köln, 1995), p.59 이하; Christof Hamann, "Schwellenraum zwischen Himmel und Erde. Uwe Timms Roman *Morenga*," p.22.

60 Uwe Timm, *Morenga*, p.66.

61 Sabine Wilke, "'Hätte er bleiben wollen, er hätte anders denken und fühlen lernen müssen'. Afrika geschildert aus Sicht der Weißen in Uwe Timms Morenga," p.352.

62 Uwe Timm, *Morenga*, p.39.

63 같은 책, p.394 이하.

64 같은 책, p.32[기록 문서 RKoIA2089(1904.12.4)에서 직접 인용].

65 같은 책, p.33.

66 Kora Baumbach, "Verdrängte Kolonialgeschichte. Zu Uwe Timms Roman *Morenga*," *Monatshefte für deuschsprachige Literatur und Kultur* 97(2005), p.223.

67 Uwe Timm, *Morenga*, p.266.

68 같은 책, p.273.

69 에드워드 W. 사이드, 『문화와 제국주의』, 421쪽.

70 Rupert Neudeck, *Die Kraft Afikas*, p.44.

71 Doris Bachmann Medick, *Cultural Turns*, p.152.

72 Uwe Timm, *Morenga*, p.73.

73 같은 책, p.280.

74 Kora Baumbach, "Verdrängte Kolonialgeschichte. Zu Uwe Timms Roman *Morenga*," p.220.

75 Uwe Timm, *Morenga*, p.359.

76 Rupert Neudeck, *Die Kraft Afikas*, p.47.

77 Sebastian Conrad, *Deutsche Kolonialgeschichte*(München, 2008), p.71.

78 Uwe Timm, *Morenga*, p.358.

79 같은 책, p.419.

80 같은 책, p.420.

81 Carmine Chiellino(ed.), *Interkulturelle Literatur in Deutschland*, p.53 이하.

제4장 "아프로도이치" 문학의 이해

1 Karein K. Goertz, "Showing Her Colors. An Afro-German Writes the Blues in Black and White," *Callalloo*, vol.26, no.2(2003) p.308.

2 May Ayim/Opitz, Katharina Oguntoye und Dagmar Schultz(ed.), *Farbe bekennen. Afro-deutsche Frauen auf den Spuren ihrer Geschichte*[Berlin, 2006(1986)]. (이하 FB로 요약해 본문에 표기).

3 May Ayim, *blues in schwarz weiss*(Berlin, 1995/2005).

4 May Ayim, *Grenzenlos und unverschämt*(Frankfurt/M., 2002).

5 Lucia Engombe, *Kind Nr. 95. Meine deutsch-afrikanische Odyssee*(Berlin, 2004). (이하 *Kind*로 요약해 본문에 표기).

6 Dirk Göttsche, "Cross-Cultural Self-assertion and cultural politics," p.67.

7 Harald Gerunde, *Eine von uns. Als Schwarze in Deutschand geboren*(Wuppetal, 2000). (이하 *Eine von uns*로 요약해 본문에 표기).

8 특히 이에 관해서는 다음 문헌을 참조할 것. Bruno Arich-Gerz, *Namibias Postkoloni-alismen. Texte zu Gegenwart und Vergangenheiten in Südwestafrika*(Bielefeld, 2008), p.99~125(제4장 "Lucia aus Ovamboland").

9 그 범위를 더 좁히면 "1945년 이후에 태어난 아프리카 혹은 아프리카계 외국인 출신의 이

중문화적인 독일인 그룹"이라고 정의하기도 한다. János Riesz, "Autor/in aus dem schwarzafrikanischen Kulturraum," in Carmine Chiellino(ed.), *Interkulturelle Literatur in Deutschland*, p.248; Leroy T. Hopkins, "Sricht, damit ich dich sehe! Eine afro-deutsche Literatur," in Paul Michael Lützeler(ed.), *Schreiben zwischen den Kulturen. Beiträge zur deutschsprachigen Gegenwartsliteratur* (Frankfurt/M., 1996), p.197 참조.

10 Karin Obermeier, "Afro-German Women: Recording Their Own History," *New German Critique*, 46(1989), p.174. 그리고 Anna K. Kuhn, "Voices from the Margin: Minority Writing in Germany," *Zeitschrift für Literaturwissenschaft und Linguistik*, 124(2001), p.117 참조. 독일의 인구조사 시스템에서는 인종을 기준으로 삼지 않기 때문에 이처럼 정확하지 않은 것이다.

11 Tina M. Campt, *Other German. Black Germans and the Politics of Race, Gender and Memory in the Third Reich*(Ann Arbor, 2004), p.19.

12 May Ayim, *Grenzenlos und unverschämt*, p.10.

13 스킨헤드족과 신나치주의자들은 혈통 중심의 독일인을 강조함으로써 아리안족의 순혈주의를 강조했고 독일계 미국인들 가운데 이들의 슬로건에 동조하는 사람들도 있었다. C. Aisha Blackshire-Belay, "The African Diaspora in Europe. African Germans Speak Out," *Journal of Black Studies*, vol.31, no.3(2001), p.271.

14 "Mohr와 Neger라는 용어는 독일 및 유럽과 아프리카와의 관계 변화를 반영한다. Mohr는 다른 피부색을 가진 사람들을 일컫는 가장 오래된 독일어로서, 중세에는 흑인과 백인 이방인을 구별하기 위해 사용된 말이다. 특히 이 개념을 특징짓는 것은 신체적인 다름의 특성과 낯선 신앙 관념이었다. 검은 피부색을 가진 사람들에 대한 폄훼는 특히 당시 교회 용어에서 찾을 수 있다. 예컨대 '이집트인'은 악마와 동의어였고 흑인은 악의 상징이었다. 이러한 종교적 편견은 급속도로 확산되었다. 18세기 들어 Neger는 Mohr라는 용어를 대체하는 독일식 표현으로, 오로지 흑인 종족만을 일컫는 용어가 되었다. 이 용어에는 아프리카 대륙에 대한 식민화 작업과 함께 아프리카를 하얀 대륙과 검은 대륙으로 나누는 이데올로기적 분리 의도가 담겨 있다"(FB, 26 이하).

15 "내가 여기서 자랐고 이곳에서 평생을 보냈다고 말했음에도 그다음엔 이런 질문이 뒤따르곤 했습니다. '그렇군요, 그럼 언제 돌아가세요?'"(FB, 158).

16 Tina M. Campt, "Afro-German Cultural Identity and the Politics of Positionality. Contests and Contexts in the Formation of a German Ethnic Identity," *New German Critique*, 58(1993), p.111.

17 그러나 그녀의 어린 시절은 매우 불행했다. 결국 그녀는 양부모와 결별하고 자신의 이름을 마이 아임으로 개명했다.

18 May Ayim, *Grenzenlos und unverschämt*, p.126.

19 ISD는 아프리카계 흑인 독일인들의 인권 향상에 주력했을 뿐만 아니라 외국 흑인운동과 연대하는 등 다양한 활동을 펼쳤으며 계간지 *Afro Look*을 발간했다. 두 단체의 웹사이트 참조. http://www.isdonline.de와 http://www.adefra.de

20 Karin Obermeier, "Afro-German Women: Recording Their Own History," p.172.

21 20대 젊은 나이에 학위논문을 위해 틈틈이 쓴 글이지만 풍부한 2차 자료를 통해 치밀하게 기술된 이 업적은 그녀의 학문적 역량을 보여주기에 충분했다.

22 Anna K. Kuhn, "Voices from the Margin: Minority Writing in Germany," p.120.

23 Karein K. Goertz, "Showing Her Colors. An Afro-German Writes the Blues in Black and White," p.306 이하.

24 Sonja Lehner, "'Unter die Deutschen gefallen.' Afrikanische Literatur deutscher Sprache und der schwierige Weg zur Interkulturalität," in M. Moustapha Diallo, Dirk Göttsche(Hrsg), *Interkuturelle Texturen. Afrika und Deutschland im Reflexionsmedium der Literatur*(Bielefeld, 2003), p.45.

25 이 텍스트들은 독일에서 아프리카인들의 삶과 일상의 경험을 진솔하게 보여주고 있다. 그 대표작으로 르완다 출신 난민의 삶을 그린 토마스 마짐파카 Thomas Mazimpaka의 『독일에서의 투치족』(1998)과 독일 남자와 결혼하기 위해 독일에 온 아프리카 이주 여성의 이야기를 형상화한 케냐 출신 미리암 크바란다의 『내 얼굴의 색깔』(1999)을 들 수 있다. Thomas Mazimpaka, *Ein Tutsi in Deutschland. Das Schicksal eines Flüchtlings*(Leipzig, 1998), Miriam Kwalanda, *Die Farbe meines Gesichts. Lebensreise einer kenianischen Frau* (Frankfurt/M., 1999) 참조.

26 Leslie Webster Batchelder, *Kulturdämmerung. The influence of African American culture on post- wall German identities*(Diss., 2001), p.27.

27 Silke Mertins, "Blues in Schwarzweiß," *Grenzenlos und unverschämt*, p.164.

28 리즈는 아프리카계 흑인 문화공간의 문학을 "이민문학, 이주자 문학과 달리 그 나라에서 태어났으나 근본적으로 신체상의 특질 때문에 다른 인종 구성원으로 간주된 사람들의 문학"으로 규정하면서 이 문학이 "자신들의 아프리카적인 분열된 정체성을 받아들이고 연대감을 추구"한다고 정의한다. János Riesz, "Autor/in aus dem schwarz-afrikanischen Kulturraum," p.249.

29 "내 그대를 보네/ 정원에/ 서서/ 꿈꾸듯 움직이는 그대/ 기꺼이 알고 싶었네/ 어느 곳을/ 그대 꿈꾸는지/ 함께 해도 되는지/ 그 작은 것을 위해 말하는 그대 음성/ 우린 알지 몰라도/ 그대만은/ 기꺼이 알고 싶었네/ 그대가 어떤 이와 말하고/ 말하지 않는지/ 그리고/ 하나 더 있지/ 그대 외에 그리고/ 그대와 함께/ 그대 안에…"(May Ayim, *blues in schwarz*

weiss, p.40).

30 Karein K. Goertz, "Showing Her Colors. An Afro-German Writes the Blues in Black and White," p.310. 아프레케테를 "아프리카 디아스포라의 상징 코드"로 해석하기도 한다. Henry Louis Gates, *The Signifying Monkey. A Theory of Afro-American Literary Criticism*(New York, 1988), p.5 참조.

31 May Ayim, *blues in schwarz weiss,* p.53.

32 Leslie Webster Batchelder, *Kulturdämmerung. The influence of African American culture on post- wall German identities,* p.36.

33 May Ayim, *blues in schwarz weiss,* p.55

34 같은 책, p.39.

35 Jennifer Miachels, "'Fühlst du dich als Deutsche oder als Afrikanerin?': May Ayim's Search for an Afro-German Identity in her Poetry and Essays," *German Life and Letters,* 59/4(2006), p.510.

36 오군토에의 개정판 서문(FB, 6).

37 『색깔의 고백』에는 아프로도이치의 과거 역사와 현재의 상황을 치밀하게 분석한 마이 아임의 논문이 세 개의 큰 목차로 130여 쪽가량 실려 있다. "Rassimus, Sexismus und vorkoloniales Afrikabild in Deutschland"(FB, 25-92), "Afro-Deutsche nach 1945-Die sogenanten "Besatzungskinder""(FB, 93-134), "Rassismus hier und heute"(FB, 135-152).

38 제1차 세계대전 후 라인강 좌안과 마인츠, 프랑크푸르트에 주둔한 프랑스군은 북아프리카나 마다가스카르, 세네갈 출신 흑인들로 이루어진 군대였다.

39 Jennifer Miachels, "'Fühlst du dich als Deutsche oder als Afrikanerin?': May Ayim's Search for an Afro-German Identity in her Poetry and Essays," p.506. 마이 아임의 글이 발표되기 전까지 이러한 강제 불임시술에 대해 일반 대중은 전혀 알지 못했다. 다만 이에 관한 두 편의 논문이 있다. 다음 논문을 참조할 것. Reinhard Pommerin, *Sterilisierung der Rheinlandbastarden: Das Schicksal einer farbigen deutchen Minderheit 1918-1937*(Düsseldorf, 1979); Rosemarie K. Lester, "Black in Germany and German Blacks: A Little-Known Aspect of Black History," in Reinhold Grimm, Jost Hermand(ed.), *Black and German Culture*(Madison, 1980), pp.113~120.

40 2008년, 독일 언론 역사상 처음으로 *Die ZEIT*가 이에 관한 기사를 게재한 바 있다. "독일 흑인들의 역사는 제1차 세계대전 이전에 이미 시작되었다. 이미 19세기 말에 수많은 아프리카인들이 식민지에서 독일로 왔다. 이들은 가정을 이루었는데 제1차 세계대전 당시 프랑스 점령군 일원으로 라인란트에 주둔한 흑인 병사들 역시 그러했다. 그러나 이들이 사회에 뿌리내리는 것이 나치주의자들에게는 눈엣가시였다. 나치가 1933년 7월 "유전적 질

병이 있는 후손 예방을 위한 법률"을 통과시켰을 때, 아프리카계 독일인 아이들은 강제불임 시술을 받았다. 전후 독일에서는 이른바 '점령군 자식들'에 대한 논의를 공론화했다. 1950년대 초 독일 연방의회는 '혼혈아들'을 아버지의 출신 국가로 보내는 문제를 놓고 논쟁을 벌였다." Jeannine Kantara, "Schwarz. Und deutsch. Kein Widerspruch?," *Die ZEIT*, July 17, 2008.

41 그 가운데 한 명은 이렇게 말한다. "학교 합창부에서 노래를 이런 노래를 불렀어요. 물론 전 절대 따라 부를 수 없었지요. "흑갈색은 개암나무, 나도 흑갈색…" 그 노래를 들으면 창피해서 온몸이 달아올랐고 아이들이 전부 날 쳐다보는 것 같았어요. 정말 제겐 고통이었지요. 전 항상 다른 흑인들과 접촉한 적이 없었어요. 내 몸이 검다는 것을 정말 부정하고 싶었거든요."(FB, 113 이하). 다른 여성도 자기 경험을 털어 놓는다. "처음 학교에 갔을 때, 정말 특이했어요. 여자 선생님이 저를 물끄러미 보시더니 큰 소리로 이렇게 말하셨지요. "이거 아주 재미있는 경우네!" 제가 사람이 아니라 "경우-Fall"라고 하더군요"(FB, 124).

42 Karein K. Goertz, "Showing Her Colors. An Afro-German Writes the Blues in Black and White," p.309.

43 로버트 J. C. 영, 『백색신화』, 25쪽.

44 C. Aisha Blackshire-Belay, "The African Diaspora in Europe. African Germans Speak Out," p.276.

45 로버트 J. C. 영, 『백색신화』, 368쪽.

46 Miriam Kwalanda, *Die Farbe meines Gesichts. Lebensreise einer kenianischen Frau*, p.261.

47 C. Aisha Blackshire-Belay, "The African Diaspora in Europe. African Germans Speak Out," p.275.

48 귄터 발라프, 『언더커버 리포트』, 황현숙 옮김(프로네시스, 2010), 9~60쪽("피부색이 달라서 죄송합니다).

49 같은 책, 59쪽 이하.

50 같은 책, 50쪽.

51 May Ayim, *nachtgesang*(Berlin, 1995), p.38.

52 Karein K. Goertz, "Showing Her Colors. An Afro-German Writes the Blues in Black and White," p.314.

53 Miriam Kwalanda, *Die Farbe meines Gesichts. Lebensreise einer kenianischen Frau*, p.258.

54 Jeannine Kantara, "Schwarz. Und deutsch. Kein Widerspruch?"

55 May Ayim, *Grenzenlos und unverschämt*, p.90.

56 Karein K. Goertz, "Showing Her Colors. An Afro-German Writes the Blues in Black and White," p.306.

57 May Ayim, *blues in schwarz weiss*, p.82 이하.

58 Anna K. Kuhn, "Voices from the Margin: Minority Writing in Germany," p.121.

59 Reinhard Pommerin, *Sterilisierung der Rheinlandbastarden: Das Schicksal einer farbigen deutchen Minderheit 1918-1937*, p.7.

60 "프랑스와 벨기에 군대는 평화협정을 체결한 이후에도 라인란트 점령 지역에서 유색인 종 부대를 운용하고 있습니다. 우리 독일인들은 유색인 군대의 이러한 운용을 치욕으로 받아들입니다. ⋯⋯ 독일의 여자들과 아이들에게 이 야만인들은 수치스러운 위험입니다." *Verhandlungen der Verfassungsgebenden Deutschen Nationalversammelung vom 20. Mai 1920*; 여기서는 Reinhard Pommerin, *Sterilisierung der Rheinlandbastarden: Das Schicksal einer farbigen deutchen Minderheit 1918-1937*, p.16 재인용.

61 하지만 라인하르트 포메린이 쓴 『라인란트 사생아들의 거세. 독일의 유색 소수인종의 운명』 이외에 이들에 관한 역사를 전하는 문헌이나 자료는 찾아보기 힘들 정도이다. Reinhard Pommerin, 같은 책 참조.

62 http://www.zeit.de/2000/37/Schwarz_Und_deutsch_/seite-1 이에 관해서는 다음 문헌을 참조할 것. Rosemarie K. Lester, "Black in Germany and German Blacks: A Little-Known Aspect of Black History"; Reinhard Pommerin, 같은 책, p.79.

63 Georg L. Mosse, *Rassismus -Ein Krankheitssympom der europäischen Gechichte des 19. und 20. Jahrhunderts*(Königstein, 1978), p.11.

64 http://www.zeit.de/2006/03/A-Gefangene

65 http://www.spiegel.de/spiegel/print/d-49976912.html(Marc Widmann und Mary Wiltenburg: Kinder des Feindes)

66 "그들, 오직 흑인들만으로 이루어진 부대가 4월 빌레펠트 거리에 진군해왔단다. 우리가 빌 레펠트를 해방시켰던 거지." 베르벨의 아버지는 후에 이렇게 말했다(*Eine von uns*, 9).

67 May Ayim, "Afro-Deutsche nach 1945-Die sogenannten 'Besatzungskinder'," in Katharina Oguntoye, May Ayim/Opitz und Dagmar Schultz(ed.), *Farbe bekennen. Afro-deutsche Frauen auf den Spuren ihrer Geschichte*, p.95.

68 "'인종주의로 인해 박해받은 사람'의 개념은 주로 유대인에만 국한된 것이지 그 외 인종주 의의 희생자들, 즉 집시나 폴란드인, 러시아인 그리고 우리 흑인들에 대해서도 거의 언급 되지 않았습니다." Peter Schütt, *Der Mohr hat seine Schuldigkeit getan. Gibt es Rassismus in der Bundesrepublik?*(Dortmund, 1981), p.152. 여기서는 May Ayim, "Afro-Deutsche nach 1945-Die sogenannten 'Besatzungskinder'," p.93에서 재인용.

69   이에 관해서는 다음 문헌을 참조할 것. Elizabeth Heinemann, *Fassbinders Germany. History, Identity, Subject*(Amsterdam, 1996), p.97~111.

70   Sara Lenox, "'Solidärität der weißen Rasse'. Geschlechterverhältnisse und Dritte Welt in der Nachkriegsliteratur," in Herbert Uerlings et al.(ed.), *Das Subjekt und die Anderen. Interkulturalität und Geschlechterdifferenz vom 18. Jahrhundert bis zur Gegenwar* (Berlin, 2001), p.185. 그리고 http://www.spiegel.de/spiegel/print/d-49976912.html 참조.

71   "지나가던 사람들이 돌아보고 가던 길을 멈추고 웃었고, 어떤 사람들은 흑인 여자아이를 보고는 화를 내는 듯했다. 할머니는 고통스러운 듯, 베르벨을 잡고 그 자리를 떠나려 했다 (*Eine von uns,* 21)." "할머니와 산책을 갔을 때 한 무리의 아이들이 달려와 '니그로 베이 비! 니그로 베이비!'라고 말했다(*Eine von uns,* 57)."

72   May Ayim, "Die Deutschen in den Kolonien," in Katharina Oguntoye, May Ayim/Opitz, Dagmar Schultz(ed.), *Farbe bekennen. Afro-deutsche Frauen auf den Spuren ihrer Geschichte*, p.29.

73   http://www.amazon.de/Eine-von-uns-Harald-Gerunde/dp/387294844X/ref=sr_1_1?s=-books&ie=UTF8& qid=1359358597&sr=1-1

74   Herbert Uerlings, "Das Subjekt und die Anderen. Zur Analyse sexueller und kultureller Differenz," in Herbert Uerlings et al.(ed.), *Das Subjekt und die Anderen. Interkulturalität und Geschlechterdifferenz vom 18. Jahrhundert bis zur Gegenwar*(Berlin, 2001), p.20 이하.

75   "Schwarz-das ist ein politischer Begriff" http://www.fr-online.de/politik/interview-mit-noah-sow--schwarz--das-ist-ein-politischer-begriff-,1472596,3446632.html

76   Noah Sow, *Deutschland Schwarz Weiss. Der alltägliche Rassismus*(München, 2008) 참조.

77   Manfred Loimeier, *Zum Beispiel afrikanische Literatur* (Göttingen, 1997), p.58, 여기서는 Susan Arndt, "Euro-African Trans-Spaces? Migration, Transcultural Narration and Literary Studies," *Transcultural Modernities: Narrating Africa in Europe*(Matatu, 36/2009), p.110 에서 재인용.

78   Katrin Berndt, "Shared Paradoxes in Namibian and German History. Lucia Engombe's Kind Nr. 95," *Transcultural Modernities: Narrating Africa in Europe*(Matatu, 36/2009), p.349.

79   Miriam Kwalanda, *Die Farbe meines Gesichts. Lebensreise einer kenianischen Frau* 참조.

80   대표적인 작품이 존 케비스 에반스의 『나는 흑인 베를린 남자』이다. 프랑스에서 독일 학

생과 사랑에 빠져 결혼한 후 독일에 온 한 아프리카 남성의 이야기를 그린 이 작품은 독일에서의 경제적 성공과 직업을 얻기 위한 고된 싸움, 통독 이후 인종주의에 대한 경험, 소수 인종들 간의 미묘한 갈등을 다룸으로써 아프리카 이주민들이 사적·공적 생활에서 직면하는 문제들을 생동감 있게 다루고 있다. Jones Kwesi Evans, *Ich bin ein Black Berliner: Die ungewöhnliche Lebensgeschichte eines Afrikaners in Deutschland*, erzählt von Kai Schubert und Robin Schmaler(Freiburg, 2006).

81 이에 관한 대표적인 저작으로 다음 책을 참조하라. Hans-Joachim Döring, *Es geht um unsere Existenz. Die Politik der DDR gegenüber der Dritten Welt am Beispiel von Mosambik und Äthiopien*(Berlin, 1999); Ulf Engel und Robert Kappel, *Germany's Africa Policy Revisited: Interests, Images and Incrementalism*(Münster, 2006).

82 "95번"(Nr.95)은 루시아 엔꼼베가 동독으로 보내질 당시 교육생 목록에 붙여진 번호였다.

83 난민 신분으로 1979년 동베에 온 80명의 취학 전 나미비아 어린이 가운데 한 사람이었던 루시아는 11년 동안 동독에 머물렀다. 1979~1985년 루시아는 메클렌부르크의 작은 마을인 벨린에 위치한 SWAPO의 어린이 숙소에서 살았다. 1980년대에 약 340명의 나미비아 어린이들이 동독으로 보내졌는데 루시아를 비롯한 나미비아 어린이들이 거주한 숙소는 영주의 저택이었던 곳으로 사방이 울타리로 둘러쳐졌으며 아이들은 24시간 내내 감시를 받으며 주변 세상과 차단된 채 살아야 했다. 벨린에서 이들은 독일과 나미비아 교사 및 '보호자의 보살핌'을 받았다. 1981년, 루시아는 다른 몇몇 아이들과 동독 POS Polytechnische Oberschule에 참석했다. 동독 아이들도 이 POS에 참석했으나 나미비아 아이들은 이들과 분리된 학급에서 교육받았다. 교육은 SWAPO가 제공한 나미비아 관련 정보와 SWAPO의 독립 투쟁에 관한 내용으로서 군사훈련 및 교련, 정치학습 등 나미비아의 독립 전사로 양성하기 위한 엄격한 훈육체계에 의해 수행되었다. 특히 정치학습과 군사훈련은 장차 충성스러운 SWAPO 전사로 만들기 위한 사상교육이었다. 1985년, 루시아는 60여 명의 아이들과 함께 벨린에서 슈타스푸어트로 옮겨졌다. 이들은 모잠비크 아이들을 위해 지어진 건물인 슈타스푸어트의 "우의의 학교 Schule der Freundschaft"에서 거주했다. 같은 또래인 모잠비크 10대 소년·소녀들과 사귈 수 있다는 것을 빼놓고 그곳 교육 프로그램은 벨린과 그리 다르지 않았다.

84 South West Africa People's Organisation(남서아프리카 인민기구).

85 구소련과 앙골라 인민공화국의 집권당인 인민해방운동의 원조를 받은 SWAPO는 남아공의 통치에 맞서 남부 앙골라를 나미비아 게릴라 전투의 보급기지로 삼았다. 동독은 1970년대 SWAPO에 대한 군사적·물질적 지원을 포함, 인적자원 교육을 담당했다. 1978년 UN은 SWAPO를 나미비아 국민을 대표하는 유일한 단체로 받아들였고 SWAPO와 남아프리카는 휴전, 남아공 군대의 철수, UN군 감시에 의한 자유총선의 실시로 이어지는 UN의 계

획안에 동의했다. 그러나 남아공의 태도는 이내 바뀌어 SWAPO의 조건이 지나치게 유리
하다는 이유로 UN의 제안을 거절했다. 1988년에 재개된 협상을 통해 나미비아는 독립을
쟁취했다.

86 ""이마누엘 엔곰베는 스파이다! 그는 적과 공모했다"(마을 광장에서) 남자들 중 한 사람이
    소리쳤다(*Kind*, 12). 엄마가 강제 노동형을 받은 사실을 아무도 알려주지 않았다. …… 그
    녀에게 가해진 벌은 우리 아이들에게 해당된 것이었다(*Kind*, 14)."

87 H. Schröder, "Identität, Individualität und psychische Befindlichkeit des DDR-Bürgers im
    Umbruch," in Günter Burkhart(ed.), *Sozialisation im Sozialismus*(Weinheim, 1990), p.166
    이하.

88 Gerhard Neuner, "Kommunistische Erziehung der Persönlichkeit-komplexter Gegenstand
    wissenschaftlicher Forschung," in Gerhard Neuner, Karl-Heinz Günther(ed.), *Zur Ent-
    wicklung der Volksbildung und kommunistische Erziehung*(Sitzungsberichte der AdW
    der DDR 5/1976), p.13.

89 루시아의 부족인 오밤보 사람들은 창조주의 존재를 믿었다. 오밤보 사람들은 원래 토착
    종교인 정령과 조상을 모셨지만 그리스도교 선교사들이 오밤보족의 토착 종교와 그리스
    도교 하느님을 접목시켰다. 추측건대 루시아가 기도한 하느님, 카룽가 역시 이것이 혼합
    된 신적 개념인 것으로 보인다. 자세한 내용은 Johan S. Malan, *Die Völker Namibias*(Gö
    ttingen, 1998), p.34 이하를 참조할 것.

90 "학교 벽에 "냄새나는 검둥이들"이라는 낙서를 볼 때 나는 오히려 웃긴다는 생각이 들었
    다. 우리는 검둥이가 아니며 그 말은 우리와 상관없는 것처럼 느꼈다(*Kind*, 208)."

91 Annette Bruhns, "Die deutsche Afrikanerin," *Der Spiegel*, 38(2005.9.17).

92 Katrin Berndt, "Shared Paradoxes in Namibian and German History. Lucia Engombe's
    Kind Nr. 95," p.352.

93 이마누엘 엔곰베도 명망 있는 SWAPO 지도자였다. 그러나 그는 SWAPO 지도자들에 관해
    너무 많은 사실을 알게 되었다. SWAPO의 대표 샘 누조마와 그의 측근들은 1976년 4월 껄
    끄러운 반대파들을 잠비아의 죽음의 수용소 안에 투옥했다. 그러자 누명을 쓰고 투옥된
    이들 "11인 그룹 Gruppe der Elf "의 방면을 요구하는 국제적 압력이 거세졌다. 부퍼탈의 지그
    프리트 그로츠 Siegfried Groth 목사가 펴낸 『나미비아인의 수난』에는 이마누엘 엔곰베의 사
    진이 실려 있다. 이 책은 수천 명에 이르는 SWAPO 반대파에 속하는 나비미아인들에 대한
    인권 유린의 장면을 생생히 고발하고 있다. 심지어 소리 소문 없이 사라지고 동족에 의해
    죽임을 당한 사람의 수가 수백 명에 이르렀다. Siegfried Groth, *Namibische Passion*
    (Wuppertal, 1990) 참조.

94 Annette Bruhns, "Die deutsche Afrikanerin."

95 Katrin Berndt, "Shared Paradoxes in Namibian and German History. Lucia Engombe's Kind Nr. 95," p.349.

96 Dirk Göttsche, "Cross-Cultural Self-assertion and cultural politics," p.66. 호미 바바는 민족 혹은 민족주의 담론을 문제를 이산(디아스포라)의 시각에서 거론한다. 혼종성과 이산이 라는 측면에 집중함으로써 바바는 단일성과 동질성에 입각한 민족 개념을 해체하고자 한 다. Homi K. Bhabha, *Die Verortung der Kultur* (Tübingen, 2000), pp.207~253 참조.

97 그녀는 동독에 머무는 동안에도 자신의 이중적 정체성에 관해 이렇게 말한 적이 있다. "아 프리카의 흰 사바나 지역에 사는 사자가 나의 일부이지만, 내가 동경하는 것은 독일의 푸 른 숲속에 있는 공주인 것 같아(*Kind*, 176)."

98 Barbara Gruber, *Kind Nr. 95*. Eine deutsch-afrikanische Odyssee, in http://www. dw-world.com/dw/article/04714166.00.html

99 Annette Bruhns, "Die deutsche Afrikanerin."

100 Albert Gouaffo, "Afrikanische Migrationsliteratur in Deutschland," *Deutschunterricht im Sü dlichen Afrika*, Bd.5(2010), p.6.

101 Sander Gilman, *On Blackness Without Blacks: Eassys on the Black in Germany*(Boston, 1982), p.8.

102 Bill Ashcroft, Gareth Griffiths und Helen Tiffin, *The Empire Writes Back. Theory and Practice in Post-Colonial Literatures*, p.15 이하.

참고문헌

Abdel-Qadir, Ghazi. 1998 *Die sprechenden Steine.* Weisheim.

Ackermann, Irmgard. 1984. "Integrationsvorstellungen und Integrationsdarstellungen in der Ausländerliteratur." *Zeitschrift für Literaturwissenschaft und Linguistik*, 56, pp.23~39.

Ackermann, Irmgard(ed.). 1982. *Als Fremder in Deutschland.* München.

_____. 1983. *In zwei Sprachen leben.* München.

_____. 1984. *Türken deutscher Sprache.* München.

Ackermann, Irmgard und Harald Weinrich. 1986. *Eine nicht nur deutsche Literatur. Zur Standortbestimmung der Ausländerliteratur.* München.

Aikman, Sheila. 1997. "Interculturality and Intercultural Education. A. Challenge for Democracy." *International Review of Education*, 43, pp.463~479.

Amodeo, Immcolate. 2010. "Verortung. Literatur und Literaturwissenschaft." in Wolfgang Asholt et al.(ed.). *Literatur(en) ohne festen Wohnsitz.* Tübingen, pp.1~12.

Arich-Gerz, Bruno. 2008. *Namibias Postkolonialismen. Texte zu Gegenwart und Vergangenheiten in Südwestafrika.* Bielefeld.

Arndt, Susan. 2009. "Euro-African Trans-Spaces? Migration, Transcultural Narration and Literary Studies." *Transcultural Modernities: Narrating Africa in Europe*(Matatu, 36), pp.103~120.

Ashcroft, Bill, Gareth Griffiths und Helen Tiffin. 1989/1994. *The Empire Writes Back. Theory and Practice in Post-Colonial Literatures.* London.

Asserate, Asfa-Wossen. 2010. *Afrika. Die 101 wichtigsten Fragen und Antworten.* München.

Ayim, May. 1995/2005. *blues in schwarz weiss.* Berlin.

_____. 1995. *nachtgesang.* Berlin.

_____. 2002. *Grenzenlos und unverschämt.* Frankfurt/M.

Ayim, May/Opitz, Katharina Oguntoye und Dagmar Schultz(ed.). 2006/1986. *Farbe bekennen. Afro-deutsche Frauen auf den Spuren ihrer Geschichte.* Berlin.

Bachmann-Medick, Doris. 1994. "Multikultur oder kulturelle Differenz? Neue Konzepte von Weltliteratur und Übersetzung in postkolonialer Perspektive." *Deutsche Vierteljahrsschrift.* 68/H.4, pp.585~612.

_____. 1996. "Wie interkulturell ist die Interkulturelle Germanistik?" *Jahrbuch Deutsch als Fremdsprache*, 22, pp.207~220.

_____. 2006. *Cultural Turns. Neuorientierung in den Kulturwissenschaft.* Hamburg.

Bade, Klaus J. 1993. "Einheimische Ausländer. 'Gastarbeiter'-Dauergäste-Einwanderer." in Klaus J. Bade(ed.). *Deutsche im Ausland. Fremde in Deutschland. Migration in Geschichte und Gegenwart.* München, pp.393~401.

Baginski, Thomas. 2001. "Von Mullahs und Deutschen. Annäherung an das Werk des iranischen Exillyrikers Said." *The German Quarterly*, vol.74, no.1, pp.22~36.

Batchelder, Leslie Webster. 2001. *Kulturdämmerung. The influence of African American culture on post-wall German identities.* Diss.

Baumbach, Kora. 2005. "Verdrängte Kolonialgeschichte. Zu Uwe Timms Roman *Morenga.*" *Monatshefte für deuschsprachige Literatur und Kultur*, 97, pp.213~231.

Bayer, Gerd. 2004. "Theory as Hierarchy. Positioning German Migrantenliteratur." *Monatsheft*, vol.96, no.1, pp.1~19.

Berndt, Katrin. 2009. "Shared Paradoxes in Namibian and German History. Lucia Engombe's Kind Nr. 95." *Transcultural Modernities: Narrating Africa in Europe*(Matatu, 36), pp.347~361.

Bhabha, Homi K. 2000. *Die Verortung der Kultur.* Tübingen.

Biondi, Franco. 1985. *Passavantis Rückkehr.* München.

Biondi, Franco et al.(ed.). 1980. *Im neuen Land.* Bremen.

Biondi, Franco, Jusuf Naoum und Rafik Schami(ed.). 1982. *Annäherungen.* Bremen.

Blackshire-Belay, C. Aisha. 2001. "The African Diaspora in Europe. African Germans Speak Out." *Journal of Black Studies.* vol.31, no.3, pp.264~287.

Blioumi, Aglaia. 2002. "Interkulturalität und Literatur." in Aglaia Blioumi(ed.). *Migration und Interkulturalität in neueren literarischen Texten.* München, pp.28~40.

_____. 2003. "Amerikanischer Multikulturalismus und deutsche Interkulturalität." *Neohelicon*, vol.30, no.1, pp.243~249.

Blödorn, Andreas. 2006. "Nie da sein, wo man ist. 'Unterwegs-Sein' in der transkulturellen Gegenwartslyrik." *Text+Kritik(Sonderband: Literatur und Migration).* München, pp.134~147.

Böcker, Anita und Kees Groenendijk. 2004. "Einwanderungs-und Integrationsland Niederlande. Tolerant, liberal und offen?" in Froiso Wielenga und Ilona Taute(ed.). *Länderbericht Niederlande. Geschichte-Wirtschaft-Gesellschaft.* Bonn, pp.303~361.

Boudia, Fawzi. 1985. "Goethes Theorie der Alterität und die Idee der Weltliteratur. Ein Beitrag zur neueren Kulturdebatte." in Bernd Thum(ed.). *Gegenwart als kulturelles Erbe. Ein Beitrag zur Kulturwissenschaft deutschsprachiger Länder.* München, pp. 269~302.

Braziel, Jana Evans und Anita Mannur. 2003. "Nation, Migration, Globalization. Points of Contention in Diaspora Studies." in Jana Evans Braziel und Anita Mannu(ed.). *Theorizing Diaspora.* Oxford, pp.1~22.

Bruhns, Annette. 2005. "Die deutsche Afrikanerin." *Der Spiegel*, 38(2005.9.17).

Campt, Tina M. 1993. "Afro-German Cultural Identity and the Politics of Positionality. Contests and Contexts in the Formation of a German Ethnic Identity." *New German Critique*, 58, pp.109~126.

_____. 2004. *Other German. Black Germans and the Politics of Race, Gender and Memory in the Third Reich.* Ann Arbor.

Chiellino, Carmine(ed.). 2000. *Interkulturelle Literatur in Deutschland. Ein Handbuch.* Stuttgart/Weimar.

Conrad, Sebastian. 2008. *Deutsche Kolonialgeschichte.* Munchen.

Elisabeth, Bronfen, Marius Benjamin und Steffen Therese(ed.). 1997. *Hybride Kulturen. Beiträge zur anglo-amerikanischen Multikulturalismusdebatte.* Tübingen.

Engombe, Lucia. 2004. *Kind Nr. 95. Meine deutsch-afrikanische Odyssee.* Berlin.

Esselborn, Karl. 1997. "Von der Gastarbeiterliteratur zur Literatur der Interkulturalität. Zum Wandel des Blicks auf die Literatur kultureller Minderheiten in Deutschland." *Jahrbuch Deutsch als Fremdsprache*, 23, pp.47~75.

Evans, Jones Kwesi. 2006. *Ich bin ein Black Berliner: Die ungewöhnliche Lebensgeschichte eines Afrikaners in Deutschland,* erzählt von Kai Schubert und Robin Schmaler. Freiburg.

Földes, Csaba. 2009. "Black Box 'Interkulturalität'. Die unbekannte Bekannte (nicht nur) für Deutsch als Fremd-/Zweitsprache. Rückblick, Kontexte und Ausblick." *Wirkendes Wort. Deutsche Sprache und Literatur in Forschung und Lehre*, 3, pp.503~525.

Frederiksen, Elke. 2007. "Reise-Kolonialismus-Kulturkonflikt. Zum Schreiben über fremde Welten in Uwe Timms *Morenga*." in Jean Marie Valentin(ed.). *Akten des XI. Internationalen Germanistenkongress Paris 2005 "Germanistik im Konfilkt der Kulturen" Bd.9. Divergente Kulturräume in der Literatur.* Bern, pp.399~404.

Freeman, Thomas. 1996. "Deutschland als multikulturelle Gesellschaft. Stimmen von Minoritäten in der neueren Literatur." in Ernest W. B. Hess-Lüttich et al.(ed.). *Fremdverstehen in Sprache, Literatur und Medien.* Frankfurt/M., pp.263~281.

Gates, Henry Louis. 1988. *The Signifying Monkey. A Theory of Afro-American Literary Criticism.* New York.

Gebauer, Mirjam. 2010. "Network and Movement. Two Tropes in Recent German Migration Literature and Film." in Mirjam Gebauer, Pia Schwarz Lausten(ed.). *Migration and Literature in Contemporary Europe.* München, pp.113~130.

Gerhard, Ute 2006. "Neue Grenzen-andere Erzählungen? Migration und deutschsprachige Literatur zu Beginn des 20. Jahrhunderts." *Text+Kritik(Sonderband: Literatur und Migration).* München, pp.19~29.

Gerunde, Harald. 2000. *Eine von uns. Als Schwarze in Deutschand geboren.* Wuppetal.

Gilman, Sander. 1982. *On Blackness Without Blacks: Eassys on the Black in Germany.* Boston.

Glasenapp, Gabriele von. 1996. *Aus der Judengasse. Zur Entstehung und Ausprägung deutschsprachiger Ghettoliteratur im 19. Jahrhundert.* Tübingen.

Goertz, Karein K. 2003. "Showing Her Colors. An Afro-German Writes the Blues in Black and White." *Callaloo*, vol.26, no.2, pp.306~319.

Gomsu, Joseph. 1998. *Wohlfeile Fernstenliebe, Literarische und publizistische Annäherungsweisen der westdeutschen Linken an die Dritte Welt.* Opladen/Wiesbaden.

Görlingen, Reinhold. 1997. *Heterotopia. Lektüren einer interkulturellen Literaturwissenschaft.* München.

Goßens, Peter. 2009. "'Bildung der Nation'. Zum Projekt einer 'Weltliteratur in deutscher Sprache'." *Wirkendes Wort. Deutsche Sprache und Literatur in Forschung und Lehre*, 3, pp.423~442.

Göttsche, Dirk. 2003. "Der neue historische Afrika-Roman. Kolonialismus aus postkolonialer Sicht." *German Life and Letters*, 56, pp.261~280.

_____. 2010. "Cross-Cultural Self-assertion and cultural politics. African Migrant's writing in German since the late 1990s." *German Life and Letters*, 63, pp.54~70.

Gouaffo, Albert. 2010. "Afrikanische Migrationsliteratur in Deutschland." *Deutschunterricht im Südlichen Afrika*, Bd.5, pp.5~16.

Groth, Siegfried. 1990. *Namibische Passion*. Wuppertal.

Günther, Petra. 2002. "Die Kolonisierung der Migrantenliteratur." in Christof Hamann, Cornelia Sieber(ed.). *Räume der Hybridität. Postkoloniale Konzepte in Theorie und Literatur*. Hildesheim, pp.151~160.

Hahn, Alios. 1994. "Die soziale Konstruktion des Fremden." in Walter M. Sprondel(ed.). *Die Objektivität der Ordnungen und ihre kommunikative Konstruktion*. Frankfurt/M., pp.140~163.

Hamann, Christof. 2009. "Schwellenraum zwischen Himmel und Erde. Uwe Timms Roman *Morenga*." in Olaf Kutzmutz(ed.). *Uwe Timm-lauter Leserten. Beiträge zur Poetik der Gegenwartsliteratur*. Wolfenbüttel, pp.17~28.

Hartung, Günter. 1994. "Goethe und Juden." *Weimarer Beiträge*, vol.40, no.3, pp.398~416.

Heinemann, Elizabeth .1996. *Fassbinders Germany. History, Identity, Subject*. Amsterdam.

Hermand, Jost. 1995. "'Afrika den Afrikanern!' Timms *Morenga*." in Manfred Durzak und Hartmut Steinecke(ed.). *Archäologie der Wünsche: Studien zum Werk von Uwe Timm*. Köln, pp.47~63.

Hermsdorf, Klaus. 1982. "'Deutsch-jüdische Schriftsteller?' Anmerkungen zu einer Literatur-debatte des Exils." in *Zeitschrift für Germanistik*, 3, pp.278~291.

Hofmann, Miachel. 2006. "Die Vielfalt des Hybriden. Zafer Şenocak als Lyriker. Essayist und Romancier." *Text+Kritik(Sonderband: Literatur und Migration)*. München, pp. 47~58.

Hölzl, Luisa Costa und Eleni Torossi(ed.). 1985. *Freihändig auf dem Tandem*. Kiel.

Hopkins, Leroy T. 1996. "'Sricht, damit ich dich sehe!' Eine afro-deutsche Literatur." in Paul Michael Lützeler(ed.). *Schreiben zwischen den Kulturen. Beiträge zur deutschsprachigen Gegenwartsliteratur*. Frankfurt/M., pp.196~210.

Horch, Hans Otto, 1996. "'Was heisst und zu welchem Ende studiert man deutsch-jüdische Literaturgeschichte?' Prolegomena zu einem Forschungsprojekt." *German Life and Letters*, 49, pp.124~135.

http://www.amazon.de/Eine-von-uns-Harald-Gerunde/dp/387294844X/ref=sr_1_1?s=book s&ie=UTF8&qid=1359358597&sr=1-1

http://www.fr-online.de/politik/interview-mit-noah-sow--schwarz---das-ist-ein-politischer-
begriff-,1472596,3446632.html("Schwarz-das ist ein politischer Begriff")

http://www.spiegel.de/spiegel/print/d-49976912.html(Marc Widmann und Mary Wiltenburg:
Kinder des Feindes)

http://www.zeit.de/2000/37/Schwarz_Und_deutsch_/seite-1

http://www.zeit.de/2006/03/A-Gefangene

Jameson, Fredric. 1986. "Third-World Literature in the Era of Multinational Capitalism."
Social Text, 15, pp.65~88.

_____. 2008. "Does World Literature Have a Foreign Office?" Holberg Prize Symposium
(http://www.holbergprisen.no/HP_prisen/en_hp_2008_symposium.html)

Jasper, Willi et al.(ed.). 2006. *Juden und Judentum in der deutschsprachigen Literatur.*
Wiesbaden.

Jeßling, Benedikt und Ralph Köhnen. 2007. *Einführung in die Neuere deutsche Literatur-
wissenschaft,* 2 Aufl. Stuttgart.

Jone, Miachel T. 1989. "Identity, Critique, Affirmation. A Response ti Heinrich C. Seeba's
Paper." *The German Quarterly,* vol.62, pp.155~157.

Kantara, Jeannine. 2008. "Schwarz. Und deutsch. Kein Widerspruch?" *Die ZEIT,* July 17,
2008.

Kaznelson, Siegmund(ed.). 1959. *Juden im Deutschen Kuturbereich.* Berlin(Jüdische
Verlag).

Kilcher, Andreas B. 1999. "Was ist 'deutsch-jüdische Literatur'? Eine historische Disku-
rsanalyse." *Weimarer Beiträge,* vol.45, no.4, pp.485~517.

_____. 2008. "Hebräische und jiddische Schiller-Übersetzungen im 19. Jahrhundet."
Monatshefte für deutschsprachige Literatur und Kunst, 100, pp.67~87.

Kilcher, Andreas B.(ed.). 2006. *Deutsch-jüdische Literatur.* Stuttgart.

Kreuzer, Helmut. 1984. "Gastarbeiter-Literatur, Ausländer-Literatur, Migranten-Literatur?"
Zeitschrift für Literaturwissenschaft und Linguistik, 56, pp.7~11.

Kuhn, Anna K. 2001. "Voices from the Margin Minority Writing in Germany." *Zeitschrift für
Literaturwissenschaft und Linguistik,* 124, pp.115~139.

Kumar, Anant. 2008. *Ein Inder in Deutschland.* Schweinfurt.

Kuruyazici, Nilüfer. 1990. "Stand und Perspektiven der türkischen Migrantenliteratur. Unter
dem Aspekt des 'Femden' in der deutschsprachigen Literatur." in Eijiro Iwasaki(ed.).

Akten des VIII Internationalen Germanisten-Kongrespp. Bd.8, Begegnung mit dem "Fremden." Grenzen-Traditionen-Vergleich. Tokyo, pp.93~100.

Kwalanda, Miriam. 1999. *Die Farbe meines Gesichts. Lebensreise einer kenianischen Frau.* Frankfurt/M.

Lamping, Dieter. 1998. *Von Kafka bis Celan. Jüdischer Diskurs in der deutschen Literatur des 20. Jahrhunderts.* Göttingen.

Landkreis Marburg-Biedenkopf Jugendbildungswerk(ed.). 1993. *Hier war ich Niemand.* Marburg.

Lehner, Sonja. 1994. *Schwarz-weiße Verständigung. Interkulturelle Kommunikations prozesse in europäischdeutschsprachigen und englisch-und französischsprachigen afrikanischen Romanen(1970-1990).* Frankfurt/M.

_____. 2003. "'Unter die Deutschen gefallen'. Afrikanische Literatur deutscher Sprache und der schwierige Weg zur Interkulturalität." in M. Moustapha Diallo und Dirk Göttsche(ed.). *Interkuturelle Texturen. Afrika und Deutschland im Reflexionsmedium der Literatur.* Bielefeld, pp.45~74.

Lenox, Sara. 2001. "'Solidärität der weißen Rasse'. Geschlechterverhältnisse und Dritte Welt in der Nachkriegsliteratur." in Herbert Uerlings et al.(ed.). *Das Subjekt und die Anderen. Interkulturalität und Geschlechterdifferenz vom 18. Jahrhundert bis zur Gegenwart.* Berlin, pp.185~199.

Lester, Rosemarie K. 1980. "Black in Germany and German Blacks: A Little-Known Aspect of Black History." in Reinhold Grimm, Jost Hermand(ed.). *Black and German Culture.* Madison, pp.113~120.

Lützeler, Paul Michael. 1997. "Die Dritte Welt aus europäischer Perspektive. Postkoloniale Berichte deutschsprachiger Autoren." in P. M. Lützeler(ed.). *Europäische Identität und Multikultur. Fallstudien zur deutschsprachigen Literatur seit der Romantik.* Stuttgart, pp.141~158.

_____. 2000. "Wir sind unsere krisenreiche Vergangenheit oder: Zurück in die kultur- wissenschaftliche Zukunft." *The German Quartely*, vol.73, no.1, pp.26~28.

_____. 2005. *Postmoderne und postkoloniale deutschsprachige Literatur. Diskurs-Analyse- Kritik.* Bielefeld.

Lützeler, Paul Michael(ed.). 1997. *Der postkoloniale Blick. Deutsche Schrift-steller berichten aus der Dritten Welt.* Frankfurt/M.

Lützeler, Paul Michael(ed.). 1998. *Schriftsteller und "Dritte Welt." Studien zum postkolonialen Blick.* Tübingen.

Mager, Ruth. 2008. "Diaspora." in Ansgar Nünig(ed.). *Literatur- und Kulturtheorie.* Weimar, pp.128~129.

Malan, Johan S. 1998. *Die Völker Namibias.* Göttingen.

Mardanova, Zalina A. 2004. "Ein Fremder unter den Einheimischen, ein Einheimischer unter den Fremden: zur literarischen (Selbst)Repräsentation des nomadisierenden Subjekts." *Internet-Zeitschrift für Kulturwissenschaften*, Nr.15(2004.5). http://www.inst. at/trans/15Nr/05_05/mardanova_report15.htm

Mazimpaka, Thomas. 1998. *Ein Tutsi in Deutschland. Das Schicksal eines Flüchtlings.* Leipzig.

Miachels, Jennifer. 2006. "'Fühlst du dich als Deutsche oder als Afrikanerin?' May Ayim's Search for an Afro-German Identity in her Poetry and Essays." *German Life and Letters*, vol.59, no.4, pp.500~514.

Minnaard, Liesbeth. 2011. "Between Exoticism and Silence. A Comparison of First Generation Migrant Writing in Germany and the Netherlands." *Arcadia*, 46/H.1, pp.199~246.

Moll, Nora. 2008. "Migrantenliteratur in Italien und Europa: Modelle in Vergleich." *Neohelicon*, 35, pp.73~82.

Mosès, Stéphane und Albrecht Schöne. 1986. *Juden in der deutschen Literatur.* Frankfurt/M.

Mosse, Georg L. 1978. *Rassismus-Ein Krankheitssympom der europäischen Gechichte des 19. und 20. Jahrhunderts.* Königstein.

Müller, Herta. 1989. *Passport.* London.

_____. 1995. "Es möge deine letzte Trauer sein." *Die ZEIT*, August 11.

_____. 2010. *Reisende auf einem Bein.* München.

Münz, Rainer. 1999. "Migration als politische Herausforderung. Deutschland im europä ischen Vergleich." *Internationale Politik*, H.4, pp.19~28.

Neudeck, Rupert. 2010. *Die Kraft Afikas.* München.

Neuner, Gerhard. 1976. "Kommunistische Erziehung der Persönlichkeit-komplexter Gegenstand wissenschaftlicher Forschung." in Gerhard Neuner, Karl-Heinz Günther (ed.). *Zur Entwicklung der Volksbildung und kommunistische Erziehung.* Sitzungsberichte der AdW der DDR 5/1976, pp.5~19.

Ney, Norbert(ed.). 1984. *Sie haben mich zu einem Ausländer gemacht...* Reinbek.

O'Doherty, Paul. 1996. "German-Jewish Writers and Themes in GDR Fiction." *German Life and Letters* 49, pp.271~281.

Obermeier, Karin. 1989. "Afro-German Women. Recording Their Own History." *New German Critique*, 46, pp.172~180.

Oloukpona-Yinnon und Adjaï Paulin. 2000. "Vom Kolonialroman zum Afrika-Roman." in Titus Heydenreich und Eberhard Späth(ed.). *Afrika in den Europäischen Literaturen zwischen 1860 und 1930.* Erlangen, pp.7~28.

Osterhammer, Jürgen. 2001. *Kolonialismus. Geschichte, Formen, Folgen.* München.

Özkan, Hülya und Andrea Wörle(ed.). 1985. *Eine Fremde wie ich.* München.

Peck, Jeffrey M. 1989. "There's No Place Like Home? Remapping the Topography of German Studies." *The German Quarterly*, vol.62, pp.178~191.

Pommerin, Reinhard. 1979. *Sterilisierung der Rheinlandbastarde-Das Schicksal einer farbigen deutschen Minderheit 1918-1937.* Düsseldorf.

Ridley, Hugh. 1995. "Die Geschichte gegen den Strich lesend. Uwe Timms *Morenga.*" Anne Fuchs und Theo Harden(ed.). *Reisen im Diskurs: Modelle der literarischen Fremder-fahrung von den Pilgerberichten bis zur Postmoderne.* Heidelberg, pp.358~373.

Riesz, János. 2000. "Autor/in aus dem schwarzafrikanischen Kulturraum." in Carmine Chiellino(ed.). *Interkulturelle Literatur in Deutschland.* Stuttgart/Weimar, pp.248~262.

Rösch, Heidi. 2006. "Migration in der deutschsprachigen Kinder-und Jugendliteratur." in *Text+Kritik(Sonderband: Literatur und Migration).* München, pp.222~232.

Roussat, Mathilde. 2007. "Zusammenstoß/-spiel der Kulturen und Ästhetik der Montage in Uwe Timms *Morenga.*" in Jean Marie Valentin(ed.). *Akten des XI. Internationalen Germanistenkongress Paris 2005 "Germanistik im Konflikt der Kulturen" Bd.9. Divergente Kulturräume in der Literatur.* Bern, pp.161~166.

SAID. 1995. *Der lange Arm der Mullahpp. Notizen aus meinem Exil.* München.

_____. 2000. *Wo ich sterbe ist meine Fremde.* München.

Sareika, Rüdiger. 1980. *Die Dritte Welt in der westdeutschen Literatur der sechziger Jahre.* Frankfurt/M.

Sassen, Saskia. 1997. *Migranten, Siedler, Flüchtlinge. Von der Massenauswanderung zur Festung Europa.* Frankfurt/M.

Schaffernicht, Christian(ed.). 1981. *Zu Hause in der Fremde. Ein bundesdeutsches Ausländer-*

Lesebuch. Bremen.

Schamoni, Wolfgang. 2008. "Weltliteratur-zuerst 1773 bei August Ludwig Schlözer." *Arcadia*, 43/H.2, pp.288~298.

Schneider, Peter. 2006. "'Selim blieb ein Einzelkind'. In der zeitgenössischen deutschen Literatur gibt es kaum Türken, Polen oder Italiener." *Die ZEIT*, May 4.

Schößler, Franziska. 2006. *Literaturwissenschaft als Kulturwissenschaft.* Tübingen.

Schröder, H. 1990. "Identität, Individualität und psychische Befindlichkeit des DDR-Bürgers im Umbruch." in Günter Burkhart(ed.). *Sozialisation im Sozialismus.* Weinheim, pp.163~176.

Şenocak, Zafer. 1992. *Atlas des tropischen Deutschland.* Berlin.

———. 1998. *Gefährliche Verwandtschaft.* Berlin.

Shedletzky, Itta. 1986. "Im Spannungsfeld Heine-Kafka. Deutsch-jüdische Belletristik und Literturdiskussion zwischen Emanzipation, Assimiliation und Zionismus." in Walter Röll, Hans-Peter Bayerdörfer(ed.). *Akten des VII Internationalen Germanisten Kongresses, Bd.5. Auseinandersetzungen um jiddische Sprache und Literatur. Jüdische Komponenten in der deutschen Literatur-die Assimilationskontroverse.* Tübingen, pp.113~121.

Siege, Nasrin. 1984. Sombo. *Das Mädchen vom Fluss.* Hamburg.

———. 1998. *Juma. Ein Straßenkind aus Tansania.* Hamburg.

Sommer, Roy. 2001. "Interkulturalität." in Ansgar Nünning(ed.). *Literatur-und Kulturtheorie. Ansätze-Personen-Grundbegriffe.* Stuttgart, pp.282~283.

Sow, Noah. 2008. *Deutschland Schwarz Weiss. Der alltägliche Rassismus.* München.

Stenger, Horst. 1998. "Soziale und kulturelle Fremdheit." *Zeitschrift für Soziologie*, 27. H.1, pp.18~38.

Stichweh, R. 1997. "Der Fremde. Zur Soziologie der Indifferenz." in H. Münkler(ed.). *Furcht und Faszination.* Berlin, pp.45~64.

Strauss, Herbert A. 1985. "Akkulturation als Schicksal. Einleitende Bemerkungen zum Verhältnis von Juden und Umwelt." in Herbert A. Strauss und Christhard Hoffmann (ed.). *Juden und Judentum in der Literatur.* München, pp.9~26.

Streese, Konstanze. 1991. *Cric?-Crac! Vier literarische Versuche, mit dem Kolonialismus umzugehen.* Bern.

Suhr, Heidrun. 1989. "Ausländerliteratur. Minority Literature in the Federal Republic of Germany." *New German Critique*, 46, pp.71~103.

_____. 1990. "'Heimat ist, wo ich waschen kann.' Ausländerinnen schreiben deutsche Literatur." in Eijiro Iwasaki(ed.). *Akten des VIII Internationalen Germanisten-Kongrespp. Bd.8, Begegnung mit dem "Fremden." Grenzen-Traditionen-Vergleich.* Tokyo, pp.71~79.

Teraoka, Arlene A. 1996. "Deutsche Kultur, Multikultur: Für eine Germanistik im multikulturellen Sinn." *Zeitschrift für Germanistik*, pp.545~560.

Timm, Uwe. 1981. *Deutsche Kolonien.* München.

_____. 2000. *Morenga.* München.

Uerlings, Herbert. 2001. "Das Subjekt und die Anderen. Zur Analyse sexueller und kultureller Differenz." in Herbert Uerlings et al.(ed.). *Das Subjekt und die Anderen. Interkulturalität und Geschlechterdifferenz vom 18. Jahrhundert bis zur Gegenwart.* Berlin, pp.19~53.

_____. 2005. "Koloniale Diskurs und deutsche Literatur. Perspektiven und Probleme." in Herbert Uerlings(ed.). *(Post-)Kolonialismus und Deutsche Literatur. Impulse der angloamerikanischen Literatur-und Kultur-theorie.* Bielefeld, pp.17~44.

Ünlüsoy, Mehmet. 2007. "Kommunikationsstörungen und Konfrontationen zwischen Deutschen und Ausländern in der Migrationsliteratur." in Jean-Marie Volentin(ed.). *Akten des XI Internationalen Germanistenkongress Paris 2005 "Germanistik in Konflikt der Kulturen" Bd.6. Migrations-, Emgration-und Remigrationskulturen. Multikulturalität in der zeitgenössischen deutschsprachigen Literatur.* Bern, pp.127~136.

Wägenbauer, Thomas. 1995. "Kulturelle Identität oder Hybridität?" *Zeitschrift für Literaturwissenschaft und Linguistik*, 97, pp.22~47.

Weidner, Daniel. 2000. "Jüdisches Gedächtnis, mystische Tradition und moderne Literatur." *Weimarer Beiträge*, vol.46, pp.234~249.

Weinrich, Harald. 1984. "Gastarbeiterliteratur in der Bundesrepublik Deutschland." *Zeitschrift für Literaturwissenschaft und Linguistik*, 56, pp.12~22.

Weitz, Hans Joachim. 1987. "Weltliteratur zuerst bei Christoph Martin Wieland." *Arcadia* 22/H.2, pp.206~208.

Welsch, Wolfgang. 1997. "Transkulturalität." *Universitas*, 52, pp.16~24.

Wierlacher, Alois. 1995. "Internationalität und Interkulturalität, Der kulturelle Pluralismus als Herausforderung der Literaturwissenschaft. Zur Theorie Interkultureller Germanistik." in Lutz Dannerberg et al.(ed.). *Wie international ist die Literaturwissenschaft?*

Methoden-und Theoriediskussion in den Literaturwissenschaft(1950-1990). Stuttgart/Weimar, pp.550~590.

Wilke, Sabine. 2001. "'Hätte er bleiben wollen, er hätte anders denken und fühlen lernen müssen'. Afrika geschildert aus Sicht der Weißen in Uwe Timms *Morenga.*" *Monatshefte für deuschsprachige Literatur und Kultur*, 93, pp.335~354.

Yano, Hisashi. 2000. "Migrationgeschichte." in Carmine Chiellino(ed.). *Interkulturelle Literatur in Deutschland. Ein Handbuch.* Stuttgart/Weimar, pp.1~17.

Zimmermann, Hans Dieter. 1985. "Franz Kafka und das Judentum." in Herbert A. Strauss und Christhard Hoffmann(ed.). *Juden und Judentum in der Literatur.* München, pp.237~253.

Zweig, Stefan. 1994. *Die Welt von Gestern. Erinnerungen eines Europäers.* Frankfurt/M.

박정희. 2004. 「최근 독일어권 문학에서 이주자 문학의 현황」. ≪독일문학≫, 91집, 187~206쪽.

발라프, 귄터(Gunter Wallraff). 2010. 『언더커버 리포트』. 황현숙 옮김. 프로네시스.

사이드, 에드워드 W.(Edward W. Said). 2005. 『문화와 제국주의』. 박홍규 옮김. 문예출판사.

_____. 2009. 『오리엔탈리즘』. 박홍규 옮김. 교보문고.

에커만, 요한 페터(Johann Peter Eckermann). 2000. 『괴테와의 대화』. 박영구 옮김. 푸른 숲.

엘보겐(Ismar Elbogen)·슈텔링(Eleonore Sterling). 2007. 『로마제국에서 20세기 홀로코스트까지 독일 유대인의 역사』. 서정일 옮김. 새물결.

영, 로버트 J. C.(Robert J. C. Young). 2008. 『백색신화』. 김용규 옮김. 경성대학교 출판부.

최성욱. 2012: 「문예학의 개방성 측면에서 본 문화학 담론의 수용」. ≪브레히트와 현대연극≫, 26집, 233~260쪽.

최윤영. 2007. 「낯섦, 향수, 소외, 차별. 독일 초기 이민문학의 동향과 정치시학」. ≪독일문학≫, 102집, 151~171쪽.

인명 찾아보기

[ㄱ]

가이거, 루트비히 Ludwig Geiger 32, 35~36,
40~41

가이거, 아브라함 Abrahm Geiger 32

가타리, 펠릭스 Felix Guattari 28

간스, 에두아르트 Eduard Gans 165

게룬데, 하랄트 Harald Gerunde 116, 136

게이츠, 헨리 루이스 Henry Louis Gates 28

고센스, 페터 Peter Goßens 17

곤살베스, 엘리자베스 Elisabeth Gonçalves 76

골드슈타인, 모리츠 Moritz Goldstein 41

곰브리치, 에른스트 Ernst Gombrich 165

괴를링겐, 라인홀드 Reinhold Görlingen 26

괴테, 요한 볼프강 폰 Johann W. von Goethe
16~18, 32, 36~37, 42, 161

괴트셰, 디르크 Dirk Göttsche 97, 100, 157

구츠코프, 카를 Karl Gutzkow 160

그라스, 귄터 Günter Grass 95

그로츠, 지그프리트 Siegfried Groth 192

그뤼네펠트 Grünefeld 164

그리피스, 가레스 Gareth Griffiths 159

그리피우스, 안드레아스 Andreas Gryphius 43

그림, 한스 Hans Grimm 99

기어츠, 클리포드 Clifford J. Geertz 28

[ㄴ]

나들러, 요세프 Josef Nadler 40

나오움, 유스프 Jusuf Naoum 76

나폴레옹 Napoleon 15, 34

네카기틸, 베세트 Behçet Necagitil 81

누조마, 샘 Sam Nujoma 153, 156, 192

[ㄷ]

델가, 룩 Luc Degla 98

뒤링, 오이겐 Eugen Dühring 40

듀란, 하산 Hasan Dewran 75

들뢰즈, 질 Gilles Deleuze 28

[ㄹ]

라차루스, 모리츠 Moritz Lazarus 41

레링 Rehling 141

레싱, 고토홀트 에프라임 Gotthold Ephraim Lessing
15, 35~36, 38

로드, 오드레 Audre Lorde 121

로어바흐, 파울 Paul Rohrbach　138

로이트바인, 데오도르 폰 Theodor von Leutwein
105

로트, 요셉 Joseph Roth　49

루터, 마르틴 Martin Luther　36

뤼첼러, 파울 미카엘 Paul Michael Lützeler　23,
94~95

린저, 루이제 Luise Rinser　95

[ㅁ]

마이몬, 살로몬 Salomon Maimon　166

마이어, 카이 Kai Meyer　182

마짐파카, 토마스 Thomas Mazimpaka　186

메딕, 도리스 바흐만 Doris Bachmann Medick
29

멘델스존, 모제스 Moses Mendelssohn　34~39,
166

멘델스존, 펠릭스 Felix Mendelssohn　34

모렝가, 야콥 Jakob Morenga　104~105, 108~
109, 182

모리슨, 토니 Toni Morrison　30

뮐러, 헤르타 Herta Müller　51, 84

[ㅂ]

바르텔스, 아돌프 Adolf Bartels　40

바를뢰벤, 콘스탄틴 폰 Constantin von Barloewen
22

바름볼트, 요아힘 Joachim Warmbold　99

바바, 호미 Homi Bhabha　28, 92, 96, 157,

193

바서만, 야콥 Jakob Wassermann　167

바이스, 페터 Peter Weiss　99

바인리히, 하랄트 Harald Weinrich　22, 56

바클란, 멜레크 Melek Baklan　63

발라프, 귄터 Günter Wallraff　130

발저, 마르틴 Martin Walser　95, 180

보디아, 파우지 Fawzi Boudia　161

보마이어, 베른트 Bernd Bohmeier　180

뵈르네, 루트비히 Ludwig Börne　38~39

부버, 마르틴 Martin Buber　41, 168

부흐, 한스 크리스토프 Hans Christoph Buch
95, 99, 182

브레히트, 베르톨트 Bertolt Brecht　8, 49

브로트, 막스 Max Brod　39

비어라허, 알로이스 Alois Wierlacher　29

비온디, 프랑코 Franco Biondi　54~55, 64, 70,
171~172

빌란트, 크리스토프 마르틴 Christoph Martin
Wieland　160

빌리오우미, 아글라이아 Aglaia Blioumi　29

빌슈테터, 리하르트 Richard Willstätter　169

[ㅅ]

사이드 SAID　83~84, 92, 96, 100, 110, 177

사이드, 에드워드 Edward W. Said　28

샤모니, 볼프강 Wolfgang Schamoni　16, 160

샤미, 라픽 Rafik Schami　55, 171

샤퍼니히트, 크리스티안 Christian Schaffernicht

77

쇼, 노아 Noah Sow   146

쉬츠, 한스 Hans Schütz   169

슈나이더, 페터 Peter Schneider   78, 86, 95

슈니츨러, 아르투어 Arthur Schnitzler   167

슈미트, 토마스 Thomas Schmidt   93, 111

슈타펠, 빌헬름 Wilhelm Stapel   40

슐레겔, 아우구스트 빌헬름 August Wilhelm
    Schlegel   16

슐레겔, 프리드리히 Friedrich Schlegel   16

슐뢰저, 아우구스트 루트비히 August Ludwig
    Schlözer   16, 42, 160

슐츠, 다그마 Dagmar Schultz   118

스피박, 가야트리 G. C. Spivak   28, 91~92, 96

시몬, 에두아르트 폰 Eduard von Simon   35

실러, 프리드리히 Friedrich Schiller   36~37,
    167

실먼, 샌더 Sander Silman   158

[ㅇ]

아마데오, 안토니오 Antonio amadeo   135

아우어바흐, 베르홀트 Berthold Auerbach   165

아인슈타인, 칼 Carl Einstein   181

아임, 마이 May Ayim   8, 115, 117~123, 125~
    131, 133, 139, 158, 186~187

아커만, 이름가르트 Irmgard Ackermann   56,
    66

아테라스, 파니 Fanny Atheras   76

아토프락, 레벤트 Levent Aktoprak   77

아파리데, 장 Jean Apatride   62

안더쉬, 알프레드 Alfred Andersch   182

압델 콰드르, 가지 Ghazi Abdel-Qadir   178

압디, 누라 Nura Abdi   97

애슈크로프트, 빌 Bill Ashcroft   159

야스퍼, 빌리 Willi Jasper   168

에미르칸, 튈른 Tülin Emircan   73

에반스, 존 케비스 Jones Kwesi Evans   191

에셀보른, 카를 Karl Esselborn   20

에커만, 요한 페터 Johann Peter Eckermann
    16~17

에르탄, 세르마 Serma Ertan   62

엔곰베, 루시아 Lucia Engombe   116, 147, 149,
    159, 191

엔곰베, 이마누엘 Immanuel Engombe   150, 192

엔첸스베르거, 한스 마그누스 H. Magnus
    Enzensberger   93, 95, 99

엠레, 유누스 Yunus Emre   81, 171

엥겔, 에두아르트 Eduard Engel   160

영, 로버트 J. C. Robert J. C. Young   92, 128

오군토에, 카타리나 Katharina Oguntoye   118,
    120

오스터하머, 위르겐 Jürgen Osterhammer   179

오지, 치마 Chima Oji   97

오피츠, 마르틴 Martin Opitz   42

외렌, 아라스 Aras Oren   55, 171

위트부이, 이삭 Isaak Witbooi   105

위트부이, 헨드릭 Hendrik Witbooi   104

은동, 노베르트 Nobert Ndong   76

이케, 오비오라Obiora Ike 97

[ㅈ]

자우어, 아우구스트August Sauer 40

자코보브스키, 루트비히Ludwig Jacobowski 167

잔톱, 수잔네Susanne Zantop 179

제노작, 자퍼Zafer Şenocak 26, 53, 55, 80~82, 171, 176

제임슨, 프레드릭Fredric Jameson 18

주스만, 마르가레테Margarete Susman 36

지게, 나스린Nasrin Siege 84, 177

지멜, 게오르크Georg Simmel 60~61

[ㅊ]

차우세스쿠Ceausescu 51

춘쯔, 레오폴트Leopold Zunz 31, 40

츠바이크, 슈테판Stefan Zweig 49

[ㅋ]

카르펠레스, 구스타프Gustav Karpeles 41, 164, 167

카를 대제Karl der Groß 93

카이저링, 마이어Mayer Kaysering 37, 164

카츠넬손, 지그문트Siegmund Kaznelson 169

카프카, 프란츠Franz Kafka 37, 39, 176

캄프만, 베르벨Bärbel Kampmann 117, 139

코른, 파두모Fadumo Korn 97

콘라트, 세바스티안Sebastian Conrad 112

콜, 헬무트Helmut Kohl 132

쿠르트, 케말Kemal Kurt 74

쿠마르, 아나트Anant Kumar 178

크로얀커, 구스타프Gustav Krojanker 31

크로포트킨, 표트르Pjotr Kropotkin 108

크루셰, 디트리히Dietrich Krusche 56

크바란다, 미리암Miriam Kwalanda 129, 149, 186

클리포드, 제임스James Clifford 28

키르히호프, 보도Bodo Kirchhoff 95

키엘리노, 지노Gino Chiellino 54

키엘리노, 카르미네Carmine Chiellino 20, 113

킬허, 안드레아스 B. Andreas B. Kilcher 34

킹, 마틴 루터Martin Luther King 123~124

[ㅌ]

타우피크, 슐레만Suleman Taufiq 66

테라오카, 아레네Arlene A. Teraoka 162

트럼프, 도널드Donald Trump 48, 51

트로타, 로타 폰Lothar von Trotha 101, 103, 105, 107, 139

티핀, 헬렌Helen Tiffin 159

팀, 우베Uwe Timm 7, 89, 95, 98, 102~103, 105~106, 113, 150, 182

[ㅍ]

파농, 프란츠Franz Fanon 99

팔켄존, 베르Behr Falkensohn 166

포메린, 라인하르트Reinhard Pommerin 189

포어만, 위르겐Jürgen Fohrmann 15

프라이슐렌, 케사르Cäsar Flaischlen 18, 161

프렌젠, 구스타프Gustav Frenssen 181

프리만, 토마스Thomas Freeman 175

피테, 후베르트Hubert Fichte 93, 95

필립슨, 루트비히Ludwig Philippson 33, 37,
  168

[ㅎ]

하버마스, 위르겐Jürgen Habermas 93

하이네, 하인리히Heinrich Heine 38~39, 132,
  165, 167~168

하이제, 게트라우트Gertraud HeGerise 180

하이제, 한스 위르겐Hans Jürgen Heise 95

한, 알리오스Alios Hahn 67

헤겔, 게오르크 빌헬름 프리드리히G. W.
  Friedrich Hegel 36, 38, 127

헤르더, 요한 고트프리트 폰Johann Gottfried
  von Herder 15~16, 32, 36

호프만, 미하엘Miachel Hofmann 87

지은이

서 정 일

한국외국어대학교에서 문학박사 학위를 취득하였으며, 목원대학교 교양교육원 교수로 재직 중이다. 지은 책으로『독일문학의 이해: 동독문학과 통독 이후 문학의 이해』(공저, 2003), 옮긴 책으로는『편견: 다양한 편견의 양상과 우리가 가진 편견에 대하여』(2015),『정의: 유럽정신사의 기본개념』(2014),『나무時代: 숲과 나무의 문화사』(2013),『가장 낮은 곳에서 가장 보잘것없이』(2012),『세계화를 둘러싼 불편한 진실』(2009)〔개정판『숫자로 보는 세계화 교과서』(2014)〕,『로마제국에서 20세기 홀로코스트까지 독일 유대인 역사』(2007),『문학과 역사』(2000),『문학이 남긴 유토피아의 흔적: 40년 동독의 문학과 정치』(2000) 등이 있다.

한울아카데미 2039

문학의 성찰과 문화적 이해
독일 현대문학의 문화학적 소통

ⓒ 서정일, 2017

지은이 ㅣ 서정일
펴낸이 ㅣ 김종수
펴낸곳 ㅣ 한울엠플러스(주)
편 집 ㅣ 조인순

초판 1쇄 인쇄 ㅣ 2017년 9월 20일
초판 1쇄 발행 ㅣ 2017년 9월 25일

주소 ㅣ 10881 경기도 파주시 광인사길 153 한울시소빌딩 3층
전화 ㅣ 031-955-0655
팩스 ㅣ 031-955-0656
홈페이지 ㅣ www.hanulmplus.kr
등록번호 ㅣ 제406-2015-000143호

Printed in Korea.
ISBN 978-89-460-7039-4 93850

햄릿의 망설임과 셰익스피어의 결단

프랑스 시문학의 거목, 이브 본푸아가
바라본 햄릿 그리고 셰익스피어

보들레르, 랭보를 잇는 프랑스 현대 시인, 이브 본푸아
햄릿에게서 인간 존재에 대한 고뇌의 원형을 읽다

이 책은 보들레르, 말라르메의 뒤를 잇는 프랑스 현대 시문학의 거목으로, 오랫동안 프랑스 노벨 문학상 수상 후보로 거론되었던 이브 본푸아의 '햄릿 분석서'이다. 삶을 경화시키는 개념과 형이상학에 맞서 현존과 직관에 대해 말하며 시의 진정한 가치를 밝힌 이브 본푸아. 그는 특유의 오묘하고 풍부한 은유로 20세기 프랑스 문학계에 큰 충격을 주며 시단을 이끌어왔다. 『햄릿』의 텍스트에 인간의 근원적인 감정과 본능, 고뇌가 어떻게 구현되는지, 셰익스피어가 작품 속 인물과 소네트를 통해 우리에게 어떤 메시지를 전하려 하는지 이브 본푸아만의 철학적, 문학적 해석으로 심도 있게 고찰해본다.

시의 핵심적 기능이 자아에 대해 사유하게 하는 것이라면, 셰익스피어는 이를 그 누구보다 충실히 이행한 인물이다. 전체의 대부분이 시로 이루어진 『햄릿』을 통해 인간의 본질(욕망과 본성 등)에 대해 생각하게 하는 예리한 질문을 던지기 때문이다. 이브 본푸아는 햄릿이 직면한 문제, 그의 고뇌가 현대인이 당면하게 되는 근본들에 대한 '원초적 질문'이라고 말한다. 즉, 햄릿을 통해 드러나는 가치와 신념의 분열, 파괴의 문제가 오늘날 우리에게도 적용되며, 햄릿의 번민과 망설임이 오늘날의 질서와 가치에 대한 문제제기라고 본다.

지은이
이브 본푸아

옮긴이
송진석

2017년 6월 5일 발행
국판 변형
248면

장벽 위의 음유시인 볼프 비어만
독일 분단사의 상징 볼프 비어만의 삶과 문학

실패한 혁명가 승리한 시인, 볼프 비어만
늘 시대의 전위에 서 있는 그의 삶과 문학 여정을 평하다

구동독의 대표적인 반체제 저항시인 볼프 비어만은 자신이 지은 시를 작곡해 기타반주에 맞춰 노래하는 음유시인이다. 비어만은 민요풍의 서정성과 쟁론적인 정치성을 결합시켜 독보적인 시세계를 구축한 탁월한 시인일 뿐 아니라 독일분단의 역사에서 대단히 중요한 인물이기도 하다. 이 책은 문학평론가이자 중앙대학교 독일어문학과 교수인 류신이 시인이기 이전에 영웅적 투사로, 작가라기보다는 노래쟁이 악동으로, 문인이기 앞서 정치적 동물로 수용되었던 비어만의 문학을 되찾으려 한 시도이다.

비어만의 시와 삶을 좇는 지은이의 시선과 글쓰기는 비어만의 그것과 닮아 있다. 텍스트를 분석할 때는 대상에게서 한걸음 거리를 두고 치밀하게 분석하고 냉철하게 비평하면서도, 한편으로는 비어만의 풍자와 해학, 비애와 열정이 담긴 언어들을 독자가 조금이라도 더 제대로 느낄 수 있도록 애쓴 흔적이 책 곳곳에 역력하다. 장르를 넘나드는 비어만의 활동처럼, 지은이는 평론과 평전, 리뷰와 대담 등 다양한 형식의 글을 통해 비어만의 삶과 문학, 더 나아가 당대 독일의 상황을 독자들이 생생하게 그려낼 수 있도록 해준다. 희망과 절망이 길항하고 무례함과 유쾌함이 공존하는 비어만이라는 비평 대상에 대한 애정의 깊이만큼 지은이의 글은 약동한다.

지은이
류신

2011년 9월 20일 발행
신국판
448면

**Die literarische Reflexion
und das kulturelle Verständnis**